老张的哲学
LAO ZHANG DE ZHE XUE

小坡的生日
XIAO PO DE SHENG RI

老舍 著

民主与建设出版社
·北京·

目 录
contents

老张的哲学

第一章

老张的哲学是"钱本位而三位一体"的。他的宗教是三种：回，耶，佛；职业是三种：兵，学，商。言语是三种：官话，奉天话，山东话。他的……三种；他的……三种；甚至于洗澡平生也只有三次。洗澡固然是件小事，可是为了解老张的行为与思想，倒有说明的必要。

老张平生只洗三次澡：两次业经执行，其余一次至今还没有人敢断定是否实现，虽然他生在人人是"预言家"的中国。第一次是他生下来的第三天，由收生婆把那时候无知无识的他，象小老鼠似的在铜盆里洗的。第二次是他结婚的前一夕，自对的到清水池塘洗的。这次两个铜元的花费，至今还在账本上写着。这在老张的历史上是毫无可疑的事实。至于将来的一次呢，按着多数预言家的推测：设若执行，一定是被动的。简言之，就是"洗尸"。

洗尸是回教的风俗，老张是否崇信默哈莫德呢？要回答这个问题，似乎应当侧重经济方面，较近于确实。设若老张"呜乎哀哉尚飨"之日，正是羊肉价钱低落之时，那就不难断定他的遗嘱有"按照回教丧仪，预备六小件一海碗的清真教席"之倾向。（自然惯于吃酒吊丧的亲友们，也可以借此换一换口味。）而洗尸问题或可以附带解决矣。

不过，十年，二十年，或三十年后肉价的涨落，实在不易有精密的推测；况且现在老张精神中既无死志，体质上又看不出颓唐之象，于是星相家推定老张尚有十年，二十年，或三十年之寿命，与断定十年，二十年，或三十年后肉价之增减，有同样之不易。

猪肉贵而羊肉贱则回，猪羊肉都贵则佛，请客之时则耶。为什么请客的时候则耶？

耶稣教是由替天行道的牧师们，不远万里而传到只信魔鬼不晓得天国的中华。老教师们有时候高兴请信徒们到家里谈一谈，可以不说"请吃饭"，说"请吃茶"；请吃茶自然是西洋文明人的风俗。从实惠上看，吃饭与吃茶是差的多；可是中国人到洋人家里去吃茶，那"受宠若惊"的心理，也就把计较实惠的念头胜过了。

这种妙法被老张学来，于是遇万不得已之际，也请朋友到家里吃茶。这样办，可以使朋友们明白他亲自受过洋人的传授，至于省下一笔款，倒算不了什么。满用平声仿着老牧师说中国话："明天下午五点钟少一刻，请从你的家里走到我的家里吃一碗茶。"尤为老张的绝技。

营商，为钱；当兵，为钱；办学堂，也为钱！同时教书营商又当兵，则财通四海利达三江矣！此之谓"三位一体"；此之谓"钱本位而三位一体"。

依此，说话三种，信教三样，洗澡三次，……莫不根据于"三位一体"的哲学理想而实施。

老张也办教育？

真的！他有他自己立的学堂！

他的学堂坐落在北京北城外，离德胜门比离安定门近的一个小镇上。坐北朝南的一所小四合房，包着东西长南北短的一个小院子。临街三间是老张的杂货铺，上自鸦片，下至葱蒜，一应俱全。东西配房是他和他夫人的卧房；夏天上午住东房，下午住西房；冬天反之；春秋视天气冷暖以为转移。既省凉棚及煤火之费，长迁动着于身体也有益。北房三间打通了楦段，足以容五十多个学生，土砌的横三竖八的二十四张书桌，不用青灰，专凭墨染，是又黑又匀。书桌之间列着洋槐木做的小矮脚凳：高身量的学生，蹲着比坐着舒服；小的学生坐着和吊着差不多。北墙上中间悬着一张孔子像，两旁配着彩印的日俄交战图。西墙上两个大铁帽钉子挂着一块二尺见方的黑板；钉子上挂着老张的军帽和阴阳合历的宪书。门口高悬着一块白地黑字的匾，匾上写着"京师德胜汛①公私立官商小学堂"。

老张的学堂，有最严的三道禁令：第一是无论春夏秋冬闰月不准学生开教室的窗户；因为环绕学堂半里而外全是臭水沟，无论刮东西南北风，永远是臭气袭人。不准开窗以绝恶臭，于是五十多个学生喷出的炭气，比远远吹来的臭气更臭。第二是学生一切用品点心都不准在学堂以外的商店去买；老张的立意是在增加学生爱校之心。第三不准学生出去说老张卖鸦片。因为他只在附近烟馆被官厅封禁之后，才作暂时的接济；如此，危险既少，获利又多；至于自觉身分所在不愿永远售卖烟土，虽非主要原因，可是我们至少也不能不感谢老张的热心教育。

老张的地位：村里的穷人都呼他为"先生"。有的呢，把孩子送到他的学堂，自然不能不尊敬他。有的呢，遇着开殃榜，批婚书，看风水，……要去求他，平日也就不能不有相当的敬礼。富些的人都呼他为"掌柜的"，因为他们日用的油盐酱醋之类，不便入城去买，多是照顾老张的。德胜汛衙门里的人，有的呼他为"老爷"，有的叫他"老张"，那要看地位的高低；因为老张是衙门里挂名的巡击。称呼虽然不同，而老张确乎是镇里——二郎镇——一个重要人物！老张要是不幸死了，比丢了圣人损失还要大。因为哪个圣人能文武兼全，阴阳都晓呢？

① 德胜汛：即驻防德胜门外的军队。

老张的身材按营造尺是五尺二寸，恰合当兵的尺寸。不但身量这么适当，而且腰板直挺，当他受教员检定的时候，确经检定委员的证明他是"脊椎动物"。红红的一张脸，微点着几粒黑痣；按《麻衣相法》说，主多才多艺。两道粗眉连成一线，黑丛丛的遮着两只小猪眼睛。一只短而粗的鼻子，鼻孔微微向上掀着，好似柳条上倒挂的鸣蝉。一张薄嘴，下嘴唇往上翻着，以便包着年久失修渐形垂落的大门牙，因此不留神看，最容易错认成一个夹馅的烧饼。左脸高仰，右耳几乎扛在肩头，以表示着师位的尊严。

批评一个人的美丑，不能只看一部而忽略全体。我虽然说老张的鼻子象鸣蝉，嘴似烧饼，然而决不敢说他不好看。从他全体看来，你越看他嘴似烧饼，便越觉得非有鸣蝉式的鼻子配着不可。从侧面看，有时鼻洼的黑影，依稀的象小小的蝉翅。就是老张自己对着镜子的时候，又何尝不笑吟吟的夸道："鼻翅掀着一些，哼！不如此，怎能叫妇人们多看两眼！"

那是五月的天气，小太阳撅着血盆似的小红嘴，忙着和那东来西去的白云亲嘴。有的唇儿一挨慌忙的飞去；有的任着意偎着小太阳的红脸蛋；有的化着恶龙，张着嘴想把她一口吞了；有的变着小绵羊跑着求她的青眼。这样艳美的景色，可惜人们却不曾注意，那倒不是人们的错处，只是小太阳太娇羞了，太泼辣了，把要看的人们晒的满脸流油。于是富人们支起凉棚索兴不看；穷人们倒在柳荫之下做他们的好梦，谁来惹这个闲气。

一阵阵的热风吹去的柳林蝉鸣，荷塘蛙曲，都足以增加人们暴燥之感。诗人们的幽思，在梦中引逗着落花残月，织成一片闲愁。富人们乘着火艳榴花，茧黄小蝶，增了几分雅趣。老张既无诗人的触物兴感，又无富人的及时行乐；只伸着右手，仰着头，数院中杏树上的红杏，以备分给学生作为麦秋学生家长送礼的提醒。至于满垂着红杏的一株半大的杏树，能否清清楚楚数个明白，我们不得而知，大概老张有些把握。

"咳！老张！"老张恰数到九十八上，又数了两个凑成一百，把大拇指捏在食指的第一节上，然后回头看了一看。这轻轻的一捏，慢慢的一转，四十多年人世的经验！"老四，屋里坐！"

"不！我还赶着回去，这两天差事紧得很！"

"不忙，有饭吃！"老张摇着蓄满哲理的脑袋，一字一珠的从薄嘴唇往外蹦。

"你盟兄李五才给我一个电话，新任学务大人，已到老五的衙门，这就下来，你快预备！我们不怕他们文面上的，可也不必故意冷淡他们，你快预备，我就走，改日再见。"那个人一面擦脸上的汗，一面往外走。

"是哪位大……"老张赶了两步，要问个详细。"新到任的那个。反正得预备，改天见！"那个人说着已走出院外。

老张自己冷静了几秒钟，把脑中几十年的经验匆匆的读了一遍，然后三步改作两步跑进北屋。

"小三！去叫你师娘预备一盆茶，放在杏树底下！快！小四！去请你爹，说学务大人就来，请他过来陪陪。叫他换上新鞋，听见没有？"小三，小四一溜烟似的跑出屋外。"你们把《三字经》《百家姓》收起来，拿出《国文》，快！"

"《中庸》呢？"

"费话！旧书全收！快！"这时老张的一双小猪眼睁得确比猪眼大多了。

"今天把国文忘了带来，老师！"

"该死！不是东西！不到要命的时候你不忘！《修身》也成！"

"《算术》成不成？"

"成！有新书的就是我爸爸！"老张似乎有些急了的样子，"王德！去拿扫帚把杏树底下的叶子都扫干净！李应！你是好孩子，拿条湿手巾把这群墨猴的脸全擦一把！快！"

拿书的拿书；扫地的扫地；擦脸的擦脸；乘机会吐舌头的吐舌；挤眼睛的挤眼；乱成一团，不亚于遭了一个小地震。老张一手摘黑板上挂着的军帽往头上戴，一手掀着一本《国文》找不认识的字。

"王德！你的字典？"

"书桌上那本红皮子的就是！"

"你瞎说！该死！我怎么找不着？"

"那不是我的书桌，如何找得到！"王德提着扫帚跑进来，把字典递给老张。

"你们的书怎样？预备好了都出去站在树底下！王德快扫！"老张一手按着字典向窗下看了一眼，"哈哈！叫你扫杏叶，你偷吃我的杏子。好！现在没工夫，等事情完了咱们算账！"

"不是我有意，是树上落下来的，我一抬头，正落在我嘴里。不是有心，老师！"

"你该死！快扫！"

"你一万个该死！你要死了，就把杏子都吃了！"王德自己嘟囔着说。

王德扫完了，茶也放在杏树下，而且摆上经年不用的豆绿茶碗十二个。小四的父亲也过来了，果然穿着新缎鞋。老张查完字典，专等学务大人驾到，心里越发的不镇静。"王德！你在门口去了望。看见轿车或是穿长衫骑驴的，快进来告诉我。脸朝东，就是有黄蜂螫你的后脑海，也别回头！听见没有？”

“反正不是你脑袋。”王德心里说。

“李应！你快跑，到西边冰窖去买一块冰；要整的，不要碎块。”

“钱呢？”

“你衣袋里是什么？小孩子一点宽宏大量没有！”老张显示着做先生的气派。

李应看了看老张，又看了看小四的父亲——孙八爷——一语未发，走出去。

这时候老张才想起让孙八爷屋里去坐，心里七上八下的勉强着和孙八爷闲扯。

孙八爷看着有四十上下的年纪，矮矮的身量，圆圆的脸。一走一耸肩，一高提脚踵，为的是显着比本来的身量高大而尊严。两道稀眉，一双永远发困的睡眼；幸亏有只高而正的鼻子，不然真看不出脸上有“一应俱全”的构造。一嘴的黄牙板，好似安着“磨光退色”的金牙；不过上唇的几根短须遮盖着，还不致金光普照。一件天蓝洋缎的长袍，罩着一件铜钮宽边的米色坎肩，童叟无欺，一看就知道是乡下的土绅士。

不大的工夫，李应提着一块雪白的冰进来。老张向孙八说：

“八爷来看看这一手，只准说好，不准发笑！”

孙八随着老张走进教室来。老张把那块冰接过来，又找了一块木板，一齐放在教室东墙的洋火炉里，打着炉口，一阵阵的往外冒凉气。

“八爷！看这一手妙不妙？洋炉改冰箱，冬暖夏凉，一物两用！”老张挑着大拇指，把眼睛挤成一道缝，那条笑的虚线从脸上往里延长，直到心房上，撞得心上痒了一痒，才算满足了自己的得意。

原来老张的洋炉，炉腔内并没有火瓦。冬天摆着，看一看就觉得暖和。夏天遇着大典，放块冰就是冰箱。孙八看了止不住的夸奖："到底你喝过墨水，肚子里有货！"

正在说笑，王德飞跑的进来，堵住老张的耳朵，霹雳似的嚷了一声，"来了！"同时老张王德一人出了一身情感不同而结果一样的冷汗！

门外拍拍的掸鞋的声音，孙八忙着迎出来，老张扯开喉咙叫："立——正！"五十多个学生七长八短的排成两行。小三把左脚收回用力过猛，把脚踵全放在小四的脚指上："哎哟！老师！小三立正，立在我脚上啦！"

"向左——转！摆队相——迎！"号令一下，学生全把右手放在眉边，小四痛的要哭，又不敢哭，只把手遮着眼睛隔着眼泪往外看。前面走的他认识是衙门的李五，后面的自然是学务大人了。

"不用行礼，把手放下，放下，放下！"学务大人显着一万多个不耐烦的样子。学生都把手从眉边摘下来。老张补了一句："礼——毕！"

李五递过一张名片，老张低声问："怎样？"李五偷偷的应道："好说话。"

"大人东屋坐，还是到讲堂去？"老张向学务大人行了个举手礼。

"李先生，你等我一等，我大概看看就走。行家一过眼，站在学堂外边五分钟，就知道办得好坏，那算门里出身。"学务大人耸着肩膀，紧着肚皮，很响亮的嗽了两声，然后鼓着双腮，只转眼珠、不扭脖项的往四外一看。把一口痰用舌尖卷成一个滑腻的圆弹，好似由小唧筒喷出来的唾在杏树底下。拿出小手巾擦了擦嘴，又顺手擦擦鼻凹的汗。然后自言自语的说："哼！不预备痰盂！"

"那么老五，八爷，你们哥俩个东屋里坐，我伺候着大人。"老张说。

"不用'大人''大人'的！'先生'就好！新办法新称呼，比不得七八年前。把学生领到'屋里'去！"

"是！到'讲堂'去？"

"讲堂就是屋里，屋里就是讲堂！"学务大人似乎有些不满意老张的问法。

"是！"老张又行了一个举手礼，"向左——转！入讲——堂！"

学生把脚抬到过膝，用力跺着脚踵，震得地上冬冬的山响，向讲堂走来。

第二章

老张在讲台上往下看，学生们好似五十多根小石桩。俏皮一点说，好似五十多尊小石佛；瞪着眼，努着嘴，挺着脖子，直着腿。也就是老张教授有年，学务大人经验宏富，不然谁吃得住这样的阵式！五十多个孩子真是一根头发都不动，就是不幸有一根动的，也听得见响声。学务大人被屋里浓厚的炭气堵的，一连打了三个喷嚏；从门袋里掏出日本的"宝丹"，连气的往鼻子里吸，又拿出手巾不住的擦眼泪。老张利用这个机会，才看了看学务大人：学务大人约有四十五六岁的年纪。一张黑黄的脸皮，当中镶着白多黑少的两个琉璃球。一个中部高崤的鹰鼻，鼻下挂着些干黄的穗子，遮住了嘴。穿着一件旧灰色官纱袍，下面一条河南绸做的洋式裤，系着裤脚。足下一双短筒半新洋皮鞋，露着本地蓝市布家做的袜子。乍看使人觉着有些光线不调，看惯了更显得"新旧咸宜""允执厥中"。或者也可以说是东西文化调和的先声。

老张不敢细看，打开早已预备好的第三册《国文》，开始献技。

"《新国文》第三课，找着没有？"

"找着了！"学生都用最高的调子喊了一声。

"听着！现在要'提示注意'。"老张顺着教授书的程序往下念。

"王德！把腰挺起来！那是'体育'，懂不懂？"

王德不懂，只好从已然板直的腰儿，往无可再直里挺了一挺。

"听着！现在要'输入概念'。这一课讲的是燕子，燕子，候鸟也。候鸟乃鸟中之一种，明白不明白？"

"明白呀！老师！"学生又齐喊了一声。小三差一点把舌尖咬破，因为用力过猛。

"不叫'老师'，叫'先生'！新事新称呼，昨天告诉你们的，为何不记着？该……该记着！"老张接续讲下去，"燕子自北海道飞过小吕宋，渡印度洋而至特耳其司坦，此其所以为候鸟，明白不明白？"

"明白！老师，啊……啊……先生！"这一次喊的不甚齐整。

学务大人把一支铅笔插在嘴里，随着老张的讲授，一一记在小笔记本上。写完一节把舌头吐在唇边，预备往铅笔上沾唾液再往下写。写的时候是铅笔在舌上触两下，写一个字。王德偷着眼看，他以为大人正害口疮；丽小三——学务大人正站在他的右边——却以为大人的铅笔上有柿霜糖。"张先生，到放学的时候不到？"老张正待往下讲书，学务大人忽然发了话。

"差二十分钟，是！"

"你早些下堂，派一个大学生看着他们，我有话和你说。"

"是！李应，你看着他们念书！立——正！行——礼！"

学生们都立起来，又把手摆在眉边，多数乘着机会抓了抓鬓边的热汗，学务大人一些也没注意，大摇大摆的走出讲堂。

"谁要是找死，谁就乘着大人没走以前吵闹！"老张一眼向外，一眼向里，手扶着屋门，咬着牙根低声而沉痛的说。大人来到东屋，李五，孙八立起来。孙八递过一碗茶，说："辛苦！多辛苦！大热的天，跑这么远！"

"官事，没法子！贵姓？"大人呷了一口茶，咕噜咕噜的嗽口。嗽了半天，结果，咽下去了。

"孙八爷，本地的绅士。"老张替孙八回答，又接着说，"今天教得好坏，你老多原谅！"

"教授得还不错，你的外国地名很熟，不过不如写在黑板上好。"大人很郑重的说。

"不瞒先生说，那些洋字是跟我一个盟兄学的。他在东交民巷做六国翻译。据他说，念外国字只要把平仄念调了，准保没错。"老张又一挤眼自外而内的一笑。

"何必你盟兄说，哪个入过学堂的不晓得中西文是一理。"大人掏出烟斗拧上了一袋烟，一面接着问，"一共有多少学生？"

"五十四名。是！今天有两个告假的：一个家里有丧事，一个出'鬼风疹'。"

大人写在笔记本上。

"一年进多少学费？"

"进的好呢，一年一百五十元；不好呢，约合一百元的光景。"

大人写在笔记本上，然后问："怎么叫进的好不好？"老张转了转眼珠，答道："半路有退学的，学费要不进来，就得算打伤耗。"

"噢！教科书用那一家的，商务的还是中华的？"

"中华书局的！是！"

大人写在笔记本上。把铅笔含在口内，象想起什么事似的。慢慢的说："还是用商务的好哇，城里的学堂已经都换了。"

"是！明天就换！明天就换！"

"不是我多嘴，按理说'中华'这个字眼比'商务'好听。前几天在城里听宣讲，还讲'中华大强国'，怎么现在又不时兴了呢？"孙八侃侃的说着。

"你怎能比大人懂得多，那一定有个道理。"老张看看孙八，又看了看大人。

大人咳嗽了两声，把手巾掩着嘴象要打哈欠，不幸却没打成。

"官事随时变，"李五乘机会表示些当差的经验，"现在不时兴，过二年就许又复原。当差的不能不随着新事走。是这样说不是？大人！"

"是！是极了！张先生！不是我在你面前卖好，错过我，普天下察学的，有给教员们出法子的没有？察学的讲究专看先生们的缝子，破绽……"

"大人高明！"李五，孙八一齐说。

"不过，"大人提高了嗓子说，"张先生，有一件事我不能不挑你的错。"

李五，孙八都替老张着急。老张却还镇静，说："是！先生指教！"

"你的讲台为什么砌在西边，那是'白虎台'，主妨碍生家长。教育乃慈善事业，怎能这样办呢！"大人一字一板的说。

"前任的大人说什么教室取左光，所以我把讲台砌在西边。实在说，我还懂一点风水阴阳。上司的命令不敢不遵，先生还得多原谅！"

"不用说前任的话，他会办事，还不致撤了差。不过我决不报上去。要是有心跟你为难，我就不和你当面说了，是不是？"大人笑了，李五，孙八也笑了。

大人又呷了一口茶，立起来。李五，孙八也立起来，只是老张省事，始终就没坐下。

"天热，多休息休息。"孙八说。

"不！下午还打算赶两处。李先生！"

"大人！"李五脸笑的象小酒醉螃蟹似的。

"我们上五里墩，还是黄鱼店？"

"大人请便，守备派我护送大人，全听大人的吩咐！"

"老五！好好伺候大人，我都得请你喝茶，不用说大人……"老张要说又吞回去了。

"黄鱼店罢！"大人似乎没注意老张说什么。

"大人多美言！老五，你领着大人由王家村穿东大屯由吴千总门口走，那一路都是柳树，有些遮掩，日光太毒。"老张说。

大人前面走，孙八跟着不住的道"辛苦"。李五偷偷的扯着老张的袖子，伸了伸大指，老张笑了。

孙八告辞回家。老张立在门外，直等学务大人和李五走进树林，才深深的喘了一口气走进来。学生们在树底下挤热羊似的抢着喝茶。屋里几个大学生偷着砸洋炉里要化完的那块冰。

"哈哈！谁的主意喝我的茶！"老张照定张成就打，"老师！不是我的主意，是小四头一个要喝的！"张成用手遮着头说。

"小四要喝？他拿多少学钱，你拿多少？他吃大米，你吃棒子面！喝茶？不怕伤了你的胃！都给我走进去！"老张看了看茶盆，可怜大半已被喝去。老张怒冲冲的走进教室，学生又小石桩一般的坐好。王德的嘴还满塞着冰渣。"小三，小四，卜凤，王春……你们回家去吃饭！对家里说，学务大人来了，老师给大人预备的茶水点心，给学生泡的小叶茶，叫家里看着办，该拿多少拿多少。大人察的是你们的学问，老师不能干赔钱。听明白没有？去罢！"小三们夹起书包，小野鹿似的飞跑去了。

"你们怎么样？是认打，认罚？"

"回象对父亲说，多少送些东西给老师！"七八个学生一齐说。

"说个准数，别含糊着，亲是亲，财是财！"

"老师！我们要是说了，父亲遇上一时不方便呢？"几个大学生说。

"不方便？起初就别送学生来念书！要念书，又要省钱，做老师的怎那么天生的该饿死！不用费话，怕打的说个数目，身上发痒的，板子现成！"

老张把军帽摘下来，照旧挂在挂黑板的帽钉上。脱了长袍，把小汗衫的袖子高高挽起。一手拿起教鞭，一手从讲桌深处扯出大竹板。抡了抡教鞭，活动活动手腕。半恼半笑的说：

"给我个干脆！烧香的还愿，跳山涧的也还愿，钱是你们的，肉也是你们的。愿打，愿罚，快着定！一寸光阴一寸金，耽误我的光阴，你们赔得起黄金吗？"

五六个心慈面善的学生，觉得大热的天吃板条，有些不好意思。他们立起来，有认从家里拿一只小雏鸡的；有认拿五百钱的；老张一一记在账本上，放他们回家。其余的学生认清了：到家要钱也是挨打，不如充回光棍卖给老张几下。万一老张看着人多，也许举行一回大赦呢。

打人就要费力气，费力气就要多吃饭，多吃饭就要费钱，费钱就是破坏他的哲学，老张又何尝爱打人呢？但是，这次不打，下次就许没有一个认罚的，岂不比多吃一碗饭损失的更大？况且，万一打上心火来，吃不下东西，省一两碗饭也未可知。于是学生们的万一之望，敌不过哲学家万一之望，而要充光棍的少年们苦矣！

学生们纷纷擦拳摩掌，增高温度，以备抵抗冰凉铁硬的竹板。有的干干的落泪，却不哭喊出来。老张更怒了："好！你是不服我呀！"于是多打了三板。有的还没走到老张跟前早已痛哭流涕的央告起来。老张更怒了："好！你拿眼泪软我的心，你是有意骂我！"于是多打了三板。有的低声的哭着，眼泪串珠般的滚着。老张更怒了："好！你想半哭半不哭的骗我，狡猾鬼！"于是又打了三板。

老张和其他的哲学家一样，本着他独立不倚的哲学，无论如何设想，是不会矛盾的。

学生们随打随走，现在只剩下李应和王德二个，李应想："我是大学长，自然不会挨打，何况我已给他买了一块冰？"王德呢，自知吃杏子，吃冰等罪案，是无可幸免的，把手搓的鲜红，专备迎敌。

"李应！你怎样？"老张放下竹板，舒展着自己的手腕。"我不知道！"李应低着头说。

"你以为我不打大学长吗？你不拦着他们喝茶，吃冰，是你的错处不是？"

"茶本来是该喝的，冰是我买的，错不错我不知道。"李应把脸涨红，理直气壮的说。

"哈哈……"老张狂笑了一阵，这回确是由内而外的笑，唯其自内而外，是最难测定是否真笑，因为哲学家的情感是与常人不同的。

"你不错，我错，我要打你！"老张忽然停住了笑声，又把竹板拾起来。

"我要是告退不念呢，叔父不允许。"李应自己想，"叫他打呢，有什么脸去见人。"

"我告退不念了！"李应想来想去，觉得叔父怎样也比老张好说话。

"什么？不念了？你要不念就不念！"

"我叔父不叫我念书了！"李应明知自己说谎，可是舍此别无搪塞老张的话。

"你叔父？噢！你叔父！去，叫你叔父把咱老张的钱连本带利今天都还清，你是爱念不念！"

李应明白了！明白一切的关系！眼泪止不住的流下来。"哭？会哭就好！"老张用板子转过去指着王德，"你怎么样？"

"看着办，好在谁也没吃板条的瘾。"王德笑嘻嘻的说。

王德慢慢的走过去，老张却把板子放下了。王德倒吃了一惊，心里说："老手要是走运，老屁股许要糟糕。"继而又想到："好在一家人，也该叫老屁股替老手一回了。反正你们挨打，疼都在我心上，乐得不换换地方呢！"王德永远往宽处想，一这样想，心里立觉痛快，脸上就笑出来，于是他笑了。"王德！你跟我到东屋去！"

"我倒不挑选地方挨打。也别说，东屋也许比西屋凉爽一些。"王德说毕，随着老张往东屋走。老张并没拿着板子。"王德，你今年十几岁？"老张坐下，仰着脸把右手放在鬓边。

"我？大概十九岁，还没娶媳妇，好在不忙。"

"不要说废话，我和你说正经事。"老张似乎把怒气全消了。

"娶媳妇比什么也要紧，也正经。要是说娶妻是废话，天下就没有一句正经话。"王德一面说着，一面找了一条凳子坐下。

"你知道李应的家事不知道？"老张闭着一只眼问。"我知道他叔父也姓李。"

"别的呢？"

"我还没研究过。"王德说完，哈哈的笑起来。他想起二年前在《国文》上学了"研究"两个字，回家问他父亲："咱们晚饭'研究'得了没有？"被他父亲一掌打在脸上，至今想起来还觉得干辣辣的发烧。父亲不明白儿子说"研究"，你说可笑不可笑。王德越发笑的声音高了。

"你是非打不可，有什么可笑呢？"

"是可笑！人要把鼻子倒长着，下雨的时候往嘴里灌水，难道不可笑？人要把胡子长在手掌上，长成天然小毛刷子，随便刷衣裳，难道不可笑？挨打是手上疼，管不着心里笑！"

"你不知道李应家里的事？"老张早知道王德是宁挨打不止笑的人物，不如听着他笑。

"我不知道。"

"好！你今年十九，李应也十九；他可以做大学长，你为何不可以？假如我要派你做大学长，你干不干？"王德和李应是最好的学友，他只有一件事不满意李应，就是李应做大学长。王德以为凡是老人都可恨，他的父亲因为他说"研究"就打得他脸上开花。老人，在王德想，就是专凭势力不懂人情的老古董。除了老人要算年青而学老人行为的为可恶。街坊邓三年青青的当军官，打部下的兵丁比父亲打儿子还毒狠。城里的钱六才二十多岁，就学着老人娶两个媳妇。邓三，钱六该杀！至于李应呢，岁数不大，偏板着面孔替老张吹胡子瞪眼睛的管束同学。如今老张要派王德作大学长，他自己笑着说："王德！还没娶媳妇，就做大学长，未免可笑，而且可杀！"王德于是突然立起来，往外就走。

"你别走！"老张把他拦住，"有你的好处！"

"有什么好处？"

"你听着，我慢慢对你说。"老张把王德又推在小凳上，"你要当大学长，我从此不打你。可是你得帮我算铺子的账目。"

王德滴溜溜的转着两只大眼睛，没有回答。

"还有好处！你现在拿多少学钱，每天领多少点心钱？"

"学钱每月六吊，点心钱不一定，要看父亲的高兴不高兴。"

"是啊！你要是做大学长，听明白了，可是帮我算账，我收你四吊钱的学费。"

"给父亲省两吊钱？"

"你不明白，你不用对你父亲说，每月领六吊钱，给我四吊，那两吊你自己用，你看好不好？"

"不告诉父亲？他要是知道了，你替我挨打？"王德又笑了：设若父亲照打我一般的打老张一顿，多么有趣。"你我都不说，他怎会知道，不说就是了！"

"嘴里不说，心里难过！"

"不会不难过？"

"白天不说，要是夜里说梦话呢？"

"你废话！"

"不废话！你们老人自然不说梦话，李应也许不说，可是我夜夜说。越是白天不说的，夜间越说得欢。"

"少吃饭，多喝水，又省钱，又省梦！"

"省什么？"

"省——梦！你看你师母，永远不做梦。她饿了的时候，我就告诉她，'喝点水'。"

王德止不住又高声笑起来。他想："要是人人这样对待妇女，过些年妇人不但只会喝水，而且变成不会做梦的动物。噢！想起来了，父亲常说南海有'人头鱼'，妇人头，鱼身子，不用说，就是这种训练的结果。可是人头鱼做梦不做？不知道！父亲？也许不知道。哼！还是别问他，问老人不知道的事情，结果是找打嘴巴！"

"王德！我没功夫和你废话，就这么办！去，家去吃饭！"老张立起来。

"这里问题太多，"王德屈指——一的算，"当大学长，假充老人，骗父亲的钱，帮你算账，多喝水，少吃饭，省钱省梦，变人头鱼！……不明白，我不明白！"

"明白也这么办，不明白也这么办！去！滚！"王德没法子，立起来往外走。忽然想起来："李应呢？"

"你管不着！我有治他的法子！去！"

第三章

老张把李应，王德的事，都支配停妥，呷了一口凉茶。茶走下去，肚里咕碌碌的响了一阵。"老张你饿了！"他对自己说，"肚子和街上的乞丐一样，永远是虚张声势，故作丑态。一饿就吃，以后他许一天响七八十次。"他按了按肚皮："讨厌的东西，不用和我示威，老张有老张的办法！"命令一下，他立刻觉得精神胜过肉体，开始计划一切："今天那两句'立正'叫得多么清脆！那些鬼子地名说得多么圆熟！老张！总算你有本事！……"

"一百四，加节礼三十，就是一百七。小三的爹还不送几斗谷子，够吃一两个月的。学务大人看今天的样子总算满意，一报上去奖金又是三十。一百七，加三十就是二百，——二百整！铺子决不会比去年赚的少，虽然还没结账！……"

"李应的叔父欠的债，算是无望，辞了李应叫他去挑巡击①，坐地扣，每月扣他饷银两块，一年又是二十四。李应走后，王德帮咱算账，每月少要他两吊钱，可是省找一个小徒弟呢。狠心罢！舍两吊钱！……"

他越想越高兴，越高兴肚子越响，可是越觉得没有吃饭的必要！于是他跑北屋，拿起学务大人的那张名片细看了一看。那张名片是红纸金字两面印的。上面印的字太多，所以老张有几个不认识，他并不计较那个；又不是造字的圣人，谁能把《字典》上的字全认得？

---

① 挑巡击：当巡击兵。因当兵要经过挑选，习称"挑巡击"。

名片的正面：

"教育讲习所"修业四月，参观昌平县教育，三等英美烟公司银质奖章，前十一师二十一团炮营见习生，北京自治研究会会员，北京青年会会员，署理京师北郊学务视察员，上海《消闲晚报》通信员。南飞生，旁边注着英文字：NanFisheng。

背面是：

字云卿，号若艇，投稿署名亦雨山人。借用电话东局1015。拜访专用。

"这小子有些来历！"老张想，"就凭这张名片，印一印不得一块多钱？！老张你也得往政界上走走啊！有钱无势力，是三条腿的牛，怎能立得稳！……"

"哼！有来历的人可是不好斗，别看他嘻皮笑脸的说好话，也许一肚子鬼胎！书用得不对，讲台是'白虎台'，院里没痰盂，……照实的报上去，老张你有些吃不住哇！"

老张越想越悲观，白花花的洋钱，一块挤着一块雪片似的从心里往外飞。"报上去了！'白虎台'，旧教科书，奖金三十块飞了！公文下来，'一切办法，有违定章，着即停办！'学生们全走了，一百四加节礼三十，一百七飞了！……"

老张满头冷汗，肚里乱响，把手猛的向桌上一拍，喊："飞了！全飞了！"

"没有，就飞了一只！"窗外一个女人有气无力的说，"什么飞了？"

"我在屋里给你做饭，老鹰拿去了一只！"窗外的声音低微得好似梦里听见的怨鬼悲叹。

"一只什么？"

"小鸡！"窗外呜咽咽的哭起来。

"小鸡！小鸡就是命，命就是小鸡！"

"我今天晚上回娘家，把我哥哥的小鸡拿两只来，成不成？"

"你有哥哥？你恐吓我？好！学务大人欺侮我，你也敢！你滚蛋！我不能养着：吃我，喝我的死母猪！"

老张跑出来，照定那个所谓死母猪的腿上就是一脚。那个女人象灯草般的倒下去，眼睛向上翻，黄豆大的两颗泪珠，嵌在眼角上，闭过气去。

这时候学生吃过午饭，逐渐的回来；看见师母倒在地上，老师换着左右腿往她身上踢，个个白瞪着眼，象看父亲打母亲，哥哥打嫂子一样的不敢上前解劝。王德进来了，后面跟着李应。（他们并没回家吃饭，只买了几个烧饼在学堂外面一边吃，一边商议他们的事。）王德一眼看见倒在地下的是师母，登时止住了笑，上前就要把她扶起来。

"王德你敢！"老张的薄片嘴紧得象两片猴筋似的。"师母死啦！"王德说。

"早就该死！死了臭块地！"

王德真要和老张宣战了，然而他是以笑为生活的，对于打架是不大通晓的。他浑身颤着，手也抬不起来，腿在裤子里转，而且裤子象比平日肥出一大块。甚至话也说不出，舌头顶着一口唾沫，一节一节的往后缩。

王德正在无可如何，只听拍的一声，好似从空中落下来的一个红枫叶，在老张向来往上扬着的左脸上，印了五条半紫的花纹。李应！那是李应！

王德开始明白：用拳头往别人身上打，而且不必挑选地方的，谓之打架。于是用尽全身力量喊了一声："打！"

老张不提防脸上热辣辣的挨了一掌，于是从历年的经验和天生来的防卫本能，施展全身武艺和李应打在一处。王德也抡着拳头扑过来。

"王德！"李应一边打一边嚷，"两个打一个不公道，我要是倒了，有胆子你再和他干！"

王德身上不颤了，脸上红的和树上的红杏一样。听见李应这样说，一面跑回来把师母搀起来，一面自己说："两个打一个不公道，男人打女人公道吗？"

小三，小四全哭了，大些的学生都立着发抖。门内站满了闲人，很安详而精细的，看着他们打成一团。"多辛苦！多辛苦！李应放开手！"孙八爷从外面飞跑过来舍命的分解，"王德！过来劝！"

"不！我等打接应呢！"王德拿着一碗冷水，把几粒仁丹往师母嘴里灌。

"好！打得好！"老张从地上爬起来，掸身上的土。李应握着拳一语不发。

"李应！过来灌师母，该我和他干！"王德向李应点手。老张听王德这样说倒笑了。孙八爷不知道王德什么意思，只见他整着身子扑过来。

"王德你要做什么？"孙八拦住他。

"打架！"王德说，"两个打一个不公道，一个打完一个打！"

"车轮战也不公道！你们都多辛苦！"孙八把王德连推带抱的拦过去。又回头对老张说："张先生你进屋里去，不用生气，小孩子们不知事务。"然后他又向看热闹的人们说："诸位，多辛苦！先生责罚学生，没什么新奇，散散罢！"

老张进西屋去，看热闹的批评着老张那一脚踢得好，李应那一捏脖子捏得妙，纷纷的散去。

孙八又跑到张师母跟前说："大嫂！不用生气，张先生是一时心急。"

张师母已醒过来，两眼呆呆的看着地，一手扶着王德，一手托着自己的头，颤作一团。

"八爷！不用和她费话！李小子你算有胆气！你，你叔父，一个跑不了！你十九，我四十九，咱们睁着眼看！"老张在屋里嚷。

"闭着眼看得见？废话！"王德替李应反抗着老张。

"好王德，你吃里爬外，两头汉奸，你也跑不了！"

"姓张的！"李应靠在杏树上说："拆你学堂的是我，要你命的也是我，咱们走着看！"

"拆房不如放火热闹，李应！"王德答着腔说。他又恢复了他的笑的生活：一来见师母醒过来，没真死了；二来看李应并没被老张打伤；三来觉得今天这一打，实在比平日学生挨打有趣得多。

"你们都辛苦！少说一句行不行？"孙八遮五盖六的劝解，"大嫂你回家住一半天去，王德你送你师母去！李应你暂且回家！你们都进屋去写字！"孙八把其余的学生全叫进教室去。王德，李应扶着师母慢慢的走出去。

第二天早晨，王德欢欢喜喜领了点心钱，夹起书包上学来，他走到已经看见了学堂门的地方，忽然想起来："老张忘了昨天的事没有？老张怎能忘？"他寻了靠着一株柳树的破石桩坐下，石桩上一个大豆绿蛾翩翩的飞去，很谦虚的把座位让给王德。王德也没心看，只顾思："回家？父亲不答应。上学？老张不好惹。师母？也许死了！——不能！师母是好人；好人不会死得那么快！……"

王德平日说笑话的时候，最会想到别人想不到的地方，做梦最能梦见别人梦不到的事情。今天，脑子却似枯黄的麦茎，只随着风的扇动，向左右的摆，半点主意也没有。柳树上的鸣蝉一声声的"知了"！"知了"！可是不说"知道了什么"。他于是立起来坐下，坐下又起来，路上赶早市和进城做生意的人们，匆匆的由王德面前过去，有的看他一眼，有的连看也不看，好象王德与那块破石桩同样的不惹人注意。"平日无事的时候，"王德心里说，"鸟儿也跟你说话，花草也向着你笑，及至你要主意的时候，什么东西也没用，连人都算在其内。……对，找李应去，他有主意！万一他没有？不能，他给我出过几回主意都不错！"

王德立起来，嘴里嘟嘟囔囔的向西走去，平日从学堂到李应家里，慢慢的走有十分钟也到了；今天王德走了好似好几个十分钟，越走象离着越远。而且不住的回头，老觉着老张在后面跟着他。

他走来走去，看见了：李应正在门外的破磨盘上坐着。要是平日，王德一定绕过李应的背后，悄悄的用手盖上李应的眼，叫他猜是谁，直到李应猜急了才放手。今天王德没有那个兴趣，从远远的就喊："李应！李应！我来了！"

李应向王德点了点头，两个人彼此看着，谁也想不起说话。

"王德，你进来看看叔父好不好？"倒是不爱说话的李应先打破了这个沉寂。

李应的家只有北屋三间，一明两暗。堂屋靠墙摆着一张旧竹椅，孤独的并没有别的东西陪衬着。东里间是李应和他叔父的卧室，顺着前檐一张小矮土炕，对面放着一条旧楠木条案，案上放着一个官窑五彩瓶和一把银胎的水烟袋。炕上堆着不少的旧书籍。西里间是李应的姐姐的卧室，也是厨房。东西虽少，摆列得却十分整洁。屋外围着短篱，篱根种着些花草。李应的姐姐在城里姑母家住的时候多，所以王德不容易看见她。

李应的叔父有五十多岁的年纪，看着倒象七八十岁的老人。黄黄的脸，虽洗得干净，只是罩着一层暗光。两只眼睛非常光锐，显出少年也是精干有为的。穿着一件旧竹布大衫，洗得已经退了色。他正卧在炕上，见王德进来微微抬起头让王德坐下。待了一会儿，他叫李应把水烟袋递给他，李应替他燃着纸捻，他坐起来一气吸了几袋烟。

"王德，"李应的叔父半闭着眼，说话的声音象久病的人一样的微细，"我明白你们的事，我都明白，然而……"

"昨天我们实在有理，老张不对！"王德说。

"有理无理，不成问题。昨天的事我都明白，不必再说。只是此后应该怎样对付。现在这个事有几层：你们的师母与老张；我与老张；你们两个和老张。"李应的叔父喘了一口气，"我的事我自有办法；你们的师母我也替她想了一想。至于你们两个，你们自然有你们自己的意见，我不便强迫你们听我的嘱咐。"他的声音越说越弱，象对自己说一样，王德，李应十分注意的听着。"李应，你和王德出去，告诉他我昨天告诉你的话。"

王德起来要往外走。

"回来！你们也商议商议你们的事，回来我或者可以替你们决定一下。"他说完慢慢的卧下。两个少年轻轻的走出去。两个走出来坐在磨盘上。

"你知道我叔父的历史？"李应问。

"他做过知县，我知道，因为和上司讲理丢了官。"

"对！以后呢？"

"我不知道！"

"我也不知道，可是昨天叔父告诉我了，叔父自从丢了官，落得一贫如洗。他心灰意冷，无意再入政界，于是想经营一个买卖，自食其力的挣三顿饭吃。后来经人介绍，和老张借了二百块钱，又借了一百，共总三百。这是叔父与老张的关系。"

"介绍人是城里的卫四。"李应停顿了一会，接着说，"卫四后来就自荐帮助叔父经理那个小买卖。后来卫四和老张沟通一气，把买卖拆到他自己手里去，于是叔父可是无法逃出老张的债。叔父是个不爱钱的人，因为不爱钱就上了人家的暗算。我和我姐姐自幼跟着叔父，我的父母，我甚至于想不起他们的面貌。"李应说着，把嘴唇接着泪珠往嘴里咽。"叔父决不会把我送在老张的学堂去读书要不是欠老张的债。老张拿我当奴隶，现在我才知道，那是他强迫叔父答应他的。叔父昨天哭的说不出话，他明白，然而他⋯⋯他老了，打不起精神去抵抗一切了！这是他最痛心的事，也就是他只求一死的原因！前几天老张又和叔父说，叫我去挑巡击，他的意思是把我送在那个腐败衙门里，他好从中扣我的钱。叔父明白这么一办，不亚如把我送入地狱，可是他答应了老张。他只求老张快离开他，他宁可死了，也不肯和老张说话，他不惜断送一切，求老张快走。叔父是明白人，是好人，然而——老了！"

"我明白了！我们怎么办？"王德脸又涨红。

"不用说'我们'，王德！你与老张没恶感，何苦加入战团？我决不是远待你！"

"李应！我爱你，爱你叔父！不能不加入！我父亲是受了老张的骗。他见了父亲，总说：'快复辟了，王德的旧书可是不能放下，要是放下，将来恢复科考，中不了秀才，可就悔之晚矣！'我早就想不在那里念书，然而没有机会。现在我总算和老张闹破了脸，乐得乘机会活动活动。我有我的志愿，我不能死在家里！"

"我明白你的志愿，可是我不愿你为我遭些困苦！"

"我们先不必争执这一点，我问你，你打算做什么？"

"我进城去找事！只要我能挣钱，叔父的命就可以保住！"

"找什么事？"王德问。

"不能预料！"

"老张放你走不放？"

"不放，拼命！"

"好！我跟你进城！跟父亲要十块钱！"王德以为有十块钱是可以在城里住一年的。

"我一定要进城，你不必。"

"我有我的志愿，我进城不是为你，还不成？"

两个人从新想了许多方法，再没有比进城找事的好，李应不愿意同王德一齐进城，王德死说活说，才解决了。他们一同进来见李应的叔父。

"叔父！我们决定进城一同找事。"王德首先发言，"我要看看世界是什么样子，李应有找事的必要。两个人一同去呢，彼此有个照应。"

"好！"李应的叔父笑了一笑。

"我所不放心的是老张不放李应走。"

"我是怕我走后，老张和叔父你混闹。"

"你们都坐下，你们还是不明白这个问题的内容。老张不能不叫李应走，他也不能来跟我闹。现在不单是钱的问题，是人！"

"自然我们都是人。"王德笑着说。

"我所谓的人，是女人！"

"自然张师母是女人！"

"王德！此刻我不愿意你插嘴，等我说完，你再说。"李应的叔父怕王德不高兴，向王德笑了一笑。然后他燃着纸捻，连气吸了几口烟。把烟袋放下，又和李应要了一碗冷水漱了漱口。立起来把水吐在一个破瓦盂内，顺手整了整大衫的折缝。

"王德，李应，"李应的叔父看了看那两个少年，好象用眼光帮助他表示从言语中表示不出来的感情，"现在的问题是一个女人。李应！就是你的姐姐！"

李应不由得立起来，被叔父眼光的引领，又一语未发的坐下。

"不用暴躁，听我慢慢的说！"那位老人接续着说，"张师母是她哥哥卖给老张的，这是十几年前的事，他欠老张的债，所以她就做了折债的东西。她现在有些老丑，于是老张想依法炮制买你的姐姐，因为我也欠他的钱。他曾示意几次，我没有理他……我不是畜……李应！拿碗冷水来！"

他把头低得无可再低，把一碗冷水喝下去，把碗递给李应，始终没抬头。

"可是现在这正是你们的机会。因为在我不允许他的亲事以前，他决不会十分毒辣，致使亲事不成。那么，李应你进城，我管保老张不能不放你走。至于你们的师母，等老张再来提亲的时候，我要求他先把她释放，然后才好议婚。我想他一定要些个赎金，果然他吐这样的口气，那么，就是我们夺回你师母自由的机会。那个五彩瓶，"他并没抬头，只用手大概的向桌上指了一指，"是我宁挨饿而未曾卖掉的一件值钱的东西。李应，那是你父亲给我的。你明天把那个瓶拿进城去，托你姑父卖出去，大概至少也卖一百块钱。你拿二十元在城里找事，其余的存在你姑父那里，等老张真要还你师母自由的时候，我们好有几十元钱去赎她。她以后呢，自己再冻饿而死，我们无力再管，自然我们希望管。可是我们让她死的时候明白，她是一条自由的身子，而不是老张的奴隶。你们师母要是恢复了她的自由，老张一定强迫我写字据卖我的侄女。"

李应的叔父停住了话，把水烟袋拿起来，没有吸烟，只不错眼珠的着着烟袋。

　　"死是不可免的；我怕老张的笑声，然而不怕死！"

　　"叔父！"李应打断他叔父的话，"你不用说'死'成不成？"老人没回答。

　　"老张！你个……"王德不能再忍，立起来握着拳头向东边摇着，好象老张就站在东墙外边似的。

　　"王德！坐下！"李老人呆呆的看着案上的五彩瓶。王德坐下了，用拳头唪唪的撞着炕沿。

　　"我对不起人，对不起老张，欠债不还，以死搪塞，不光明，不英雄！"老人声音更微细了，好象秋夜的细雨，一滴一滴的冷透那两个少年的心情，"你们，王德，李应，记住了：好人便是恶人的俘虏，假如好人不持着正义和恶人战争。好人便是自杀的砒霜，假如好心只是软弱，因循，怯懦。我自己无望了，我愿意你们将来把恶人的头切下来，不愿意你们自己把心挖出来给恶人看。至于金钱，你们切记着：小心得钱，小心花钱。我自己年少的时候，有一片傻好心，左手来钱，右手花去，落得今日不能不死。死，我是不怕的，只是死了还对不起人，至少也对不起老张。以前的我是主张'以德报怨'，现在，'以直报怨'。以前我主张钱可以乱花，不准苟得，现在，钱不可苟得，也不可乱花。……王德，你用不着进城。李应去后，老张正需人帮助，他决不致于因为你和他打架而慢待你。你要是天天见老张，至少也可以替我打听他对于我的摆布。不过，你的志愿我不敢反对，进城与否，还是你自己决定。从事实上看，好似没有进城的必要。我的话尽于此，对不对我不敢说。你们去罢！不必怀念着我的死，我该死！"

李老人舒展了舒展大衫，慢慢的卧下去，随手拿起一本书，遮住自己的脸；周身一动也不动，只有襟部微微的起伏，衬着他短促的呼吸。

"设若你能还老张的钱，你还寻死吗，叔父？"王德问，"我怎能还他的钱？"

"我回家对父亲说，他借与你钱，将来李应再慢慢的还我父亲。"

"傻孩子！你父亲那是有钱的人！"

"他有！一收粮就有好几十块！"

"几十块？那是你们一年的用度！傻孩子，我谢谢你！"

"噢！"王德疑惑了，"原来几十块钱不算富人，那么，多少才可以算富足呢？"

多么难堪夏日午时的静寂！树上的红杏，田中的晚麦，热的都不耐烦了！阵阵的热风，吹来城内的喧闹，困的睡了，不睡的听着听着哭了。这时王德和李应又坐在破磨盘上，王德看着那翎毛凋落的丑老鸦，左顾右盼的摇着秃头脑，要偷吃树上的红杏。李应低着头注视着地上的群蚁围攻一个翠绿的嫩槐树虫。老鸦轻快的一点头，衔起一个圆红杏，拍着破翅擦着篱笆飞去。王德随着老鸦把眼睛转到东边的树上，那面丑心甜的老鸦把杏递进巢内，哑哑的一阵小鸦的笑声，布散着朴美的爱情。

李应不知不觉的要用手拨散那条绿虫身上叮着的小黄蚁。他忘了他的手被王德紧紧的握着。他一抽手，王德回过头来："李应！"

"啊！王德！"两个人的眼光遇在一处，触动了他们的泪腺的酸苦。他们毫不羞愧的，毫不虚伪的哭起来。

对哭——对着知己的朋友哭——和对笑，是人类仅有的两件痛快的事。

"你哭完了没有？我完了！"王德抹着红眼。

"不哭了！"

"好！该笑了！今天这一哭一笑，在这张破磨盘上，是我们事业的开始！李应！你看前面，黑影在我们后面，光明在我们前头！笑！"

王德真笑了，李应莫名其妙不觉的也一乐，这一乐才把他眼中的泪珠挤净。

"王德，我还是不赞成你进城！"

"非去不可！我有我的志愿！"王德停顿了一会儿，"李应，你姐姐怎样呢？"他的脸红了。

"有我姑父姑母照应着她。"

"是吗？"王德没有说别的。

"你该回家吃饭，老人家要是不准你进城，不必固执。"

"父亲管不了，我有我的志愿！"王德说着往四下一看，"李应，我的书包呢？"

"放在屋里了罢？进来看看。"

两个人轻轻的走进去，李老人似乎昏昏的睡去。李应爬上炕去拿王德的书包。老人微微的睁开眼。

"王德呢？"

"在这里。"

"王德！不用和别人说咱们的事。你过来！"

王德走过去，老人拉住他手，叹了一口气。王德不知说什么好，只扭着脖子看李应。

"王德！少年是要紧的时候！我，我完了！去吧！告诉你父亲，没事的时候，过来谈一谈。"

王德答应了一声，夹起书包往外走。老人从窗上镶着的小玻璃往外望了王德一望，自言自语的说："可爱！可爱的少年！"

第四章

　　乡下人们对于城里挂着"龙旗"，"五色旗"，或"日本旗"，是毫不关心的；对于皇帝，总统，或皇后当权，是不大注意的。城里的人们却大不同了：他们走在街上，坐在茶肆，睡在家里，自觉的得着什么权柄似的。由学堂出身的人们，坐在公园的竹椅上，拿着报纸，四六句儿的念，更是毫无疑惑的自认为国家的主人翁。责任义务且先不用说，反正国家的主人翁是有发财升官的机会，是有财上加财，官上加官的机会的。谁敢说我想得不对，谁敢说我没得权柄？噢！米更贵了，兵更多了，税更重了，管他作甚。那是乡下人的事，那是乡下人的事！……

　　他们不但这样想，也真的结党集社的"争自治"，"要民权"，发诸言语，见之文字的干起来。不但城里这样的如火如荼，他们也跑到乡间热心的传播福音……北京自治讨成会，北京自治共成会，北京自治听成会，北京自治自进会……黑牌白字，白牌绿字，绿牌红字，不亚如新辟市场里的王麻子，万麻子，汪麻子……一齐在通衢要巷灿烂辉煌的挂起来。乡间呢，虽不能这样五光十色，却也村头村尾悬起郊外自治干成会……的大牌。乡民虽不认识字，然而会猜：

　　"二哥！又招兵哪！村头竖起大牌，看见没有？"一个这样说。

　　"不！听说围起三顷地，给东交民巷英国人做坟地，这是标记。"一个这样答。

　　两个，三个，四个，至于七八个，究竟猜不透到底是招兵还是做洋坟地。可是他们有自慰的方法：这七八个人之中的一个，杨木匠，断定了那块写着不可捉摸的黑字的牌子是洋槐木做的。王老叔起初还争执是柳木，经几次的鉴定，加以对于杨木匠的信仰，于是断定为洋槐木，然后满意的散去。过了几天，二郎镇上的人们惊异而新奇的彼此告诉："关里二郎庙明天开会。老张，孙八，衙门的官人都去，还有城里的有体面的人不计其数。老张，孙八就是咱们这里的代表……"

这个消息成了镇上人们晚饭后柳荫下的夕阳会聚谈的资料。王老叔对孙八，老张加以十分敬意的说："到底人家绅士和做先生的，有表可带，才当带表，象咱们可带什么？"

褚三却撇着嘴，把头上的青筋都涨起来，冷笑着说："王老叔！褚三虽不曾玩过表，可是拿时候比表还准。不论阴天晴天永不耽误事。有表的当不了晚睡晚起误了事，没表的也可以事事占先。"

王老叔也赞成褚三的意见。于是大家商议着明天到关里看看热闹。太阳渐渐的向西山后面游戏去，大地上轻轻的锁上一带晚烟，那是"无表可带"的乡民们就寝的时候了。

第二天真的二郎庙外老早的立上几个巡击兵。老张，孙八都穿了夏布大衫，新缎鞋，走出走入。老张仰着脸，足下用力压着才抹上煤油的红皮鞋底，作出戛戛的轻响。"前面的是孙八，后面的是老张。"庙外立着的乡民指指点点的说。然后两个人又走出来，乡民们又低声的彼此告诉："这回前面是老张，后面的是孙八。"老张轻扭脖项，左右用眼一扫，好似看见什么，又好似没看见什么，和兵马大元帅检阅军队的派头一样。

城里的人们陆续着来到，巡击兵不住的喊："闪开！闪开！这里挤，有碍代表的出入！家去看看死了人没有，开自治会与你们何干！去！去！"

乡民们也哑然自笑明白过来："可说，自治会又不给咱一斗米，何苦在这里充义务站街员!"于是逐渐的散去,只剩下一群孩子们,还争着赏识各路代表的风光。

开会的通知定的是九点钟开会,直到十二点钟,人们才到齐。只听一阵铃声,大家都坐在二郎庙的天棚底下,算是开会。

重要人物是:北郊学务大人南飞生,城北救世军军官龙树古,退职守备孙占元(孙八的叔父),城北商会会长李山东,和老张,孙八。其余的大概都是各路代表的埋伏兵。听说在国会里,管埋伏兵叫作"政党",在"公民团"里叫作"捧角",有些不体面的北京人,也管"捧角的"叫作"捧臭脚"。要之,埋伏者即听某人之指挥,以待有所动作于固体运动者也。

大家坐下,彼此交头接耳,家事,国事,天下事一齐说。谁也想不起怎样开会。倒是孙守备有些忍不住,立起来说道:"诸位!该怎么办,办哪!别白瞪着眼费光阴!"

南飞生部下听了孙守备说的不好听,登时就有要说闲话的。南飞生递了一个眼神,于是要说话的又整个的把话咽回去。南飞生却立起来说:"我们应当推举临时主席,讨论章程!"

"南先生说得是,据我看,我们应当,应当举孙老守备做临时主席。"老张说。

"诸位多辛苦,家叔有些耳聋,这些文明事也不如学务大人懂得多,还是南先生多辛苦辛苦!"

孙八说完,南飞生部下全拍着手喊:"赞成!"

"赞成!"其余的人们还没说完家事,国事,天下事,听见鼓掌才问,"现在做什么?"他们还没打听明白,只见南飞生早已走上讲台,向大家深深鞠了一躬。

"鄙人,今天,那么,无才,无德,何堪,当此,重任。"台下一阵鼓掌，孙老守备养着长长的指甲，不便鼓掌，立起来扯着嗓子喊叫了一声："好！"

"一个临时主席有什么重任？废话！"台下右角一个少年大声的说。

南飞生并未注意，他的部下却忍受不住，登时七八个立起来，摇着头，瞪着眼，把手插在腰间。问："谁说的？这是侮辱主席！谁说的，快快走出去，不然没他的好处！"

龙树古部下也全立起来，那个说话的少年也在其中，也都插着腰怒目而视。

"诸位，请坐，我们，为公，不是，为私，何苦，争执，小端。"主席依然提着高调门，两个字一句的说。

左右两党又莫名其妙的坐下，然而嘴里不闲着："打死你！"

"你敢！"

"你爸爸不是好人！"

"你爸爸一百个不是好人！"……

"诸位！"孙守备真怒了，"我孙家叔侄是本地的绅士。借庙做会场是我们；通知地方派兵弹压是我们；预备茶点是我们。要打架？这分明是臊我孙家的脸！讲打我当守备的是拿打架当作吃蜜，有不服气的，跟我老头子干干！"孙守备气的脸象个切开的红肉西瓜，两手颤着，一面说一面往外走："八爷？走！会不开了！走！"

孙八要走，恐怕开罪于大众。不走，又怕老人更生气。正在左右为难，老张立起来说："今天天气很热，恐怕议不出什么结果，不如推举几位代表草定会章。"

四下埋伏喊了一声"赞成"。然后左角上说："我们举南飞生！"右角上"……龙树古！"以次："张明德""孙占元""孙定""李复才"，大概带有埋伏的全被举为起草委员。主席听下面喊一声，他说一声"通过"。被举的人们，全向着大众笑了笑。只有孙老守备听到大家喊"孙占元"，他更怒了："孙占元，家里坐着如同小皇帝，代表算什么东西！"

主席吩咐摇铃散会，大众没心听孙守备说话，纷纷往外走。他们顺手把点心都包在手巾内，也有一面走一面吃的。后来孙八检点器皿，听说丢了两个茶碗。

孙八把叔父送上车去，才要进庙，老张出来向孙八递了一个眼色。孙八把耳朵递给老张。

"老人家今天酒喝得多点，"老张歪着头细声细气的说，"会场上有些闹脾气。你好歹和他们进城到九和居坐一坐，压压他们的火气，好在人不多。我回家吃饭，吃完赶回来给你们预备下茶水，快快的有后半天的工夫，大概可以把章程弄出来了。"

"要请客，少不了你。"孙八说。

"不客气，吃你日子还多着，不在乎今天。"老张笑了一笑。

"别瞎闹，一同走，多辛苦！"孙八把老张拉进庙来，南飞生等正在天棚下脱去大衫凉快。老张向他们一点头说："诸位！赏孙八爷个脸，到九和居随便吃点东西。好在不远，吃完了回来好商议一切。"

"还是先商议。"龙树古说。

"既是八爷厚意，不可不凑个热闹。"南飞生显出特别亲热的样子，捻着小黄胡子说。

"张先生你叫兵们去雇几辆洋车。"孙八对老张说。"我有我的包车。"龙树古说，说完绕着圆圈看了看大众。

洋车雇好，大家轧着四方步，宁叫肚子受屈，不露忙着吃饭的态度，往庙外走。众人上了车，老张还立在门外，用手向庙里指着，对一个巡击兵说话。路旁的人那个不值老张是自治会的大总办。

车夫们一舒腰，已到德胜门。进了城，道路略为平坦，几个车夫各不相下的加快速度，贪图多得一两个铜元。路旁没有买卖的车夫们喊着："开呀！开！开过去了！"于是这几个人形而兽面的，更觉得非卖命不足以争些光荣。

孙八是想先到饭馆一步，以表示出做主人的样子。老张是求路旁人赏识他的威风，只嫌车夫跑得慢。南飞生是坐惯快车，毫不为奇。龙树古是要显包车，自然不会拦阻车夫。李山东是饿得要命，只恨车夫不长八条腿。有车夫的争光好胜，有坐车的骄慢与自私，于是烈日之下，几个车夫象电气催着似的飞腾。

到了德胜桥。西边一湾绿水，缓缓的从净业湖①向东流来，两岸青石上几个赤足的小孩子，低着头，持着长细的竹竿钓那水里的小麦穗鱼。桥东一片荷塘；岸际围着青青的芦苇。几只白鹭，静静的立在绿荷丛中，幽美而残忍的，等候着劫夺来往的小鱼。北岸上一片绿瓦高阁，清摄政王的府邸，依旧存着天潢贵胄的尊严气象。一阵阵的南风，吹着岸上的垂杨，池中的绿盖，摇成一片无可分析的绿浪，香柔柔的震荡着诗意。

就是瞎子，还可以用嗅觉感到那荷塘的甜美；有眼的由不得要停住脚瞻览一回。甚至于老张的审美观念也浮泛在脑际，唤之欲出了。不过哲学家的美感与常人不同一些："设若那白鹭是银铸的，半夜偷偷捉住一只，要值多少钱？那青青的荷叶，要都是铸着袁世凯脑袋的大钱，有多么中用。不过，荷叶大的钱，拿着不大方便，好在有钱还怕没法安置吗？……"

大家都观赏着风景，谁还注意拉着活人飞跑的活人怎样把车曳上那又长又斜的石桥。那些车夫也惯了，一切筋肉运动好象和猫狗牛马一样的凭着本

———————
① 净业湖：即今积水潭。

能而动作。弯着腰把头差不多低到膝上，努着眼珠向左右分着看，如此往斜里一口气把车提到桥顶。登时一挺腰板，换一口气，片刻不停的把两肘压住车把，身子向后微仰，脚跟紧擦着桥上的粗石往下溜。忽然一声"咯喳"，几声"哎哟"，只见龙军官一点未改坐的姿式，好似有个大人把他提起，稳稳当当的扔在桥下的土路上。老张的车紧随着龙树古的，见前面的车倒下，车夫紧往横里一闪。而老张因保持力量平衡的原因，把重力全放在下部，脊背离了车箱，左右摇了几摇，于是连车带人顺着桥的倾斜随着一股干尘土滚下去。老张的头顶着车夫的屁股，车夫的头正撞在龙军官的背上。于是龙军官由坐像改为卧佛。后面的三辆车，车夫手急眼快，拼命往后倒，算是没有溜下去。龙树古把一件官纱大衫跌成土色麻袋，气不由一处起，爬起来奔过车夫来。可怜他的车夫——赵四——手里握着半截车把，直挺挺的横卧在路上，左腿上浸浸的流着人血。龙军官也吓呆了。老张只把手掌的皮搓去一块，本想卧在地上等别人过来搀，无奈烈日晒热的粗石，和火炉一样热，他无法只好自己爬起来，嘴里无所不至的骂车夫。车夫只顾四围看他的车有无损伤，无心领略老张含有诗意的诟骂。

其余的车夫，都把车放在桥下，一面擦汗，一面彼此点头半笑的说：

"叫他跑，我管保烙饼卷大葱算没他的事了！"

路上的行人登时很自然的围了一个圆圈。那就立在桥上的巡警，直等人们围好，才提着铁片刀的刀靶，撒着钉着铁掌的皮鞋，一扭一扭的过来。先问了一声："坐车的受伤没有？"

"污了衣服还不顺心，还受伤？"龙军官气昂昂的说。"一年三百六十五天，天天坐车，就没换过这样的苦子。今天咱'有钱买花，没钱买盆，栽在这块'啦！你们巡警是管什么的？"老张发着虎威，一半向巡警，一半向观众说。"这个车夫怎办？"巡警问。

"我叫龙树古，救世军的军官，这是我的名片，你打电话给救世军施医院，自然有人来抬他。"

"但是……"

"不用'但是'，龙树古有个名姓，除了你这个新当差的，谁不晓得咱。叫你怎办就怎办！"

北京的巡警是最服从民意的。只要你穿着大衫，拿出印着官衔的名片，就可以命令他们，丝毫不用顾忌警律上怎怎么么。假如你有势力，你可以打电话告诉警察厅什么时候你在街心拉屎，一点不错，准有巡警替你净街。龙树古明白这个，把名片递给巡警，真的巡警向他行了一个举手礼，照办一切。龙军官们又雇上车，比从前跑的更快到九和居去了。

中华民族是古劲而勇敢的。何以见得？于饭馆证之：一进饭馆，迎面火焰三尺，油星乱溅。肥如判官，恶似煞神的厨役，持着直径尺二，柄长三尺的大铁杓，酱醋油盐，鸡鱼鸭肉，与唾星烟灰蝇屎猪毛，一视同仁的下手。煎炒的时候，摇着油锅，三尺高的火焰往锅上扑来，耍个珍珠倒卷帘。杓儿盛着肉片，用腕一衬，长长的舌头从空中把肉片接住，尝尝滋味的浓淡。尝试之后，把肉片又吐到锅里，向着炒锅猛虎扑食般的打两个喷嚏。火候既足，杓儿和铁锅撞得山响，二里之外叫馋鬼听着垂涎一丈。这是入饭馆的第一关。走进几步几个年高站堂的，一个一句："老爷来啦！老爷来啦！"然后年青的挑着尖嗓几声"看座呀"！接着一阵拍拍的掸鞋灰，哪哪的开汽水，嗖嗖的飞手巾，把嗡嗡的赶苍蝇（饭馆的苍蝇是冬夏常青的），咕噜咕噜的扩充范围的漱口。这是第二关。主客坐齐，不点菜饭，先唱"二簧"。胡琴不管高低，嗓子无论好坏，有人唱就有人叫好，有人叫好就有人再唱。只管嗓子受用，不管别人耳鼓受伤。这是第三关。二簧唱罢，点酒要菜，价码小的吃着有益也不点，价钱大的，吃了泄肚也非要不可。酒要外买老字号的原封，茶要泡好镇在冰箱里。冬天要吃鲜瓜绿豆，夏天讲要隔岁的炸粘糕。酒菜上来，先猜拳行令，迎面一掌，声如狮吼，入口三歪，气贯长虹。请客的酒菜屡进，唯恐不足；做客的酒到杯干，烂醉如泥。这是第四关。押阵的烧鸭或闷鸡上来，饭碗举起不知往哪里送，羹匙倒拿，斜着往眉毛上插。然后一阵恶心，几阵呕吐。吃的时候并没尝出什么滋味，吐的时候却节节品着回甘。"仁丹"灌下，扶上洋车，风儿一吹，渐渐清醒，又复哼哼着："先帝爷，黄骠马……"以备晚上再会。此是第五关。有此五关而居然斩关落锁，驰骋如入无人之地，此之谓"食而有勇"！"美满的交际立于健全的胃口之上。"当然是不易的格言！

孙八等到了九和居，饭馆的五关当然要依次战过。龙树古因宗教的关系不肯吃酒。经老张再三陈说："啤酒是由外国来的，耶稣教也是外国来的，喝一点当然也没有冲突。"加以孙八口口声声非给龙军官压惊不可，于是他喝了三瓶五星啤酒。酒灌下去，他开始和大众很亲热的谈话。谈到车夫赵四，龙军官坚决的断定是："赵四早晨忘了祈祷上帝，怎能不把腿撞破。平日跑的比今天快得多，为何不出危险呢？"

"我们还是回到德胜门，还是……现在已经快三点钟。"孙八问。

"我看没回去的必要，"老张十二分恳切的说，"早饭吃了你，晚饭也饶不了你，一客不烦二主，城外去溜达溜达，改日再议章程。兄弟们哪是容易聚在一处的。"

"章程并不难拟，有的是别处自治会的，借一份来添添改改也成了。"南先生向孙八说。

"南先生你分神就去找一份，修改修改就算交卷。好在人还能叫章程捆住吗！"龙树古显着很有办事经验的这样说。"那么，南先生你多辛苦！"孙八向南飞生作了一个揖。

"不算什么，八爷，我们上哪里去？"南飞生问。

李山东吃得过多，已昏昏的睡去。忽然依稀的听见有人说出城，由桌上把头搬起来，掰开眼睛，说："出城去听戏！小香水的'三上吊'！不用说听，说着就过瘾！走！小香水！'三上吊'！……"

老张向来不自己花钱听戏，对于戏剧的知识自然缺乏。不知小香水是哪一种香水，"三上吊"又是哪么一件怪事。嘴里不便问，心里说："倒要看看这件怪事！大概逃不出因欠债被逼而上吊！欠债不还而上吊，天生来的不是东西！……"他立起来拍着孙八的肩，"李掌柜最会评戏，他说的准保没错！八爷你的请，等你娶姨太太的时候，我和老李送你一台大戏！"

"真的八爷要纳小星？几时娶？"南飞生眉飞色舞的吹着小黄干胡子问。

"辛苦！南先生。听老张的！我何尝要娶妾？"

"娶妾是个人的事，听戏是大家的，八爷你去不去？你不去，我可要走了！"李山东半醒半睡的说。

"对！李掌柜，你请我，咱们走！"老张跟着就穿大衫，"多辛苦！一同去，我的请！"

龙军官一定不肯去，告辞走了。孙八会了饭账，同着老张等一齐出城去娱乐。

第五章

"喂！李应！今天怎样？"

"今天还能有什么好处。钱是眼看就花完，事情找不到，真急死我！我决定去当巡警了！"

"什么？当巡警？你去，我不去，我有我的志愿。"

"你可以回家，要是找不到事做，我……"

"回家？夹着尾巴回家？我不能！喂！李应！城里的人都有第二个名字，我遇见好几个人，见面问我'台甫'，我们也应当有'台甫'才对。"

"找不到事，有一万个名字又管什么？"

"也许一有'台甫'登时就有事做。这么着，你叫李文警，我叫王不警。意思是：你要当巡警，我不愿意当。你看好不好？"

"你呀！空说笑话，不办正事，我没工夫和你瞎说，今天你我各走各的路，也许比在一处多得些消息。"

"不！我一个人害怕！"王德撅着嘴说。

"晴天白日可怕什么？"

"喝！那马路上荷枪的大兵，坐摩托车的洋人，白脸的，黑脸的……那庙会上的大姑娘，父亲说过，她们都是老虎。"

"你不会躲着他们走？"

"大兵和洋人我能躲，可是她们我又害怕又爱看。"

李应和王德自从进城，就住在李应的姑母家里。饭食是他们自备，白天出去找事，晚上回来睡觉，两个人住着李应的姑母的一间小北房。饭容易吃，钱容易花，事情却不容易找。李应急得瘦了许多，把眉头和心孔，皱在一处。王德却依然抱着乐观。

"李文警！"

"我叫李应！"

"好，李应，你往哪里去？"

"不一定！"

"我呢？"王德把两只眼睁得又圆又大。

"随便！"

"不能随便，你要往东，我也往东，不是还走到一路上去？至少你要往东，我就往西。"王德从袋中掏出一枚铜元，浮放在大拇指指甲上，预备向空中弹，"要头要尾？头是往东，尾是往西。"

"王德！王德！你的世界里没有愁事！"李应微微露着惨笑。

"说！要头要尾？"

"头！"

砰的一声，王德把钱弹起。他瞪着眼蹲在地上看着钱往地上落。

"头！你往东！再见，李应！祝你成功！"王德把钱捡起笑着往西走。

李应的姑母住在护国寺街上，王德出了护国寺西口，又犹豫了：往南呢，还是往北？往南？是西四牌楼，除了路旁拿大刀杀活羊的，没有什么鲜明光彩的事。往北？是新街口，西直门。那里是穷人的住处，那能找得到事情。王德想了半天："往北去，也许看见些新事。"

他往北走了不远，看见街东的一条胡同，墙上蓝牌白色写着"百花深处"。

"北京是好，看这胡同名多么雅！"他对自己说，"不用说，这是隐士住的地方，不然哪能起这么雅致的名字。"他一面想着，一面不知不觉的把腿挪进巷口来。

那条胡同是狭而长的。两旁都是用碎砖砌的墙。南墙少见日光，薄薄的长着一层绿苔，高处有隐隐的几条蜗牛爬过的银轨。往里走略觉宽敞一些，可是两旁的墙更破碎一些。在路北有被雨水冲倒的一堵短墙，由外面可以看见院内的一切。院里三间矮屋，房檐下垂着晒红的羊角椒。阶上堆着不少长着粉色苔的玉米棒子。东墙上懒懒的爬着几蔓牵牛花，冷落的开着几朵浅蓝的花。院中一个妇人，蓬着头发蹲在东墙下，嘴里哼哼唧唧的唱着儿曲，奶着一个瘦小孩，瘦的象一个包着些骨头的小黄皮包。

王德心里想：这一定是隐士的夫人；隐士夫人听说是不爱梳头洗脸的。他立在南墙下希望隐士出来，见识见识隐士的真面目。

等来等去，不见隐士出来。院内一阵阵孩子的啼声。"隐士的少爷哭了！"继而妇人诟骂那个小孩子。"隐士夫人骂人了！"等了半天王德转了念头："隐士也许死了，这是他的孤儿寡妻，那就太可怜了！……人们都要死的，不过隐士许死的更快，因为他未到死期，先把心情死了！……人是奇怪东西，生来还死。死了还用小木匣抬着在大街上示威。……"

王德探身偷偷的向院里望了望，那个妇人已经进到屋里去，那个小孩睡在一块小木板上。他于是怅然走出百花深处来。

"《公理报》《民事报》……看看这儿子杀父亲的新闻。"从南来了一个卖报的。

"卖报的！"王德迎面把卖报的拦住，"有隐士的新闻和招人做事的广告没有？"

"你买不买？卖报的不看报！"

王德买了一张，夹在腋下，他想："卖报的不看报，卖报可有什么好处？奇怪！想不出道理，城里的事大半是想不出道理的！"

王德坐在一家铺户外面，打开报纸先念小说，后看新闻。忽然在报纸的背面夹缝上看到："现需书记一人，文理通顺，字体清楚。月薪面议。财政部街张宅。"

当人找事而找不到的时候，有一些消息，便似有很大成功的可能。王德也是一个。

他立起来便向东城走。走得满头是汗，到了财政部街，一所红楼，门口绿色的铁栅栏悬着一面铜牌，刻着"张宅"。王德上了台阶，跺了跺鞋上的灰土，往里探视。门房里坐着一个老人，善眉善眼象世传当仆人的样子。卧着一个少年，脸洗得雪白，头油得漆黑。王德轻轻推开门，道了一声"辛苦"。

"又一个！广告比苍蝇纸还灵，一天黏多少！"那个少年的说，"你是看报来的罢？没希望，趁早回家！"

"我没见着你们主人，怎见得没希望？"王德一点不谦虚的说。

"我们上司还没起来，就是起来也不能先见你；就是见你，凭你这件大衫，遇上上司心里不痛快，好不好许判你五年徒刑。"

"我要是法官，为你这一头黑油漆就恢复凌迟。"王德从与老张决裂后，学得颇强硬。

"你怎么不说人话？"

"你才不说人话！"

"先生！"那个年老的一把拉住王德，"我去给你回一声去。我们老爷真的还没起来，我同你去见我们的大少爷。来！"

王德随着那个年老的走入院里。穿廊过户走到楼背后的三间小屋。

老仆叫王德等一等，他进去回禀一声。"进去！"老仆向王德点手。

王德进去，看屋里并没什么陈设，好象不是住人的屋子。靠墙一张洋式卧椅，斜躺着一个少年。拿着一张《消闲录》正看得入神。那个少年戴着金丝眼镜，嘴里上下金牙衔着半尺来长小山药般粗（不是那么粗，王德也无从看见那个人的金牙）中间镶着金箍的"吕宋烟"。手上戴着十三四个金戒指，脚下一双镶金边的软底鞋。胸前横着比老葱还粗的一条金表链，对襟小褂上一串蒜头大的金钮，一共约有一斤十二两重。"你来就事？"那个少年人把报纸翻了翻，并没看王德。"是！"

"今年多大？"

"十九岁！"

"好！明天上工罢！"

"请问我的报酬和工作？"

"早八点来，晚八点走，事情多，打夜工。扫书房，钞文件，姨太太出门伺候着站汽车。"

"府上是找书记？"

"广义的书记！"

"薪金？"

"一月四块钱，伺候打牌分些零钱。"

那个少年始终没看王德，王德一语未发的走出去。王德走出大门，回头望了望那座红楼。

"这样的楼房就会养着这样镶金的畜生！"

王德太粗鲁！

王德从财政部街一气跑回李应的姑母家。李应的姑父开着一个小铺子，不常在家。姑母今天也出去。王德进到院内垂头丧气的往自己和李应同住的那间小屋走。

"王德！回来得早，事情怎样？"李应的姐姐隔着窗户问。"姑母没在家？"

"没有，进来告诉我你的事情。进来，看院中多么热！"

王德才觉出满脸是汗，一面擦着，一面走进上房去："静姐！叔父有信没有？"王德好象把一肚子气消散了，又替别人关心起来。

"你坐下，叔父有信，问李应的事。信尾提着老张无意许张师母的自由。"

王德，李应和李静——李应的姐姐——是一同长起来的，无日不见面，当他们幼年的时候。李静自从她叔父事业不顺，进城住在她姑母家里。白天到学堂念书，晚间帮着姑母做些家事，现在她已经毕业，不复升学。

她比李应大两岁，可是从面貌上看，她是妹妹，他是哥哥。她轻轻的两道眉，圆圆的一张脸，两只眼睛分外明润，显出沉静清秀，她小的时候爱王德比爱李应还深，她爱王德的淘气，他的好笑，他的一笑一个酒窝，他的漆黑有神的眼珠……

王德的爱她，从环境上说，全村里再没有一个女子比她清秀的，再没有一个象她那样爱护他的，再没有一个比她念的书多的……

他们年幼的时候，她说笑话给他听，他转转眼珠又把她的笑话改编一回，说给她听，有时编的驴唇不对马嘴。他们一天不见不见也见几次；他们一天真见不着，他们在梦里见几次。他们见不着的时候，象把心挖出来抛在沙漠里，烈风吹着，飞砂打着，热日炙着；他们的心碎了，焦了，化为飞灰了！他们见着，安慰了，快活了，他们的心用爱情缝在一处了！

他们还似幼年相处的那样亲热，然而他们不自觉的在心的深处多了一些东西，多了一些说不出的情感。幼年的时候彼此见不着，他们哭；哭真安慰了他们。现在他们见不着，他们呆呆的坐着，闷闷的想着，他们愿杀了自己，也不甘隔离着。他们不知道到底为什么，好象一个黄蝴蝶追着一个白蝴蝶的不知为什么。

他们的亲爱是和年岁继续增加的。他们在孤寂的时候，渺渺茫茫的有一点星光，有一点活力，彼此掩映着，激荡着。他们的幽深的心香，纵隔着三千世界，好象终久可以联成一线，浮泛在情天爱海之中的。他们遇见了，毫不羞愧的谈笑；他们遇不见，毫不羞愧的想着彼此，以至于毫不羞愧的愿意坐在一处，住在一处，死在一处……"静姐！张师母的历史你知道？"

"一点，现在的情况我不知道。"

"你——你与——"

"王德，你又要说什么笑话？"

"今天笑话都气跑了，你与老——"

"老什么，王德？"

"静姐，你有新小说没有，借给我一本？"

"你告诉我你要说的话！"

"我告诉你，你要哭呢？"

"我不哭，得了，王德，告诉我！"

"老张要，"王德说到这里，听见街门响了一声，姑母手里拿着大包小罐走进来。

两个人忙着赶出去，接她手中的东西，姑母看了王德一眼没有说什么。王德把东西放在桌上，脸红红的到自己的小屋里去。

李静的姑母有六十来岁的年纪，身体还很健壮。她的面貌，身材，服装，哪一样也不比别人新奇。把她放在普通中国妇女里，叫你无从分别哪是她，哪是别人。你可以用普通中国妇人的一切形容她，或者也可以用她代表她们。

她真爱李应和李静，她对她的兄弟——李应的叔父——真负责任看护李应们。她也真对于李氏祖宗负责任，不但对于一家，就是对于一切社会道德，家庭纲纪，她都有很正气而自尊的负责的表示。她是好妇人，好中国妇人！"姑娘！你可不是七八岁的孩子，凡事你自己应当知道谨慎。你明白我的话？"

"姑母你大概不愿意我和王德说话？王德和我亲兄弟一样，我爱他和爱李应一样。"

"姑娘！姑娘！我活了快六十岁了，就没看见过女人爱男人不怀着坏心的。姑娘你可真脸大，敢说爱他！"

"姑母，说'爱'又怕什么呢？"李静笑着问。"姑娘你今天要跟我顶嘴，好！好静儿！我老婆子就不许你说！你不懂爱字什么讲？别看我没念过书！"

"得了，姑母，以后不说了，成不成？"李静上前拉住姑母的手，一上一下的摇着，为是讨姑母的喜欢。"啊！好孩子！从此不准再说！去泡一壶茶，我买来好东西给你们吃。"

好妇人如释重负，欢欢喜喜把买来的水果点心都放在碟子里。

李静把茶泡好，李应也回来了。姑母把王德叫过来，把点心水果分给大家，自己只要一个烂桃和一块挤碎了的饽饽。"姑母，我吃不了这么多，分给你一些。"李应看姑母的点心太少，把自己的碟子递给她。

"不！李应！姑母一心一意愿意看着你们吃。只要你们肥头大耳朵的，就是我的造化。阿弥陀佛！佛爷保佑你们！有钱除了请高香献佛，就是给你们买吃的！"

好妇人不说谎，真的这样办！

"李应，你的事怎样？"李静故意避着王德。

"有些眉目，等姑父回来，我和他商议。"

"你见着他？"姑母问。

"是，姑父晚上回来吃饭。"

"李应！快去打酒！你姑父没别的嗜好，就是爱喝杯咸菜酒！好孩子快去！"

"李应才回来，叫他休息一会儿，我去打酒。"王德向那位好妇人说。

"好王德，你去，你去！"好妇人从一尺多长的衣袋越快而越慢的往外一个一个的掏那又热又亮的铜钱，"你知道哪个酒店？出这条街往南，不远，路东，挂着五个金葫芦。要五个铜子一两的二两。把酒瓶拿直了，不怕摇荡出来，去的时候不必，听明白没有？快去！好孩子！……回来！酒店对过的猪肉铺看有猪耳朵，挑厚的买一个。他就是爱吃个脆脆的酱耳朵，会不会？——我不放心，你们年青的办事不可靠。把酒瓶给我，还是我去。上回李应买来的羊肉，把刀刃切钝了，也没把肉切开。还是我自己去！"

"我会买！我是买酱耳朵的专家！"王德要笑又不好意思，又偷着看李静一眼。

"我想起来了。"好妇人真的想了一会儿，"你们两个也不用出去吃饭，陪着你姑父一同吃好不好？"

王德没敢首先回答，倒是李应主张用他们的钱多买些菜，大家热闹一回。姑母首肯，又叫李应和王德一同去买菜打酒。因为做买卖的专会欺侮男人，两个人四只眼，多少也可少受一些骗。然后又嘱咐了两个少年一顿，才放他们走。

李静帮助姑母在厨房预备一切，李静递菜匙，姑母要饭杓；李静拿碟子，姑母要油瓶；于是李静随着姑母满屋里转——一件事也没做对。

王德，李应买菜回来，姑母一面批评，一面烹调。批评得太过，至于把醋当了酱油，整匙的往烹锅里下。忽然发觉了自己的错误，于是停住批评，坐在小凳上笑得眼泪一个挤着一个往下滴。

李应的姑父回来了。赵瑞是他的姓名。他约有五十上下年纪，从结婚到如今他的夫人永远比他大十来岁。矮矮的身量，横里比竖里看着壮观的象一个小四方肉墩。短短的脖子，托着一个圆而多肉的地球式的脑袋。两只笑眼，一个红透的酒糟鼻。见人先点头含笑，然后道辛苦，越看越象一个积有经验的买卖人。

赵姑父进到屋里先普遍的问好，跟着给大家倒茶，弄得王德手足无措——要是王德在赵姑父的铺子里，他还有一点办法：他至少可以买赵姑父一点货物，以报答他的和蔼。

赵姑母不等别人说话，先告诉她丈夫，她把醋当作了酱油。赵姑父听了，也笑得流泪，把红鼻子淹了一大块。笑完一阵，老夫妻领着三个青年开始享受他们的晚饭。赵姑父递饭布菜，强迫王德，李应也喝一点酒，尝几块猪耳朵。

二两酒三个人喝，从理想与事实上说，赵姑父不会喝的超过二两或完全二两。然而确有些醉意，顺着鬓角往饭碗里滴滴有响的落着珍珠似的大汗珠。脸上充满了笑容，好象一轮红日，渐渐的把特红的鼻子隐灭在一片红光之中，象喷过火的火山掩映在红云赤霞里似的。

酒足饭饱，赵姑父拧上一袋关东烟，叫李应把椅子搬到院中，大家团团的围坐。赵姑母却忙着收拾杯盘，并且不许李静帮忙。于是李静泡好一壶茶，也坐在他姑父的旁边。"姑父！我告诉你的事，替我解决一下好不好？"李应问。"好！好！我就是喜欢听少年们想做事！念书我不反对，做事可也要紧；念书要成了书呆子，还不如多吃几块脆脆的猪耳朵。"赵姑父喷着嘴里的蓝烟，渐渐上升，和浅蓝的天化为一气。"铺子里不收你们念书的做徒弟，工厂里不要学生当工人，还不是好凭据？你去当巡警，我说实在话，简直的不算什么好营业。至于你说什么'九士军'，我还不大明白。"

"救世军。"李应回答。

"对！救世军！那是怎么一回事？"

"我今天早晨出门在街上遇见了老街坊赵四。他在救世军里一半拉车，一半做事。他说救世军很收纳不少青年，挣钱不多，可是做的都是慈善事。我于是跑到救世军教会，听了些宗教的讲论，倒很有理。"

"他们讲什么来着？"王德插嘴问。

"他们说人人都有罪，只有一位上帝能赦免我们，要是我们能信靠他去做好事。我以为我们空挣些钱，而不替社会上做些好事，岂不白活。所以……"

"李应！这位上帝住在哪里？"王德问。

"天上！"李应很郑重的回答。

"是佛爷都在天上……"赵姑父半闭着眼，衔着烟袋，似乎要睡着，"不过，应儿，去信洋教我有些不放心。"

"我想只要有个团体，大家齐心做好事，我就愿意入，管他洋教不洋教。"李应说。

"你准知道他们做好事？"李静问。

"你不信去看，教堂里整齐严肃，另有一番精神。"

"我是买卖人，三句话不离本行，到底你能拿多少钱，从教堂拿。"

"赵四说一月五块钱，不过我的目的在做些好事，不在乎挣钱多少。"

"好！你先去试试，不成，我们再另找事。"赵姑父向李应说完，又向着王德说，"你的事怎样？"

"许我骂街，我就说。"王德想起那个镶金的人形兽。"别骂街，有你姐姐坐在这里，要是没她，你骂什么我都不在乎。这么着，你心里骂，嘴里说好的。"

王德于是把日间所经过的事说了一遍。然后又发挥他的志愿。

"你看，"王德向赵姑父说，"我入学堂好不好？事情太不易找，而且做些小事我也不甘心！"

"念书是好意思，可是有一样，你父亲能供给你吗？你姐姐，"赵姑父指着李静说，"念了五六年书，今天买皮鞋，明天买白帽子，书钱花得不多，零七八碎差一点没叫我破产，我的老天爷！我不明白新事情，所以我猜不透怎么会一穿皮鞋就把字认识了。你知道你的家计比我知道的清楚，没钱不用想念书，找事做比什么也强——姑娘，可别多心，我可无意说你花我的钱，我不心疼钱！好姑娘，给姑父再倒碗茶！"

赵姑父的茶喝足，把烟袋插在腰里。向着屋里说："我说——我要回铺子，应儿们的事有和我说的地方，叫他们到铺子找我去。"

"我说——"屋内赵姑母答了腔，然后拿着未擦完的碟子走出来，"今天的菜好不好？"

"好！就是有些酸！"

"好你个——发酸？可省酱油！酱油比醋贵得多！"老夫妇哈哈的笑起来，赵姑父又向李静说："谢谢姑娘，做饭倒茶的！等着姑父来给你说个老婆婆！"

"不许瞎说，姑父！"李静轻轻打了她姑父一下。"好姑娘，打我，等我告诉你婆婆！"

赵姑父笑着往外走，姑母跟着问东问西。李应们还坐在院里，约摸赵姑父已走出去四五分钟，依然听得见他的宏亮而厚浑的笑声。

第六章

中秋节的第二天，老张睡到午时才醒。因为昨天收节礼，结铺子的账，索欠户的债，直到四更天才紧一紧腰带浑衣而卧的睡下。洋钱式的明月，映出天上的金楼玉宇，铜窟银山，在老张的梦里另有一个神仙世界。俗人们"举杯邀月""对酒高歌"……与老张的梦境比起来，俗人们享受的是物质，老张享受的是精神，真是有天壤之判了！

因肚子的严重警告，老张不能再睡了，虽然试着闭上眼几次。他爬起来揉了揉眼睛，设法想安置老肚的叛乱。"为什么到节令吃好的？"他想，"没理由！为什么必要吃东西？为什么不象牛马般吃些草喝点水？没理由！"

幸亏老张没十分想，不然创出《退化论》来，人们岂不退成吃草的牛马。

"有了！找孙八去！一夸他的菜好，他就得叫咱尝一些，咱一尝一些，跟着就再尝一些，岂不把老肚敷衍下去！对！……"

老张端了端肩头，含了一口凉水漱了漱口，走过孙八的宅院来。

"八爷起来没有？"

"笑话，什么时候了，还不起来，张先生，辛苦，进来坐！"

"我才起来。"

"什么，酒又喝多了？"

"哪有工夫喝酒？结账，索债就把人忙个头朝下！没法子，谁叫咱们是被钱管着的万物之灵呢！"

"张先生，我有朋友送的真正莲花白，咱们喝一盅。"

"不！今天我得请你！"老张大着胆子说。

"现成的酒菜，不费事！"

孙八说完，老张挤着眼一笑，心里说："想不到老孙的饭这么容易希望！"

酒饭摆好，老张显着十分亲热的样子，照沙漠中的骆驼贮水一般，打算吃下一个礼拜的。孙八是看客人越多吃，自己越喜欢。不幸客人吃得肚子象秋瓜裂缝一命呜呼，孙八能格外高兴的去给客人买棺材。

"八爷！我们的会期是大后天？"老张一面吃一面说，又忙着从桌上捡嘴里喷来的肉渣。

"大概是。"

"你想谁应当做会长？"

"那不是全凭大家选举吗？"孙八爷两三月来受自治界的陶染，颇有时把新词句用得很恰当。

"谁说的？自治会是我们办的，会员是我们约的，我们叫谁做会长谁才能做！"说着，老张又夹起一块肥肉片放在嘴里，"可就是！就是！你说谁应当做会长？"

"等一等，八爷还有酒没有？我还欠一盅，喝完酒请大嫂热热的，酸酸的，辣辣的给咱做三碗烫饭，咱们一气吃完，再谈会务，好不好？"

"好！"孙八去到厨房嘱咐做烫饭。

老张吃完三碗烫饭，又补了三个馒头，几块中秋月饼，才摸了摸肚子，说了一句不能不说的："我饱了！"然后试着往起捧肚子，肚子捧起，身子也随着立起来，在屋内慢慢的走。

舌根有些压不住食管，胃里的东西一阵阵的往上顶。"八爷！有仁丹没有？给我几粒！新添的习气，饭后总得吃仁丹！"老张闭着嘴笑了一笑，以防食管的泛滥。

孙八给了老张几粒仁丹，老张吃下去，又试着往椅子上坐。

"小四！小四！"孙八喊。

"来了！叫我干什么？正跟小三玩得好好的！"

"去告诉你妈快沏茶！"

小四看了老张一眼，偷偷在他爹的耳根说："老师不喝茶，他怕伤胃。"孙八笑了一笑。小四回头看老张，恐怕老张看出他的秘密，赶紧对老张说："老师，我没告诉我爹你不喝茶！"

"好孩子，说漏了！我不喝坏茶？你爹的茶叶多么香，我怎能不喝，快去，好孩子！"

孙八满意了，小四忸忸怩怩的一条腿蹦到厨房去。"八爷！据我的意见是举令叔，咱们的老人家，做会长。"

"家叔实在没有心干这个事，况且会里的人们不喜欢老年人。"

"八爷你听着，我有理由：现在会中的重要人物是谁？自然是南飞生，龙树古，和你我。咱们几个的声誉，才力全差不多，要是我们几个争起来，非把会闹散不可。闹散了会并不要紧，要紧的是假若政府马上施行自治，我们无会可恃，岂不是'大姑娘临上轿穿耳朵眼'，来不及吗？所以现在一来要避免我们几个人的竞争，二来要在不竞争之中还把会长落在我们手里，这就是我主张举令叔，咱们的老人家，的原因。"

"原因在哪？"孙八问。

"我的八爷！这还不显而易见！你看，你是本地绅士，令叔是老绅士。身分，财产，名望，从哪里看这个会长也得落在孙家。要是被别人抬了去，不但是你孙家的羞耻，也是咱们德胜汛的没面目。可是，你这个绅士到底压不过咱们老人家的老绅士去。你运动会长，南飞生们可以反对，我们要抬出去咱们老人家，保管他们无话可说。老人家自然不愿办事，那么，正好，叫老人家顶着名，你我暗中操持一切。你听明白了，我可不是有意耍咱们老人家。一句话说到底，我们不能叫外人把会长拿了去！"

"是！就是！越说越对！"孙八立起来向窗外喊，"小三的妈！换好茶叶沏茶！"

"你我和李山东自然没有不乐意举老人家的，"老张接着说，"龙树古呢，我去跟他说，他不敢不服从咱们。剩下一个南飞生叫他孤掌难鸣干瞪眼。至于职员呢，把调查股股长给老龙，文牍给南飞生，会计是我的，因为你怎好叔父做会长，侄子做会计。你来交际。我管着钱，你去交际，将来的结果是谁交际的广，谁占便宜。"

"就是！李山东呢？"

"他——他的庶务！掌柜的当庶务叫作'得其所哉'！"

"可是，我们这样想，会员们能照着办吗？"

"八爷！你太老实了！老实人真不宜于办文明事！会员不是你我约来捧场的吗？你拿钱买点心给他们吃，他们能不听你的命令吗？"

"好！就这么办！张先生你多辛苦，去告诉他们。"

"自然！赔些车钱不算什么！"老张拍着肚皮：一来为震动肠胃，二来表示着慷慨热心。

"车钱我的事，为我叔父做会长，叫你赔钱，天下没有这种道理！"

"小事！我决不在乎！"老张说着捧起肚子就往起站。"你等等，天还早，我去给你拿车钱！"

"不！"老张摇着头摆着手往外就走。

孙八一手拦着老张，一手从衣袋里掏出两块钱。老张不接钱，只听着孙八把钱往自己衣袋里放。喔噜一声两块钱确乎沉在自己衣袋的深处，不住的说："哪有这么办的？"然后又捧着肚子坐下。

两个人又谈了些关于自治会的事情。孙八打算如果叔父做了会长，他就在城里买一所房，以便广为交际。老张是自治成功，把学堂交给别人办，自己靠着利息钱生活，一心的往政界走。两个人不觉眉飞色舞，互相夸赞。

"说真的，八爷，做什么营业也没有做官妙。做买卖只能得一点臭钱（钱少而由劳力得来的，谓之臭钱。看老张著《经济原理》第二十三章），做官就名利兼收了！比如说，商人有钱要娶小老婆，就许有人看不起他。但是人一做官，不娶小老婆，就没人看得起。同是有钱，身分可就差多了！"

"就是！就是！"

"说话找话，八爷！你到底要立妾不要？"老张的主要目的才由河套绕过来，到了渤海口。

"我没心立妾，真的！"孙八很诚恳的说。

"八爷！八爷！你得想想你的身分啊！现在你是绅士，自治一成功你就是大人，有几个做大人的不娶妾？我问问你！武官做到营长不娶小，他的上司们能和他往来不能？文官做到知事不娶小，有人提拔他没有？八爷！你可是要往政界走的，不随着群走，行吗？"老张激昂慷慨，差一些没咬破中指写血书。

"你八嫂子为我生儿养女的，我要再娶一个，不是对不起她吗？"

"娶妾不是反对八嫂！"老张把椅子搬近孙八，两只猪眼挤成一道缝，低声而急切的说，"你要入政界，假如政界的阔人到府上看看，凭八嫂子的模样打扮，拿得出手去吗？你真要把八嫂陈列出去，不把人家门牙笑掉才怪！事实如此，我和八嫂一点恶感没有，你听清楚了！况且现在正是妇女贱的时候，你是要守旧的，维新的，大脚的，缠足的，随意挑选，身价全不贵，我们四十多的人了，不享这么一点福，等七老八十老掉了牙再说？而且婆妾是往政界走的第一要事，乐得不来个一举两得？论财产呢，你是财神，我是土地，我还要尝尝小老婆的风味，况且你偌大的大绅士，将来的大人！八爷！你细细想想，我说的有什么不受听，你自管把拳头往老张嘴上抢！"

"岂敢！岂敢！你说的都有理！"

"本来是有理的！我为什么不劝你嫖？其实嫖也是人干的事。因为有危险！自己买个姑娘，又顺心，又干净，又被人看得重，是只有好处没有害处。八爷，你想想！你有意呢，我老张不图分文，保管给你找个可心的人！"

孙八没有回答。

"你自己盘算着，我得进城了！"老张立起来，谢了谢孙八的饭，往外走，孙八送出大门。

小三，小四正在门外树底下玩耍，见老张出来，小四问："明天放学不放，老师？"

"一连放了三天还不够？"老张笑着说。真象慈蔼和祥的老师一样。

"好你个老师！吃我们的饭，不放我们的学，等我告诉我妈，以后永远不给你做饭！"

"你爹给我吃。"

"我爹？叫我妈打他的屁股！"

"胡说！小四！"孙八轻轻打了小四一掌。

"你妈才霸道！"老张看了孙八一眼。

"不霸道，象张师母一样？敢情好！"小四是永远不怕老张的。

"小四！快来！看这个大蜘蛛，有多少条腿！哟……"

"是吗，小三？……"小四跑到墙根去。

老张乘着机会逃之夭夭了！

第七章

老张本想给龙树古写封信，告诉他关于选举的计划。继而一想，选举而外，还有和龙树古面谈的事。而且走着进城不坐车，至少可以比写信省三分邮票。于是他决定做个短途的旅行。

龙树古住在旧鼓楼大街，老张的路线是进德胜门较近。可是他早饭吃得过多，路上口渴无处去寻茶喝。不如循着城根往东进安定门，口渴之际，有的是护城河的河水，捧起两把，岂不方便，于是决定取这条路。

古老雄厚的城墙，杂生着本短枝粗的小树；有的挂着半红的虎眼枣，迎风摆动，引得野鸟飞上飞下的啄食。城墙下宽宽的土路，印着半尺多深的车迹。靠墙根的地方，依旧开着黄金野菊，更显出幽寂而深厚。清浅的护城河水，浮着几只白鸭，把脚洗得鲜黄，在水面上照出一圈一圈的金光。

老张渴了喝水，热了坐在柳树底下休息一会儿。眼前的秋景，好象映在一个不对光的像匣里，是不会发生什么印象的。他只不住的往水里看，小鱼一上一下的把水拨成小圆圈，他总以为有人从城墙上往河里扔铜元，打得河水一圈一圈的。以老张的聪明自然不久的明白那是小鱼们游戏，虽然，仍屡屡回头望也！

老张随喝随走，进了安定门。又循着城根往旧鼓楼大街走。

龙树古的住宅是坐东朝西的，一个小红油漆门，黑色门心，漆着金字，左边是"上帝言好事"，右边是"耶稣保平安"。左边门框上一面小牌写着"救世军龙"。

龙树古恰巧在家，把老张让到上屋去。老张把选举的事一一说明，龙树古没说什么，作为默认。

谈罢选举，老张提起龙树古的欠债，龙军官只是敷衍，满口说快还，可是没有一定日期。老张虽着急，可是龙树古不卑不亢的支应，使老张无可发作。

院中忽然一阵轻碎的皮鞋响，龙凤——龙军官的女儿——随着几个女友进来，看老张在上屋里，她们都到东屋里去说笑。

"姑娘还上学？"老张直把她们用眼睛——那双小猪眼——送到东屋去，然后这样问。

"现在已毕业，在教会帮我做些事。"

"好！姑娘也能挣钱，算你姓龙的能干！"

"那全凭上帝的保佑！"

"我要是有这么好的一个女儿，我老张下半世可以衣食无忧。可惜我没有那个福分。"老张很凄惨的说。"我不明白你的意思。"

"这不难明白！现在做官的人们，哪个不想娶女学生，凭姑娘这些本事，这个模样，何愁不嫁个阔人；你后半世还用愁吃穿吗！"

"我们信教的还不能卖女儿求自己的富贵！"龙树古板着面孔，代表着上帝的尊严。

"老龙！不能只往一面想啊！论宗教，我不比你懂得少，你现时的光景比前三四年强得多，为什么？上帝的恩典！为什么你有这么好的女儿？上帝的恩典！上帝给你的，你就有支配的权力。上帝给你钱，你可以随意花去，为什么不可以把上帝给的女儿，随意给个人家，你自己享些福？信佛，信耶稣，全是一理，不过求些现世福报。我说的宗教的道理，你想是不是？"

龙树古没回答，老张静静的看老龙的脸。

"你的债总还不清，并不是不能还，是不愿意还！"老张又刺了老龙一枪。

"怎么？"

"你看，有这么好的姑娘，你给她说个婆家，至少得一千元彩礼，债还还不清？把债还清，再由姑娘的力量给你运动个一官半职的，这不是一条活路？再说，收彩礼是公认的事，并不是把女儿卖了。你愿意守着饼挨饿，我就没有办法了！"龙树古还没说话。

老张立起来背着手在屋内走来走去，有时走近门窗向龙姑娘屋里望一望。

"你也得替我想想，大块银饼子放秃尾巴鹰，谁受得了？你想想，咱们改日再见。你愿意照着我的主意办，我是分文不取，愿意帮忙！"

老张说完，推开屋门往外走，又往东屋望了望。

龙树古只说了一句"再见"！并没把老张送出去。老张走远了，自己噗哧的一笑，对自己说："又有八成，好！"他高兴异常，于是又跑到东城去看南飞生，以便暗中看看南飞生对于自治会的选举有什么动作。见了南飞生，南飞生对于会务一字没说，老张也就没问。

可幸的南飞生留老张吃晚饭，老张又吃了个"天雨粟，鬼夜哭"。吃完忙着告辞，手捧圆肚，一步三叹的挤出安定门。

老张奔走运动，结果颇好，去到孙八处报功邀赏。孙八又给他两块钱。两个人拟定开会通知，还在二郎庙开会。

城内外的英雄到齐，还由南飞生做主席。他先把会章念了一遍，台下鼓掌赞成，毫不费事的通过。（注意！其中一条是"各部职员由会长指派之。"）

会章通过，跟着散票选举。会员彼此的问："写谁？"

"写自己成不成？"……吵嚷良久，并无正确的决定，于是各人随意写。有的只画了一个"十"字，有的写上自己名字，下面还印上一个斗迹。乱了半点多钟，大家累得气喘喘的才把票写好。

坏了！没地方投放，执事先生们忘了预备票匦。有的主张各人念自己的票，由书记写在黑板上；有的主张不论谁脱下一只袜子来，把票塞进去；……最后龙树古建议用他的硬盖手提箱权当票匦。大众同意，把票纸雪片般的投入箱里，纷纷的散去，只有十几个人等着看选举结果。

南飞生念票，老张记数目，孙八，龙树古左右监视。

票纸念完，南，孙，张全倒吸一口凉气瞪了眼，原来龙树古当选为会长。

老张把心血全涌上脸来，孙八把血都降下去。一个似醉关公，一个似病老鼠，彼此看看说不出话。南飞神色，只是两手微颤，龙树古坦然的和别的会员说闲话，象没看见选举结果似的。

"这个选举不能有效！"老张向大众说，"票数比到会的人数多，而且用的是老龙的箱子，显有弊病！"

"就是！就是！"孙八嚷。

"怎见得票数不符？"台下一个人说，"入场既无签到簿，就无从证明到会的人数。现在会员差不多散净，当然票数比现在的人数多。至于票匦有无弊病，以龙君的人格说，似乎不应当这样血口喷人。况且事前有失检察，事后捏造事实，这是有心捣乱，破坏自治！"

一个闷雷把老张打得闭口无言。

"上了当！怎办？"孙八把老张扯在一旁问。

"联络南飞生一齐反对老龙！"老张递给南飞生一个眼色，南飞生走下台来。

"怎么办？南先生！南大人！"老张问。

"事前为什么不和我联成一气？事已至此，我也没有法！"南飞生把头摇得象风车似的。

"你得辛苦辛苦！"孙八说。

"我只有一条法子。"

"听你的，南先生！"孙八真急了！

"我们现在强迫他指定职员，"南飞生依然很镇静的说，"他要是把重要职员都给我们呢，我们联络住了，事事和他为难，不下一两个月，准把他挤跑。他要是不把重要职员给我们，我们登时通电全国，誓死反对。"

"就是！就是！南先生你去和他说。"孙八真是好人，好人是越急越没主意的。

南飞生还没走到龙树古面前，只听会员中的一位说："请会长登台就职！"

龙树古慢慢的立起来往台上走，南飞生把他拦住。"会计是你的！"龙树古向南飞生低声的说。南飞生点了点头，把会长的路让开。

会长登台先说了几句谦虚话，然后指定职员。

"南飞生先生，会计。"

老张打了一个冷战。

"孙定先生，交际。"

"辛苦！"孙八向自己说。

"张明德先生，庶务。"

老张又打了一个半冷半热的冷战。

"李复才先生，调查。……"

台下一鼓掌，龙树古又说了几句关于将来会务的设施，然后宣布散会。

龙会长下来和孙八等一一的握手（个个手心冷凉），然后同南飞生一同进城。

孙八气得要哭，李山东肚子饿极了，告辞回铺子去吃饭。"好！一世打雁，今天叫雁啄了眼！老张要不叫你姓龙的尝尝咱世传独门的要命丸什么滋味，咱把家谱改了不姓张！"

"就是！张先生你得多辛苦！"

"八爷！你真要争这口气？"

"我要！我要！我要！"

"好！找个小馆先吃点东西，老张有办法！"老张显出十分英雄的气概，用腿顶屁股，用屁股顶脊骨，用脊骨顶脖子，用脖子顶着头，节节直竖的把自己挺起来。听说在《进化论》上讲，人们由四足兽变为两足动物，就是这么挺起来的。两个人在德胜门关里找了一个小饭馆，老张怒气填胸，把胃的容量扩大，越吃越勇，直到"目眦尽裂""怒发冲冠"！

"八爷！你真要争气？"

"千真万真！"

"好！你不反对我的计划？"

"你说！我是百依百随！"

"第一你要娶妾不娶？"

"我——"

"八爷！你开付饭账，改日再见！"老张站起就走。"这叫什么话，你坐下！"

"你看，头一件你就给我个闷葫芦。就是说一天，还不是吊死鬼说媒，白饶一番舌吗？"

"你坐下，娶！娶！"

"本来应当如此！"老张又坐下，"你听着，龙树古有个女儿，真叫柳树上开红花，变了种的好看。他呢，现在债眼比炮眼还大，专靠着她得些彩礼补亏空。我去给你把她买过来，你听清楚了，他可不欠我的债。买他女儿做妾，这还不毁他个到底！"

"我——"

"要做就做，不做呢，夹起尾巴去给龙军官，龙会长磕头，谁也不能说八爷不和善！"

"老张你太把我看小了！做！做！你多辛苦！"

"不用急！"老张先下热药，后下凉剂，使病人多得些病痛的印象，"这里决没危险！他的债非还不可，我们出钱买他的女儿，叫作正合适。这手过钱，那手写字据，决不会有差错！"

孙八只是点头，并未还言。

"八爷！你会饭账！你在家里等喜信罢！亲事一成，专等吃你的喜酒！把脸卷起来，乐！乐！"

孙八真的乐了！

一个回教徒，吃香蕉的时候并不似吃猪肉那样怀疑。为什么？那未免太滑稽，假如单纯的答道："不吃猪肉而吃羊肉，正如人们吃香蕉而不吃鱼油蜡烛。"这个问题只好去问一个脾气温和的回教徒，普通人们只用"这个好吃"和"那个不好吃"来回答，是永远不会确切的。

同样，龙树古为什么信耶稣教？我除了说"信教是人们的自由"以外，只好请你去问龙树古。

假如你非搜根探底的问不可，我只好供给你一些关于龙树古的事迹，或者你可以由这些事迹中寻出一个结论。龙树古的父母，是一对只赌金钱不斗志气"黑头到老"的夫妻。他们无限惭愧的躺在棺材里，不曾践履人们当他们结婚的时候所给的吉祥话——"白头偕老"。他们虽然把金钱都赌出去，可是他们还怀着很大的希望，因为他们有个好儿子，龙树古自幼就能说他父母要说的话，做他父母要做的事。龙老者背着龙树古和人们常说："有儿子要不象树古那样孝顺，那叫作骆驼下骡子，怪种！"

龙老者专信二郎神，因为二郎神三只眼，当中那只眼专管监察赌场而降福于虔诚的赌徒。龙老太太专信城隍爷，龙树古小的时候曾随着母亲做过城隍出巡时候的轿前红衣神童。总之，龙树古自幼就深受宗教的陶染。

他在十八岁的时候，由他父母把东城罗老四驾下的大姑娘，用彩绣的大轿运来给他做媳妇。那位大姑娘才比他多七八岁，而且爱他真似老姐姐一样。有时候老夫妇不在家，小夫妇也开过几次交手战，可是打架与爱情无伤，打来打去，她竟自供献给他一个又白又胖的小女孩——龙凤。龙凤生下来的第二天，就经一个道士给她算命。道士说：她非出家当尼姑不可，不然有克老亲。龙老夫妇爱孙女心盛，不忍照道士所说的执行。果然，龙凤不到三岁把祖父母全都克死。至今街坊见着龙凤还替龙老夫妇抱屈伤心！

龙树古自双亲去世，也往社会里去活动。不幸，他的社会，他的政府，许马贼做上将军，许赌棍做总长，只是不给和龙树古一样的非贼非盗的一些地位。更不幸的，他的夫人当龙凤八九岁的时候也一命呜呼！她的死，据医生说是水火不济，肝气侵肺。而据邻居说，是龙凤命硬，克伐十族。不然，何以医生明知是肝气侵肺，而不会下药攻肝养肺？

龙树古自丧妻之后，仍然找不到事做，于是投到救世军教会，领洗做信徒。最初信教的时候，邻居都很不满意他，甚至于见了龙凤，除不理她之外，私下里还叫她"洋妞儿"！后来龙树古做了军官，亲友又渐渐改变态度，把龙凤的"洋妞儿"改为"女学生"。

龙凤现在已有二十岁，她的面貌，谁也不能说长得丑，可是谁也不说她是个美人。因为她红润的脸永远不擦铅粉和胭脂，她的浓浓的眉毛永远不抹黑墨，她的长而柔软的头发永远不上黄蜡和香油。试问天下可有不施铅华的美人？加以她的手不用小红袖盖着，她的脚不用长布条裹得象个小冬笋，试问天下可有大手大脚的美人？

"野调无腔的山姑娘！她是没有妈的孩子，咱们可别跟她学！"这是邻居们指着龙凤而教训他们的女孩子的话。

他们父女却非常的快活，龙树古纵有天大的烦恼，一见了他的爱女，立刻眉开眼笑的欢喜起来。她呢，用尽方法去安慰他，伺候他，龙树古现在确乎比他夫人在世的时候，还觉得舒服一些。

我关于龙军官的事情，只能搜罗这一些，假如有人嫌不详细，只好请到鼓楼大街一带去访问。那些老太婆们可以给你极丰富的史料，就是那给龙凤算命的道士有几位夫人，她们都说得上来。

第八章

李应真的投入救世军。王德依然找不到事做，除了又跟父亲要了几块钱而外，还是一团骄傲，不肯屈就一切。李应早间出去，晚上回来，遇上游街开会，回来得有时很晚。王德出入的时间不一定，他探听得赵姑母出门的消息，就设法晚些出去或早些回来，以便和李静谈几句话。李静劝他好几次，叫他回家帮助父亲操持地亩，老老实实的做个农夫，并不比城里做事不舒服。王德起初还用话支应，后来有一次自己管不住自己的嘴了。他说："静姐！我有两个志愿，非达到不可：第一，要在城里做些事业；第二，要和你结婚。有一样不成功，我就死！"李静脸上微红，并未回答。

王德这几句话，在梦里说过千万遍，而不敢对她说。今天说出来了，随着出了一身热汗。好象久被淤塞的河水找着一个出口，心中的一切和河水的泛溢一般无法停止。

"静姐！静姐！"他上前拉住她的手，"我爱你！"

"兄弟！你怎么有些呆气？"

"我不呆，我爱你，我爱你！"王德虽然已经心乱了，可是还没忘用"爱"字来代表他心中的话。

"你放开我的手，姑母这就回来！"

他不放开她的手，她也就没再拒绝而由他握着，握得更紧了一些。

"我不怕姑母，我爱你！我死，假如你不答应我！"

"你先出去，等姑母下午出门，你再来！"

"我要你现在答应我！你答应了我，从此十年不见面，我也甘心，因为我知道世界上有一个爱我的人！说！静姐！"

"你真是年青，兄弟！我下午答复你还不成？姑母就回来！"

王德知道姑母的慈善与严厉，心中的血都蒸腾起来化为眼中的泪。李静的眼睛也湿了。两个人用握在一处的手擦泪，不知到底是谁的手擦谁的眼泪。

"我爱你！姐姐！"王德说完，放开她的手走出去。

他出了街门，赵姑母正从东面来，他本来想往东，改为往西去，怕姑母看见他的红眼圈。

李静手里象丢了一些东西，呆呆的看着自己，从镜子里。不知不觉的抬起自己的手吻了一吻，她的手上有他的泪珠。赵姑母进来，李静并没听见。

"静儿！快来接东西！"

她懒懒的用手巾擦干了眼睛，出来接姑母买来的东西，——不知道是什么东西。

"姑娘！怎么又哭了！"

"没哭，姑母！"她勉强着笑了一笑。

"我知——道你小心里的事，不用瞒我。"

"真的没哭！"

"到底怎么了？"

"我——有些不舒服。直打喷嚏，好象是哭了似的。"

"是不是？你姑父不听话，昨天非给你烂柿子吃不可。瞧，病了没有！这个老——"好妇人开始着急了，"好孩子，去躺一躺，把东西先放在这里。想吃什么？姑母给你做。对了，你爱吃嫩嫩的煮鸡子，我去买！我去买！"

"姑母，我不想吃什么，我去躺一躺就好了！"

"不用管我，我去买！孙山东的小铺有大红皮油鸡子，这么大。"赵姑母用手比着，好象鸡子有茶壶那么大。说完，把脚横舒着，肥大的袖子抡得象飞不动的老天鹅一样跑出去。李静躺在床上，不知想的什么，不知哭的什么，但是想，哭！

想起自己去世的父母，自己的叔父，李应，王德……不愿意哭，怕伤了姑母的心，然而止不住。……不愿意想，然而一寸长的许多人影在脑子里转。……忘了王德，为谁哭？为王德哭？想的却不仅是他！……爱情要是没有苦味，甜蜜从何处领略？爱情要是没有眼泪，笑声从何处飞来？爱情是神秘的，宝贵的，必要的，没有他，世界只是一片枯草，一带黄沙，为爱情而哭而笑而昏乱是有味的，真实的！人们要是得不着恋爱的自由，一切的自由全是假的；人们没有两性的爱，一切的爱是虚空的。现在李静哭了，领略了爱的甜味！她的心象冲寒欲开的花，什么也不顾的要放出她的香，美，艳丽！她象黑云里飞着的孤雁，哀啼着望，唤，她的伴侣！她自己也不知道哭什么，想什么，羞愧什么，希望什么。只有这一些说不出的情感是爱情的住所。爱情是由这些自觉的甜美而逐渐与一个异性的那些结合，而后美满的。在这种情境之中的，好象一位盲目的诗人，夜间坐在花丛里，领略着说不出的香甜；只有一滴滴的露珠，湿透了他的襟袖，好似情人们的泪！

赵姑母去了不到十分钟就回来了。从门外就半哭半笑的喊：

"静儿！静儿！姑母可是老得要不得了！"

李静坐起来隔着玻璃往外看，只见姑母左手拿着两个鸡子，右手从衣襟上往下擦鲜黄的蛋汁。

"可要不得了，我这不中用的老东西！四个鸡子摔了一半！只顾快走，不看电线杆子，你看！"赵姑母说着，擦着，哭着，笑着，同时并举的忙着。

赵姑母把鸡子放在小铁锅里煮，手擦眼泪，嘴吹锅里的热气，以便看鸡子在锅里滚了几个滚。还不住的说："姑娘爱吃嫩的，爱吃嫩的……"嘴里只顾说，心里不记时间，捞出鸡子一看，已经一个煮裂了缝。

最激烈的中国家庭革命，就是子女拒绝长辈所给的吃食。吃九个半，假如长辈给你十个，至少你也是洋人转生的。李静不愿意惹姑母闹脾气，慢慢把鸡子吃了。然后打起精神，要帮着姑母做事，姑母拦着不叫做。

"姑母，我真好了！"李静说。

"是不是？一吃鸡子准好！我年青的时候，公公婆婆活着，鸡子？一根鸡毛也吃不着！我的肚子啊，永远空着多半截，就是盼着你叔父接我回娘家住几天，吃些东西。一吃就好！公公婆婆也不是对我不好，他们对儿媳妇不能不立规矩。幸亏有你叔父，要不是他，我早就饿成两层皮了！说起你叔父，现在受这罪，老天爷要是戴着眼镜，决不至于看不出好坏人！静儿！等你姑父回来，你跟他要一块钱，给你叔父买些东西给他送了去。我那个兄弟，待我真是一百一，我可忘不了他！"

姑母侄女一阵乱谈，姑母把说过一百二十五回的话，又说到一百二十六回。李静不用听，就可以永远回答的不错。吃过午饭，赵姑母到东城去看亲戚。

王德并没往远处去，只围着护国寺庙前后转。有时走进庙里，从破烂的殿门往里呆呆的看着不走时运缺袍少帽的菩萨。他约摸着赵姑母已经出门，匆匆的跑回来。轻轻开了街门，先往自己屋里走，以备万一姑母没出门好再走出去。到了自己屋里，学着小说中侦探的样子，把耳朵靠在墙上听姑母屋里有无动静。听了半天，一无人声，二无犬吠，才慢慢开开门，低声叫了一声："静姐！"

"你进来，王德！"

李静坐在一张小椅上，王德没说话，走上前去吻了她一下。

接吻除了野蛮人可以在晴天白日之下做，文明人是不做的，纵然做，也在黑影里。现在这两个野蛮化的男女，居然如此，你说……我没的说！

他们真敢冒险，真敢乱做，他们又吻了一吻，你说……

"你去罢，王德，我明白你的心！"

老张正要打龙树古的门，门忽然开开。老张往旁边一闪，走出一个少年，看了老张一眼，往前走去。

"李应！你上这里来做什么？"老张向前赶了几步。"你管不着！"李应停住步。

"小小年纪，不必记仇，告诉我，到这里干什么？"

"见龙军官！"

"啊，见老龙！见他干什么？"

"有事！"

"好，不用告诉我，我打听得出来！"

李应怒冲冲的走去，老张看着他的后影，哧的笑了一声。

老张回过头来，门前站着龙凤，她也望着李应。老张心里痒了一下，心里说："可惜咱钱不多，把一朵鲜花，往孙八身上推！无法！……"跟着，他换了一副笑容，走上前去："凤姑娘！你父亲在家？"

"我给你通知一声去。"龙凤把黑布裙轻轻一撩跑进去，好象一个小黑蝴蝶。老张低头把眼光斜射到她的腿腕："多么细软的腿腕！"她又跑出来说："请进来！"

老张进去，龙凤开开屋门，老张一看屋里，倒吸了一口凉气！

堂屋中间摆着一张长桌，盖着雪白的桌布。当中一瓶鲜花，四下摆着些点心和茶具。龙军官坐在桌子的一头，左边坐着三个黄头发，绿眼珠，尖鼻子，高脑门的洋人；右边坐着两个中国人，嘀里嘟噜说外国话。老张忘了庚子联军入京的时候，做过日本买以外，见着外国人，永远立在十丈以外看，现在相隔只有五尺，未免腿脚有些发软。"请进来！"龙军官并没看老张。

老张鼓一鼓勇气，把腿搬起来往里挪。龙树古把手向右边的一个空椅一指，老张整团的咽唾液，坐下，坐的和洋人离着仅二尺多！

"张先生，北城的绅士，也是教育家。"龙军官向大众介绍，老张不住点头。

"凤姑娘你也坐下！"龙凤坐在她父亲的对面。

父女把茶倒好，龙军官向左边中间坐的那个年老的外国人说：

"请葛军官祈祷谢茶。"

那位军官用中国话迟迟顿顿的祷告起来，其余的全垂头合目屏住气。老张乘机会看看合眼的洋人什么样子，因为洋人睡觉是不易见到的。只听一声"阿门！"众人全抬起头睁开眼，老张开始把眼闭上。

龙军官把茶递给大众，一一的问："要糖和牛奶不要？"问到老张，他说了一个字"要"！心里想："反正多要两块糖不吃亏！"

龙凤把点心递给大家，老张见洋人拿点心往嘴里送，他才大胆的拿了一块。

龙树古说说笑笑，洋人听不懂的，由右边坐的那两个人给翻译，于是洋人也笑了。龙凤和洋人是中西两掺的说，老张一点也不明白，只乘着大家不留神又拿了一块点心，把牛奶茶闭着气一口灌下去。

"赵四好了没了？"那个年老的洋人问。

"早好了！现在早晚祷告，很有进步！"龙树古回答。"为粥厂捐钱怎样？"一个年青的洋人问。

"已捐进三百七十五元二毫。"挨着老张坐着的人说。"这位张先生是慈善家，每年要捐钱的。"龙树古笑着向洋人说。

那位老洋人向老张一笑，用中国话问："你好不好？"

"好！"老张仿着洋腔说。

"你捐钱不捐？现在。"洋人又问。

老张看着龙树古，龙树古替老张回答："他捐！年年要捐的！"龙军官紧跟向一个中国人说："把捐册拿出来，请张先生认捐。"

"我没带着钱！"老张忙着说。

"不要紧！"那位拿着捐册的人说，"写了数目以后我们派人去取。久仰大善士！久仰！"

"凭老龙叫洋人念咒，洋人就登时低头念，咱现在惹不了他！"老张一面想，一面接捐册。从头至尾看了一遍，张，王，李，赵，不是五元就是三元，并没有半个铜子或一毛钱的。又看了一遍，结果发现了有一位是捐五毛钱的。于是老张咬着牙写了五角小洋的捐。

大家又闲谈了半天，龙树古和那位年老的外国人商议，去见李大善士劝捐，于是大家立起预备出去。

老张向龙军官丢了一个眼色，军官装没看见，反向龙凤说：

"把东西收拾起来，晚饭不用等我，我回来的早不了！"然后龙军官又回过头来向老张说，"多谢帮我们的款！一同出去好不好？"

老张随着众人出了街门，龙树古向老张说了声"再见！"跟着洋人扬长而去。老张蹲在墙根下发呆。

　　他呆呆的想了半天，立起来又去敲门。

　　"张先生还没走？"龙凤开开门说。

　　"我不能走，我的话还没和你父亲说完。"

　　"父亲回来得早不了，你愿意等着也好。"龙凤说完，哵的一声把门关上。

　　债没讨成，亲事没说定，倒叫洋人诈去五毛钱，老张平生哪受过这样的苦子！计无可出，掏出小账本写上了一句："十一月九日，老张一个人的国耻纪念日。"

　　"下雨是墨盒子，刮风是香炉。"是外国人对于北京的简妙的形容。中国人听了这两句话，只有夸赞形容得妙，而不觉得一个都城象墨盒子和香炉为不应当的。本来，为什么都城一定不象香炉和墨盒子，为什么世界不……李静和姑父要了一块钱，买了些点心之类，出城去看她的叔父。出了她姑母的门，那冬天每日必来的北风已经由细而粗的刮起来。先是空中一阵阵的哨子响，好似从天上射来的千万响箭。跟着由野外吹来的黄沙和路上的黑土卷成一片灰潮，从一切有孔的东西打过穿堂。兜着顺着风走的人，兽的脚踵，压着逆着风走的脚面，把前者催成不自主的速进，把后者压成钉在地上的石桩。一阵风过，四外天空罩上一圈沙雾，阳光透过，好象飘浮着一层黄雪。跟着由远而近的响声又作，远处的高树先轻轻的点头，近处的一切可动的东西也渐次摇动。继而后面的怒潮又排山倒海而来，远近上下的东西就在吼叫中连成一片不可分析的波动与激荡。如此一阵，一阵，又一阵，树枝折了，薄的土墙倒了，路上的粪土吹净了，到红日西落的时候，才惨淡荒寒的休息一刻，等着夜里再攻袭大地的一切。

李静握着她的毛项巾，半闭着眼，走三步停两步的往前奔。走了好大半天才到德胜门。那城门洞的风更与众不同，好似千万只野牛，被怒火烧着，争着从城洞往外挤；它们的利角，刺到人的面上，比利刃多一点冷气，不单是疼。那一个城门洞分秒不停的涨着一条无形有声的瀑布，狂浪打得人们连连转身，如逆浪而行的小鱼。李静倒退着，挨着城墙，用尽全身力量，费了五分钟，才挤出去。出了城门风势更野了，可是吹来的黄沙比城里的腥恶的黑土干净多了。她奋斗着，到底到了家，只是鼻洼的沙土，已经积了半寸多厚。

篱墙被风吹得"咯吱，咯吱"的响，那座破磨盘，在她的眼里，一起一落的好象要被风刮走。除了这些响声，屋里连一声咳嗽都没有。她好似到了一个阴寒沉寂的山洞。"叔父！我回来了！"

"啊？静儿？快进来！"

她的叔父围着一个小火炉，看着一本书。见了李静，他喜欢的象一个蜜蜂被风刮进一间温室满列着可是他说话的声音依然非常低细，当风吼的时候，没有人可以听清楚他说的什么。

"叔父！是我！"

"快坐下烤一烤手！"

"我先去洗一洗脸。"她用那冻红的手指摸着脸蛋。"不用！先坐下，我看看你！"

"叔父，我给你买来些点心。"她把点心包给她叔父看，纸包上已裹满了沙土。

"你又跟你姑父要了钱？以后千万别再跟他要，他的钱不是容易来的！"

"是！叔父你近来怎样？"

"我？照旧。好，你去洗脸！你又胖了一些，我放心了！"她洗了脸，从袋中拿出两块钱来，"叔父，这是李应给你的。"

"好！放在桌上罢。"

"叔父，你吃什么？我给你做一做！"李静见桌上放着一块冻豆腐和些葱蒜之类。

"好！给我做做。我自己做腻了！不吃，象缺些什么似的；吃，真是麻烦！"

李静一面收拾一切，一面和叔父说李应，王德的事，叔父点头的时候多于说话。饭食做好，叔侄欢欢喜喜的吃了。"静儿你今年多大了？"她叔父低声问。

"叔父，你把我的岁数也忘了，到年底二十二！"李静半笑着，心中实在悲伤她叔父已把记忆力丧失。

"叔父老了！"他把手托住头额默默不语的半天，然后又问："那么你二十二了，你自己的事怎样？"

"什么是我自己的事，叔父？"

"妇女是没有自己的事的，人们也不许妇女有自己的事；可是我允许你主张你自己的事！"

"你是要叫我在城里找一点事做？"

"哪有事给你们做！我的意思是你自己的婚事。静儿，你待你叔父要和待你母亲一样，要说什么，说！"

"这个事——"

"静儿！我先说罢！现在有人要买你做妾，你要是心目中有相当的人，赶快决定。你有了托身之处，我呢，怎样死也甘心！"

李静明白叔父所指的人，因为王德曾给过她些暗示。"叔父！除死以外有第二个办法没有？"她把那两条好看的眉毛拧在一处。

"没有！没有！你靠近我一些，我细细的告诉你！"李静把小凳搬近了他一些，她叔父的声音，象半枯的黄叶，在悄悄的寒风里，作着悲哀的微响。"我明说罢：老张要买你！我打算在他提婚之际，把张师母救出来，现在已算失败，不用细说。第一步失败，第二步不能再延宕。就是你有合适的人，我赶快与你们立了婚约。我呢，对不起老张，只好一死！"

"叔父，你想我和李应要是有心的，能叫你死不能？"李静的声音颤了！

"静儿！把气稳下去！我活着怎见比死了强？这样的废物死了，除了你和李应哭我一场，以外别无影响。我宁愿死不愿见老张。他上次来，带着两个穿土色军衣的兵。他说：'不还钱，送侄女，两样全不做，当时把你送到监牢里去！'那两个灰色的东西立在窗外喊：'把他捆了走，不用费话！'……静儿！死了比这个强！"

"我不能看着你死，李应也不能！不能！不能！"她的脸变成灰色了！

"你听着！子女是该当享受子女的生命的，不是为老人活着！你要是不明白我的心，而落于老张之手，你想，我就是活着，不比死还难过？断送个半死的老人和一个青年，哪个便宜，事情为什么不找便宜的做？我只要听你的事，告诉我！"

"姑母管束很严，我见不着生人，除了王德。"

"王德是个好孩子！"

"我们还都年青。"

"爱情是年青人讲的！好！静儿！我去和你王伯父商议。"

"可是我不能听着你寻死，叔父！"

"静儿！风小一点了，进城罢！我明白你们，你们不明白我！姑娘，回去罢，问你姑父姑母好！"老人立起来，颤着把手扶在她肩上细细的端详她。她不能自制的哭了。"静儿，走罢！唉！……"

李静昏昏沉沉的进了德胜门，风是小了，可是泪比来的时候被风吹出来的更多了！

过了德胜桥，街上的人往前指着说："看！董善人！"一个老妇人急切的向一个要饭的小姑娘说："还不快去，董善人在那里，去！"

李静也停住看：一位老先生穿着一件蓝布棉袍盖到脚面，头上一顶僧帽，手中一挂串珠。圆圆的脸，长满银灰的胡子，慈眉善目的。叫花子把他围住，他从僧帽内慢慢掏，掏出一卷钱票，给叫花子每人一张。然后狂笑了一阵，高朗朗的念了一声"阿弥陀佛"！

李静心中一动，可是不敢走上前去，慢慢的随着那位老先生往南走。走过了蒋养房东口，那位先生忽然又狂笑了一阵，转过身来往回走，进了到银锭桥去的那条小巷。李静看着他进了小巷，才开始往姑母家走。

她低着头走，到了护国寺街东口。

"静姐！你回来了！"

王德立在一个铺子的外面，脸冻的通红。

"静姐！我的事成功了！"他象小孩子见着亲姐姐样的亲热。

"是吗？"她说。

"是！给大强报校对稿子，访新闻。二年之后，凭我的才力，就是主笔。姐姐！你知道主笔都是文豪！"

"王德！"

"在！"

"姑母在家没有？"

"上铺子和姑父要钱去了。"

"快走，到家我告诉你要紧的事。"

"得令！"

王德随着赵姑父在天桥戏棚听过一次文武带打的戏。颇觉得戏剧的文学，有短峭明了的好处，每逢高兴，不知不觉的用出来。

两个人到了家，李静急切的对王德说："王德！你去给我办一件事，行不行？"

"行！可是等我说完我的事。"

"王德！"李静急得要哭，"我求你立刻给我办事去！"

"不！我要不先告诉明白你我的事，我心里好象藏着一条大蟒，一节一节的往外爬，那是这么一件事，我今天……"

"王德！你太自私了！你不爱我？"

"我不爱你，我是个没长犄角的小黄牛！"

"那么我求你做事，为什么不注意听？"

"说！姑娘！我听！说完你的再说我的！"

"你知道北城有一位董善人？你去给我打听他的住址。"

"你打听他做什么？"

"你要是爱我，请不必细问！"

"今天的事有些玄妙！不准问，不准说！好！不问就不问，王德去也！"

王德扯腿往外跑，哪的一声开开街门，随着"哎哟"了一声。李静跟着跑出来，看见王德一手遮着头，一手往起竖门闩。

"王德！打着没有？"

"没有！除了头上添了一个鹅峰。"王德说罢又飞跑去了。不到十分钟，王德跑回来。

"王德，你的头疼不疼？"她摸了摸他的头依然是滚热的。"不疼！静姐！我跑到街上，心生一计：与其到北城打听，不如去问巡警。果然巡警告诉我那位善人的住址，是在银锭桥门牌九十八号，你的事完了，该我说了罢？"

"说罢。"

"姐姐！你有什么心事？'说罢'两个字不象你平日的口气。"

"没有心事，你的事怎样？"

"做访员，将来做主笔！这绝不是平庸的事业！你看，开导民智，还不是顶好的事？"

"你要做文章，写稿子，报馆要是收你的稿件才怪！"

"静姐，你怎么拿我取笑！"王德真不高兴了。

"你不信我的话，等姑父回来问他，听他说什么！"

"一定！问了姑父，大概就可以证明你的话不对！"王德撅了嘴，心里想：怎样做稿子，怎样登在报上，怎样把有自己的稿子的报，偷偷放在她的屋里，叫她看了，她得怎样的佩服。……

李静想她自己的事，他想他自己的事，谁也不觉寂寞的彼此看着不说话。

李应回来了。

"李应！好几年没见！"王德好容易找到一个爱听他的事情的，因为李静是不愿听的。

"王德，怎么永远说废话？今天早晨还见着，怎就好几年？"李应又对他姐姐说，"叔叔说什么来着？"

"对，姐弟说罢！今天没我说话的地方！"

"王德！别瞎吵！"李应依旧问她，"叔父怎样？"

"叔父身体照常，只嘱咐你好好做事。"李静把别的事都掩饰住。

"王德你的事情？"李应怕王德心里不愿意，赶快的问。"你问我？这可是你爱听？好！你听着！"王德可得着个机会。"今天我出城，遇见一位亲戚，把我介绍到大强报报馆，一半做访员，一半做校对。校对是天天做，月薪十元；访稿是不定的，稿子采用，另有酬金。明天就去上工试手。李应，学好了校对和编稿子，就算明白了报馆的一大部分，三二年后我自己也许开个报馆。我决不为赚钱，是为开通民智，这是地道的好事。"

王德说完，专等李应的夸奖。

"错是不错。"李应慢慢的说，"只是世界上的事，在亲自经验过以前，先不用说好说坏。"

"好！又一个闷雷！在学堂的时候我就说你象八十岁的老人。你说话真象我老祖！"王德并没缺了笑容。"事实如此！并不是说我有经验，你没有。"

"我到底不信！世界上的事就真是好坏不能预料的吗？"

"你不明白我的意思，王德！等有工夫咱们细说，现在我要想一想我自己的事。"

李应说完走到自己的屋去，李静去到厨房做晚饭，只剩下王德自言自语的说："对！咱也想咱自己的事！"

第九章

老张对龙树古下了"哀的美敦书"："老龙！欠咱的钱，明天不送到，审判厅见！如有请求，钱不到人到，即仰知悉！张印"

龙树古慌了，立刻递了降书，约老张在新街口泰丰居见面，筹商一切条件；其茶饭等费概由弱国支付！

双方的战术俱不弱，可是由史学家看，到底老张的兵力厚于老龙，虽然他是军官，救世军的军官。

双方代表都按时出席，泰丰居的会议开始。

"老龙！说干脆的！大块洋钱你使了，现在和咱充傻，叫作不行！"老张全身没有一处不显着比龙树古优越，仰着头，半合着眼，用手指着老龙。

"慢慢商议，不必着急。"龙军官依然很镇静。"不着急是儿子！晶光的袁世凯脑袋，一去不回头，你不着急，我？没办法，审判厅见！"老张扭着头不看老龙，而看着别的茶客吃东西。

"打官司，老张你不明白法律。"

"怎么？"

"你看，现在打官司讲究请律师。假如你争的是一千元的财产，律师的费用，就许是五六百。打上官司，三年五年不定完案不完，车钱你就赔不起。即使胜诉，执行之期还远得很，可是车饭和律师出厅费是现款不赊。你要惜钱不请律师，我请，律师就有一种把没理说成有理的能力。"

"我很有几位法界的朋友，"龙军官不卑不亢的接着说，"他们异口同声的说，宁受屈别打官司，除了有心争气，不计较金钱损失的。老张你平心静气的想想，顶好我们和平着办，你不信呢，非打官司不可，我老龙只有奉陪！"

老张翻了翻眼珠，从脑子里所有的账本，历史，翻了一个过。然后说：

"打官司与否，是我的自由，反正你成不了原告。你的话真罢假罢，我更没工夫想。不过老龙你我的交情要紧，似乎不必抓破了脸叫旁人看笑话。你到底怎么办？"

"慢慢的还钱。"

"别故意耍人哪，老龙！这句话我听过五百多回了！"

"你有办法没有？"

"有！只怕你不肯干！"

"咱听一听！"

"还是那句话，你有那么好的姑娘，为什么不可以得些彩礼，清理你的债务？"

"没有可靠的人替我办，彩礼也不会由天上飞下来，是不是？"

"你看这里！"老张指着他自己的鼻梁说，"你的女儿就和我的一样，只要你肯办，老张敢说：做事对得住朋友！"

"你的计划在哪里？"

"你听着，你看见过孙八爷没有？"

"不就是那位傻头傻脑的土绅士吗？"

"老龙，别小看了人！喝！土绅士？人性好，学问好。而且是天生下来的财主！"

"他有钱是他的。"

"也许是咱们的！孙八爷年纪不大，现在也不过三十上下。前者他和我说，要娶一位女学生。我听过也就放在脑后，后来我看见凤姑娘，才想起这桩事。凭姑娘的学问面貌，孙八的性格地位，我越看越是一对天造地设的漂亮小夫妇。可是我总没和你说。"

"没明说，示过意？"

"老龙，老朋友，别一句不让！"老张故意卖个破绽，示弱于老龙，因为人们是可以赢一句话而输掉脑袋的！"果然你愿意办，我可以去对孙八说。事情成了，姑娘有了倚靠，你清了债，是不是一举两得？现在听你的，说个数目。"

"三十万块钱。"

"老龙！"老张笑起来，"别要少了哇！总统买姑娘也犯不上化三十万哪！"

"要卖就落个值得，五个铜子一个，我还买几个呢！"

"这不是卖，是明媒正娶，花红轿往外抬！彩礼不是身价！"

"那么，不写字据？"

"这——就是写，写法也有多少种。"

"老张！咱们打开鼻子说亮话：写卖券非过万不可，不写呢，一千出头就有商议。好在钱经你的手，你扣我的债。哪怕除了你的债剩一个铜子呢，咱买包香片茶喝，也算卖女儿一场，这痛快不痛快？"

"你是朋友，拿过手来！"老张伸出手和龙军官热热的握了一握，"卖券不写，婚书是不可少的！"

"随你办，办得妥，你的钱就妥。不然，钱再飞了，咱姓龙的不负延宕债务的责任。有我的女儿，有孙八的钱，有你保人，就这么办，我敬候好音！"

"好朋友！来！今天先请咱喝盅喜酒！"

弱国担负茶饭，已见降书之内，龙军官无法要了些酒菜喂喂老张。

泰丰居会议闭幕，外面的狂风又狂吼起来。老张勇敢而快活的冲着北风往家里走，好似天地昏暗正是他理想的境域！

王德撅着嘴，冲着尖锐杀肉的北风往赵姑母家里走，把嘴唇冻的通红。已经是夜里一点钟，街上的电灯被风吹得忽明忽灭，好似鬼火，一闪一闪的照着街心立着的冷刺猬似的巡警。路旁铺户都关了门，只有几家打夜工的铜铁铺，依然叮叮的敲着深冬的夜曲。间断的摩托车装着富贵人们，射着死白的光焰，比风还快的飞过；暂时冲破街市上的冷寂。

这是王德到报馆做工的第七夜。校对稿件到十一点钟才能完事，走到家中至早也在十二点钟以后。因赵姑父的慈善，依然许王德住在那里，夜间回来的晚，白天可以晚起一些，也是赵姑父教给王德的。

身上一阵热汗，外面一阵凉风，结果全身罩上一层粘而凉的油漆。走的都宁愿死了也不愿再走，才到了赵姑父家。他轻轻开开门，又轻轻的锁好，然后蹑足屏气的向自己屋里走。北屋里细长的呼声，他立住听了一会儿，心里说道："静姐！我回来了！"

王德进到自己屋里，把蜡烛点上，李应的眼被烛光照得一动一动的要睁开，然后把头往被窝里钻进去。"李应，李应！"王德低声的叫。李应哼了一声，又把头深深的蒙在被里。王德不好意思把李应叫醒，拿着蜡烛向屋内照了一照，看见李应床下放着一双新鞋。然后熄了蜡烛上床就寝。

王德睡到次日九点钟才醒，李应早已出去。

"王德！该起来了！"窗外李静这样说。

"就起。"

"昨天什么时候回来的？"

"不用说，昨天我要没血性，就死在外面了！"

"午后出去不？"

"不一定。"

"姑母下午出城去看叔父。"

"好！我不出去，有话和你说。"

"我也想和你谈一谈。"

李静到厨房去做事，王德慢慢的起来，依然撅着嘴。赵姑母预备出门，比上阵的兵丁烦琐多了，诸事齐备，还回来两次：一次是忘带了小手巾，一次是回来用碟子盖好厨房放着的那块冻豆腐。

赵姑母真走了，王德和李静才坦然坐在一处谈话。"姐姐，谁先说？"

"你先说，不然你也听不下去我的。"她温媚的一笑。"好姐姐！我现在可明白你与李应的话了！你们说我没经验，说我傻，一点不假！说起来气死人，姐姐，你想报馆的材料怎么来的？"

"自然是有人投稿，主笔去编辑。"

"投稿？还编辑？以前我也那样想。"

"现在呢？"

"用剪子！"

"我不明白你的意思。"

"东一块西一块用剪子剪现成的报，然后往一处拼，他们的行话叫作'剪子活'！"

"反正不是你的错处。"

"我不能受！我以为报纸的效用全没了，要这样办！还有，昨天我写了一个稿子，因为我在路上看见教育次长的汽车轧死一个老太太，我照实的写了，并没有加什么批语，你猜主笔说什么？他说：'不愿干，早早的走，别给我惹是非。你不会写一辆汽车撞死一个无名女人，何必一定写出教育次长的车？'我说：'我看见什么写什么，不能说谎！'主笔拍着桌子和我嚷：'我就不要你说实话！'姐姐！这是报馆！我不能再干！我不能说谎欺人！"

"可是事情真不易找，好歹忍着作罢！"李静很诚恳的安慰他。

"良心是不能敷衍的！得！我不愿再说了，你有什么事？"

"唉！"李静把手放在膝上，跟着笑了一笑，她天生来的不愿叫别人替她发愁。

王德看出她的心事，立刻又豪气万丈，把男儿英雄好义的气概拿出来，把手轻轻的放在她的手背上。

"姐姐！我可以帮助你吗？这样世界我活够了，只愿为知己的一死！那是痛快事！"

"兄弟，我所以不愿意对你说的缘故，也就是因为你年青好气。为我的事，不用说丧了你的命，就是伤了一块皮肤，我也不能做！"她松松握住他的手。

"姐姐！假如你是男的，我愿帮助你，况且你是女的，到底什么事？"

"我只能对你说，你可千万别告诉李应，他的性情并不比你温和。我不怕死，只怕死一个饶一个不上算，不聪明。"

"到底什么事？人要不完全和牛马一样，就该有比牛马深挚的感情！姐姐快说！"王德把腰板挺直这样说。"你记得有一次你说老张要对我做什么？"

"我记得，姑母进来，所以没说完。"

"还是那件事，你知道？"

"知道！现在怎样？"

"我现在的心愿是不叫叔父死！我上次为什么叫你去打听那位董善人？"

"到如今我还不明白。"

"也是为这回事。我的心愿是：求那位善人借给我叔父钱还老张，我情愿给善人当婢女。可是我已见过他了，失败了！"李静呆呆的看着地上，停住说话。

"姐姐，详细说说！"他把她的手握紧了些。

"我乘姑母没在家，去找了那位善人去。恰巧他在家，当时见了我。我把我的心愿说给他听，他是一面落泪一面念佛。等我说完，他把我领到他的后院去，小小的一间四方院，有三间小北房，从窗眼往外冒香烟，里面坐着五六个大姑娘，有的三十多岁，有的才十七八岁，都和尼姑一样坐在黄布垫上打着木鱼念经。我进去，只有那个最年青的抬头看了看我。其余的除把声音更提高了一些，连眼皮也没有翻。"

"尼姑庵？"王德好象问他自己。

"我看了之后，善人又把我领到前面去，他开始说话：'姑娘你要救叔父是一片孝心'，'百善孝为先'，我是情愿帮助你的。可是你要救人，先要自救。你知道生来'女身'，是千不幸万不幸，就是雌狐得道也要比雄狐迟五百年，才能脱去女身，人类也是如此。不过童女还比出嫁的强，因为打破欲关，净身参道，是不易得的。那几个姑娘，两个是我的女儿，其余的都是我由火坑内救出来的。我不单是由魔道中把她们提拔出来，还要由人道把她们渡到神道里去。姑娘，我看你沉静秀美，道根决不浅，假如你愿意随我修持，你叔父的钱是不难筹措。'

我迟疑了半天没有回答他，他又接着说：'姑娘，这件事要是遇在十年前，我当时就可以拿钱给你；现在呢，我的财产已完全施舍出去。我只觉得救人灵魂比身体还要紧。你愿意修行呢，我可以写个捐册，去找几位道友募化，他们是最喜欢听青年有志肉身成圣的。不然，我实在无法去筹钱。姑娘你想，社会上这么多苦人，我们只要拿金银去延长他们的命，而不拔渡他们的灵魂，可有什么益处；况且也没有那么些金银？你先回去，静心想一想，愿意呢，我有的是佛经，有的是地方，你可以随着她们一同修持。这是你自己的事，你的道气不浅，盼你别把自己耽误了！世上有人给你钱，可是没人能使你超凡入圣，你自己的身体比你叔父还要紧，因为你正是童身，千金难买，你叔父的事，不过才几百块钱！'我当时没有回答他，就回家来了。"

"到底你愿当尼姑不？"

"为什么我愿意？"

"你不愿意，他自然不借给你钱！"

"那还用说！"李静的脸变白了。

"姐姐！我们为什么不死呢？"王德想安慰李静，不知说什么好，不知不觉的把这句话说出来。

"王德！要是少年只求快死，世界就没人了！我想法救叔父，法子想尽，嫁老张也干，至于你我，我的心是你的，你大概明白我！"

她不能再支持了，呜咽咽哭起来。他要安慰她，要停住她的哭，可是他的泪比她的还多。

王德与李静对哭，正是赵姑母与李静的叔父会面的时候。赵姑母给她兄弟买的点心，茶叶，三大五小的提在手内，直把手指冻在拴着纸包的麻绳上，到了屋内向火炉上化了半天，才将手指舒展开，差一些没变成地层内的化石。

她见了兄弟，哭了一阵，才把心中的话想起来，好似泪珠是妇女说话的引线。她把陈谷子烂芝麻尽量的往外倒，她说上句，她兄弟猜到下句，因为她的言语，和大学教授的讲义一样，是永远不变，总是那一套。

有人说妇女好说话，所以嘴上不长胡子，证之赵姑母，我相信这句话有几分可信。

说来说去，说到李静的婚事问题。

"兄弟！静儿可是不小了，男大当娶，女大当嫁，可别叫她小心里怨咱们不做人事呀！再说你把她托付给我，她一天没个人家，我是一天不能把心放下。女儿千金之体，万一有些差错，咱们祖宗的名声可要紧呀！"

"自然……"

"你听我的，"她不等他说完，抢着说，"城里有的是肥头大耳朵的男子，选择个有吃有穿的，把她嫁出去，也了我们一桩心事。不然姑娘一过了二十五岁，可就不易出手啊！我们不能全随着姑娘的意思，婚事是终身大事，长得好不如命儿好；就说半璧街周三的儿子，脸上一千多个麻子，嘴还歪在一边，人家也娶个一朵花似的大姑娘。别看人家脸麻嘴歪，真能挣钱，一月成千论百的往家挣。我要有女儿，我也找这样的给！我不能随着女儿的意思，嫁个年青俊俏的穷小子。兄弟，你说是不是？"

"也忙不得。"她兄弟低声的说。

"兄弟，你不忙，你可不知道我的心哪！你不进城，是不知道现在男女这样的乱反。我可不能看着我的侄女和野小子跑了！什么事到你们男人身上，都不着急，我们做妇人的可是不那样心宽。我为静儿呀，日夜把心提到嘴边来！她是个少娘无父的女孩子，做姑母的能不心疼她？能不管束她？你不懂，男人都是这样！"这位好妇人说着一把一把的抹眼泪。

她把点心包打开，叫兄弟吃，她半哭半笑的说："兄弟，吃罢！啊！没想到你现在受这个罪！兄弟！不用着急，有姐姐活着，我不能错待了你！吃罢！啊！我给你挑一块。"她拿了一块点心递给他。

他把一口点心嚼了有三分钟，然后还是用茶冲下去。他依然镇静的问：

"姐姐！假如现在有人要娶静儿，有钱有势力，可以替我还了债，可是年岁老一点。还有一个是姑娘心目中的人，又年青又聪明。姐姐你想哪一个好？"

"先不用问哪个好，我就不爱听你说姑娘心目中有人。我们小的时候，父母怎样管束我们来着？父母许咱们自己定亲吗？要是小人们能办自己的，那么咱们这群老的干吗的？我是个无儿无女的老绝户，可是我不跟绝户学。我爱我侄女和亲生的女儿一样，我就不能看着她信意把她自己毁了！我就不许她有什么心目中人，那不成一句话！"

好妇人越说越有理，越说越气壮，可惜她不会写字，要是她能写字，她得写多么美的一篇文字！

"那么，你的意思到底怎样？"他问。

"只要是你的主意，明媒正娶，我只等坐红轿做送亲太太！你要是不做主呢，我可就要给她定婚啦！你是她叔父，我是她姑母，姑奶奶不比叔父地位低，谁叫她把父母都死了呢！我不是和你兄弟耍姑奶奶的脾气，我是心疼侄女！"

"我明白了！"他低头不再说。

"兄弟你本来是明白人！说起来，应儿现在已经挣钱成人，也该给他张罗个媳妇了！你可不知道现在年青人心里那个坏呀！"

"慢慢的说罢！不忙！"他只好这样回答她。

赵姑母又说了多少个女子，都可给李应做妻子。鞋铺张掌柜的女儿，缠得象冬笋那样小而尖的脚；李巡长的侄女，如何十三岁就会缝大衫；……她把这群女子的历史，都由她们的曾祖说到现在，某日某时那个姑娘在厨房西南角上摔了一个小豆绿茶碗，那个茶碗碎成几块，又花了几个钱，叫铜碗的钉上几个小铜钉，源源本本的说来。她的兄弟听不清，我也写不清，好在历史本来是一本写不清的糊涂账！

第十章

在北京城而没到过中央公园①的，要不是吝惜十个铜元，是没有充分的时间丢在茶桌藤椅之间；要不是憎嫌那伟壮苍老的绿柏红墙，是缺乏赏鉴白脸红唇蓝衫紫裤子的美感；要不是厌恶那雪霁松风，雨后荷香的幽趣，是没有排御巴黎香水日本肥皂的抵抗力。假如吝惜十枚铜元去买门票，是主要原因，我们当千谢万谢公园的管理人，能体谅花得起十枚铜元的人们的心，不致使臭汗气战胜了香水味。至于有十个铜元而不愿去，那是你缺乏贵族式的审美心，你只好和一身臭汗，满脸尘土的人们，同被排斥于翠柏古墙之外，你还怨谁？王德住在城里已有半年，凡是不买门票随意入览的地方，差不多全经涉目。他的小笔记本上已写了不少，关于护国寺庙会上大姑娘如何坐在短凳上喝豆汁，土地庙内卖估衣的怎样一起一落的唱着价钱……可是对于这座古庙似的公园，却未曾瞻仰过，虽然他不断的由天安门前的石路上走。

他现在总算挣了钱，挣钱的对面自然是花费；于是那座公园的铁门拦不住他了。他也一手交票，一面越着一尺多高的石门限，仰着头进去了。

比护国寺，土地庙……强多了！可是，自己的身分比在护国寺，土地庙低多了！在护国寺可以和大姑娘们坐在同一条板凳上，享受一碗酸而浓于牛乳的豆汁。喝完，一个铜元给出去，还可以找回小黄铜钱至于五六个之多。这里，茶馆里的人们：一人一张椅子，一把茶壶，桌上还盖着

① 中央公园：即中山公园。

雪白的白布。人们把身子躺在椅子上，脚放在桌上，露出红皮做的鞋底连半点尘土都没有，比护国寺卖的小洋镜子还亮。凭王德那件棉袄，那顶小帽，那双布鞋，坐在那里，要不过来两个巡警，三个便衣侦探，那么巡警侦探还是管干什么的！

他一连绕了三个圈，然后立在水榭东边的大铁笼外，看着那群鸭子（还有一对鸳鸯呢！），伸着长长的脖子，一探一探的往塘畔一条没有冻好的水里送。在他左右只有几个跟着老妈的小孩子娇声细气的嚷："进去了！又出来了！嘴里衔着一条小鱼！……"坐大椅子的人们是不看这个的。

他看了半天，腿有些发酸。路旁虽有几条长木椅，可是不好意思坐下，因为他和一般人一样的，有不愿坐木椅的骄傲。设若他穿着貂皮大氅稳稳当当的坐在木椅上，第二天报纸上，也许有一段"富而无骄，伟人坐木椅"的新闻，不幸他没有那件大氅，他要真坐在那里，那手提金环手杖的人们，仰着脸，鼓着肚皮，用手杖指着那些古松，讲究画法，王德的鼻子，就许有被手杖打破之虞！

"还是找个清静的地方去坐！"他对自己说。

他开始向东，从来今雨轩前面绕过北面去。更奇怪了！大厅里坐着的文明人，吃东西不用筷子，用含有尚武精神的小刀小叉。王德心里想：他们要打起架来，掷起刀叉，游人得有多少受误伤的！

吃洋饭，喝洋茶，而叫洋人拿茶斟酒，王德一点也不反对。因为他听父亲说过：几十年前，洋人打破北京城，把有辫子的中国人都拴起来用大皮鞭子抽（因此他的父亲到后来才不坚决的反对剪发）。那么，叫洋人给我们端茶递饭，也还不十分不合人道。不过，要只是吃洋饭，喝洋茶，穿洋服，除给洋人送钱以外，只能区区的恫吓王德，王德能不能怕这冒充牌号的二号洋人!

　　然而王德确是失败了，他从家里出来的时候，虽没有象武官们似的带着卫兵，拿着炸弹，可是他脑中的刀剑，却明晃晃的要脱鞘而出的冲杀一阵。可怜，现在他已经有些自馁了："我为何不能坐在那里充洋人？"他今日才象雪地上的乌鸦，觉出自己的黑丑，自己的寒酸！千幸万幸，他还不十二分敬重"二号洋人"，这些念头只在他心上微微的划了一道伤痕，而没至于出血；不然，那些充洋人的不全是胎里富，也有的是由有王德今日的惭愧与希企而另进入一个新地域的！

　　王德低着头往北走，走到北头的河岸，好了，只有一片松林，并没有多少游人。他预料那里是越来越人少的，因为游公园的人们是不往人少的地方出闷锋头的。

　　他靠着东墙从树隙往西边的桥上看，还依稀的看得出行人的衣帽。及至他把眼光从远处往回收，看见一株大树下，左边露着两只鞋，右边也露着两只，而看不见人们的身体。那容易想到是两个人背倚着树，面向西坐着，而把脚斜伸着。再看，一双是男鞋，一双是女鞋，王德又大胆的断定那是一男一女。

　　王德的好奇心，当时把牢骚赶跑，蹑足潜踪的走到那株树后，背倚树干，面朝东墙，而且把脚斜伸出去坐下。你想："假若他们回头看见我的脚，他们可以断定这里一共六只脚，自然是三个人。"

　　他坐下后，并听不见树那边有什么动静，只好忍耐着。看看自己的脚，又回头看看树那边的脚；看着看着，把自己的脚忽然收回来，因为他自己觉得那么破的两只鞋在这样美丽的地方陈列着，好象有些对不起谁似的。然而不甘心，看看树那边的鞋破不破。如果和我的一样破，为什么我单独害羞。他探着头先细细看那双男鞋，觉得颇有些眼熟。想起来了，那是李应的新鞋。

"真要是李应，那一个必是她——李静！"王德这样想。于是又探过头看那双女鞋，因为他可以由鞋而断定鞋的主人的。不是她，她的鞋是青的，这是蓝的。"不是静姐，谁？李应是见了女人躲出三丈多远去的。别粗心，听一听。"树那边的男子咳嗽了两声。

"确是李应！奇怪！"他想着想着不觉的嘴里喊出来，"李应！"

"啊！"树那边好象无意中答应了一声。

王德刚往起立，李应已经走过来，穿着刺着红字的救世军军衣。

"你干什么来了，王德？"李应的脸比西红柿还红。"我——来看'乡人摊'！"

"什么？"

"乡人摊！"王德笑着说。

"什么意思？"

"你不记得《论语》上'乡人摊，朝服立于阼阶？'你看那茶馆里的卧椅小桌，摆着那稀奇古怪的男女，还不是乡人摊？"

"王德，那是'乡人傩①'，老张把字念错！"

"可是改成摊，正合眼前光景，是不是？"

两个人说着，从右边转过来一位姑娘。王德立刻把笑话收起，李应脸上象用钝刀刮脸那么刺闹着。倒是那位姑娘坦然的问李应："这是你的朋友？"

"是，这就是我常说的那个王德！"

"王先生！"那位姑娘笑着向王德点了点头。

王德还了那位姑娘一个半截揖，又找补了一鞠躬，然后一语不发的

_____

① 傩：古代的一种迎神驱鬼的风俗。

呆着。

"你倒是给我介绍介绍！"她向李应说。

"王德，这是龙姑娘，我们在一处做事。"

王德又行了一礼，又呆起来。

李应不可笑，王德也不可笑，他们和受官刑的人们一样的不可笑。而可怜！

龙凤的大方活泼，渐渐把两个青年的羞涩解开，于是三个人又坐在树下闲谈起来。

龙凤是中国女人吗？是！中国女人会这样吗？我"希望"有这么一个，假如事实上找不到这么一个。李应，龙凤都拿着一卷《福音报》，王德明白他们是来这里卖报而不是闲逛。

三人谈了半天话，公园的人渐形多起来，李应们到前边去卖报，王德到报馆做工去了。

北京的市自治运动，越发如火如荼进行得起劲。南城自治奉成会因为开会没有摇铃，而秩序单上分明写着"振铃开会"，会长的鼻子竟被会员打破。巡警把会所封禁，并且下令解散该会。于是城内外，大小，强弱，各自治团体纷纷开会讨论对待警厅的办法。有的主张缓进，去求一求内务总长的第七房新娶十三岁的小姨太太代为缓颊。有的主张强硬，结合全城市民向政府示威，龙树古的意见也倾向于后者。

龙树古在二郎庙召集了会议，讨论的结果，是先在城北散一些宣言，以惹起市民的注意，然后再想别的方法。

散会后老张把龙会长叫到僻静的地方，磋商龙凤的身价问题。老张说：孙八已经肯出一千元。龙树古说：一千出头才肯商议。老张答应再向孙八商议。龙树古又对老张说：如果不写卖券，他情愿送老张五十块钱，老张依然皱着眉说不好办，可是没说不要五十块钱。

"婚书总得写？"老张问。

"我们信教的，不懂得什么是婚书，只知道到教堂去求牧师祝婚。孙八要是不能由着我到教堂去行婚礼，那么我为什么一定随着他写婚书？"龙树古稳健而恳切的陈说。"不写婚书，什么是凭据？别难为我，我是为你好，为你还清了债！"

"我明白，我不清债，谁卖女儿！不用说这宗便宜话！"

"我去和孙八说，成否我不敢定，五十元是准了？"

"没错！"

"好朋友！"

又是五十块！老张心里高兴，脸上却愁眉不展的去找孙八。

孙八散会后已回了家，回家自然是要吃饭。那么，老张为何也回孙八的家？

孙八才拿起饭碗，老张也跟着拿起饭碗。孙八是在孙八家里拿起饭碗。老张也在孙八家里拿起饭碗。老张的最主要的二支论法的逻辑学，于此又有了切实的证明。他的二支论法是：

"你的就是我的，我的就是我的。"

"八爷！今天人家老龙高抬脚做主席，我的脸真不知道往哪里放！"

"我的脸要没发烧，那叫不要脸！你多辛苦！"孙八气得象惹恼的小青蛤蟆一样，把脖子气得和肚子一般粗。"可是，不用生气。那个穷小子今天递了降书，挂了白旗。"

"什么降书？"孙八以为"降书"是新出版的一本什么书。"八爷！你是贵人多忘事，你的事自己永远不记着。也好，你要做了总统，我当秘书长。不然，你把国家的事也都忘了。"孙八笑了，大概笑的是"你做总统"。

"你没看见吗？"老张接着说，"今天老龙立在台上，只把眼睛钉在你身上。散会后他对我说，凭八爷的气度面貌，决不委屈他的女儿。这就是降书！现在饭是熟了，可别等凉了！八爷你给个价钱！"

"我还真没买过活人，不知道行市！"孙八很慎重的说。"多少说个数目！"

"我看一百元就不少！"孙八算计了半天，才大胆的说。

老张把饭碗放下，掩着嘴，发出一阵尖而不近人情的怪笑。喉内格格的作响，把饭粒从鼻孔射出，直笑的孙八手足无措，好象白日遇见了红眼白牙的笑鬼！

"一百元？八爷！我一个人的八爷！不如把一百元换成铜元，坐在床上数着玩，比买姑娘还妥当！我的八爷！"跟着又是一阵狂笑，好象他的骨髓里含着从远祖遗传下来的毒质，遇到机会往外发散。

"太少？"孙八想不起说什么来。

"你想想，买匹肥骡子得几百不？何况那么可爱的大姑娘！"

"你也得替我想，你知道叔父的脾气，他要知道我成千论百的买人，能答应我不能？"

"可有一层啊，买人向来是秘密的事，你不会事前不对他说；事后只说一百元买的，这没什么难处。再说为入政界而娶妾，叔父自有喜欢的，还闹脾气？你真要给叔父买个小老婆，我准保叔父心花笑开骂你一阵。老人们的嘴和心，比北京到库伦还远，你信不信？"

"就是，就是！到底得用多少？"孙八明白了！象孙八这样的好人，糊涂与明白的界线是不很清楚的。

小孩子最喜欢出阁的姐姐，因为问一答十，样样有趣，而且说的是别一家的事。孙八要是个孩子，老张就是他出阁的姐姐，他能使孙八听到别一世界的事，另一种的理。

"卖古玩的不说价钱，凭买主的眼力，你反正心里有个数！"

"辛苦！张先生！我真不懂行！"

要都是懂行的，古玩铺去赚谁的钱！要都是懂行的，妓女还往谁身上散布杨梅！

"这么着，我替老龙说个数，听明白了，这可是我替老龙说，我可分文不图！据老龙的意思，得过千呢！"老张把手左右的摆，孙八随着老张的手转眼珠，好似老张是施展催眠术。"过千——"

"哼！要写卖券，还非过万不行呢！照着亲戚似的来往，过千就成！"

"自然是走亲戚好！到底得一千几？"

说也奇怪，老实人要是受了催眠，由慎重而变为荒唐比不老实人还快。

"一千出头，哪怕是一千零五块呢。"

"就是一千零五罢！"孙八紧着说，唯恐落在后头。"哈哈……！八爷你太妙了！我说的是个比喻！假如你成千累万的买东西，难道一添价就是五块钱吗？"孙八低看头计算，半天没有说话。

"八爷！老张可不图一个芝麻的便宜啊！你的钱，老龙的姑娘，咱们是白跑破了一对红底青缎鞋！好朋友爱好朋友，八爷，说个痛快的！"

老张是没机会到美国学些实验心理学，可惜！不然，岂止于是一位哲学家呢！老张是没有功夫多写文章，可惜！不然他得写出多么美的文字！

话虽说了不少，饭可是没吃完。因为吃几口说几句话，胃中有了休息的时候，于是越吃越饿，直到两点多钟，老张才说了一句不愿意说而不能不说的"我够了！"其实主要的原因，还是因为桌上的杯盘已经全空了。

饭后老张又振荡有致的向孙八劝诱。孙八结果认拿一千二百元作龙凤的身价。

"八爷！大喜！大喜！改日喝你的喜酒！"

第十一章

除了李应姊弟与赵老夫妇外，王德的第一个朋友要算蓝小山。蓝先生是王德所在的报馆的主任，除去主笔，要属蓝先生地位为最优。要是为他地位高，而王德钦敬他，那还怎算得了我们的好王德！实在，蓝先生的人格，经验，学问，样样足以使王德五体投地的敬畏。

王德自入报馆所写的稿子，只能说他写过，而未经印在报纸上一次。最初他把稿子装在信封里，交与主笔，而后由主笔扔在字纸篓里；除了他自己不痛快而外，未曾告诉过旁人，甚至于李氏姊弟；因为青年是有一宗自尊而不肯示弱于人的心。后来他渐渐和蓝先生熟识，使他不自主的把稿子拿出来，请蓝先生批评；于此见出王德和别的有志少年是一样，见着真有本事的人是甘于虚心受教的。有的稿子蓝先生批评得真中肯，就是王德自己是主笔，也不肯，至于不能，收那样的稿子。有的蓝先生却十分夸奖：文笔怎样通顺，内容怎样有趣；使王德不能不感激他的赏识，而更恨主笔的瞎眼。

蓝先生的面貌并不俊俏，可是风流大雅，王德自然不是以貌取人的。

蓝先生大概有二十五六岁，一张瘦秀椭圆的脸，中间悬着一支有棱有角的尖鼻。鼻梁高处挂着一对金丝蓝光小眼镜，浅浅的蓝光遮着一双"对眼"，看东西的时候，左右眼珠向鼻部集中，一半侵入眼角，好象鼻部很有空地做眼珠的休息室；往大了说，好似被天狗吞过一半，同时并举的日月蚀，不过有蓝眼镜的遮掩，从远处看不大出来。薄薄的嘴唇，留着日本式的小胡子，显出少年老成。长长的头发，直披到项部，和西洋的诗哲有同样的丰度。现在穿着一件黑羔皮袍，外罩一件浅黄色的河南绸大衫。手里一把白马尾拂尘，风儿吹过，绸大衫在下部飘起，白拂尘遮满前胸，长头发散在项后，上中下三部迎风乱舞，真是飘然欲仙。头上一顶青缎小帽，缝着一个红丝线结，因头发过厚的原因，帽沿的垂直线前边齐眉，后边只到耳际。足下一双青缎绿皮脸厚底官靴，膝部露着驼毛织的高筒洋式运动袜。更觉得轻靴小袖，妩媚多姿！

别的先不用说，单是关于世界上的教育问题的著作，据他告诉王德，曾念过全世界总数的四分之三。他本是个教育家，因与办教育的人们意见不合，才辞了教席而入报界服务。现在他关于"报馆组织学"和"新闻学"的书又念了全数的四分之三。论实在的，他真念过四分之四，不过天性谦虚，不愿扯满说话；加以"三"字的声音比"四"字响亮，所以永远说四分之三。

王德遭主笔的冷眼，本想辞职不干，倒是经蓝先生的感动，好似不好意思离开这样的好人。

"大生！"蓝先生送给王德的号是"大生"；本于"大德曰生"。王德后来见医生门外悬的匾额真有这么一句，心中更加悦服。而且非常骄傲的使人叫他"大生"。有的时候也觉得对他不十分恭敬似的，如果人们叫他"王德"。蓝先生说："你的朋友叫什么来着？我说的是那个信耶稣教的。"蓝先生用右手食指弹着纸烟的烟灰，嘴中把吸进去的烟从鼻孔送出来，又用嘴唇把鼻孔送出来的烟卷进去，做一个小循环。一双对眼从眼镜框下边，往下看着烟雾的旋转，轻轻的点头，好似含着多少诗思与玄想！

"李应。"王德说。

"不错！我这几天写文章过多，脑子有些不大好。他为什么信教？"

"他——他本是个诚实人，经环境的压迫，他有些不能自信，又不信社会上的一切，所以引起对于宗教的热心。据我想这是他信教的原因，不敢说准是这样。"王德真长了经验，说话至于不把应当说的说圆满了！

"那是他心理的微弱！你不懂'心理学'罢？"

"'心理学'——"

"我从你头一天到这里就看出你不懂'心理学'，也就是我的'心理学'的应用。"

王德真感动了！一见面就看出懂不懂"心理学"，而且是"心理学"的应用！太有学问了！王德把自傲的心整个的收起来，率直的说：

"我不明白'心理学'！"

"你自然不明白！就是我学了三年现在还不敢说全通。我只能说明白些'宗教心理'，'政治心理'，至于'地理心理'，'植物心理'，可就不大通了！好在我明白的是重要的，后几项不明白还不甚要紧。"

"到底'心理学'是什么，有什么用？"王德恳切的问。"'心理学'是观察人心的学问！"

王德依旧不明白，又问："先生能给我一个比喻吗？"

"大生！叫我'小山'，别天天叫先生，一处做事，就该亲兄弟一样，不要客气！至于举个例——可不容易。"蓝先生把手托住脑门，静静的想了三四分钟，"有了！你明白咱们主笔的脾气不明白？"

"我不明白！"王德回答。

"是啊！这就是你不明白'心理学'的原因。假如你明白，你就能从一个人的言语，动作，看出他的心。比如说，你送稿子给咱们主笔，他看了一定先皱眉。你要是明白他的心理，就可断定这一皱眉是他有意收你稿子的表示，因为那是主笔的身分。他一皱眉，你赶快说：'请先生删改'。你的稿子算准登出来。你要是不明白这一点，他一皱眉，你跟他辨别好歹，得，你就上字纸篓去找你的稿子罢！这浅而易懂，这就是'心理学'！"

王德明白了！不是我的稿子不好，原来是缺乏"心理学"的知识。但是人人都明"心理学"，那么天下的事，是不是只要逢迎谄媚呢？他心中疑惑，而不敢多问，反正先生有学问，纵然不全对，也比我强得多。

"是！我明白了！"王德只能这样回答！

"大生！以后你写稿子，不必客气，先交给我，我替你看了，再送给主笔，我敢保他一定采用。我粗粗的一看，并不费神，你一月多得几块钱，岂不很好！"蓝小山把将吸尽的烟头，猛的吸了一口，又看了看，不能再吸，才照定痰盂掷去。然后伸出舌头舐了舐焦黄的嘴唇。

"谢谢你的厚意。"王德着实感激小山。

"大生，你一月拿多少钱？"

"从报馆？"

"从家里！"

"我只从报馆拿十块钱，不和家里要钱。"王德很得意他的独立生活。

"十块钱如何够花的！"

"俭省着自有剩钱的！"

"奇怪！我在这里一月拿五十，还得和家里要六十，有时候还不够。我父亲在东三省有五个买卖，前任总统请他做农商总长，你猜他说什么？'就凭总统年青的时候和我一同念书那样淘气，现在叫我在他手下做事，我不能丢那个脸！'你说老人家够多么固执！所以他现在宁多给我钱，也不许我入政界，不然我也早做次长了！"

王德又明白了：不怪小山那样大雅，本来人家是富家子弟，富家子弟而居然肯用功读书，毫无骄慢的态度，就太可佩服了！

"大生！"小山接着说，"你要真是能省钱，为何不储蓄起来？我不储蓄钱，可是永远叫朋友们做，谁能保事情永远顺心；有些积蓄，是最保险！"蓝小山顺手从衣袋中掏出几本红皮的小本子在王德眼前摆了一摆，然后又放在衣袋里。王德仿佛看见那些小红本上印着金字象"大同银行"的字样。蓝小山接着说："我看不起金钱，可是不反对别人储蓄钱，因为贫富不同，不可一概而论的。我父亲的五个买卖之中，一个就是银号，所以朋友们很有托我给他们办理存款的事的。大生！你要有意存钱，不拘数目多么小，我可以帮你的忙！"

"是！等我过一两个月，把衣服齐整整，一定托你给我办。"王德心里不知怎样夸赞小山才好。有钱的人而能体谅没钱的，要不是有学问，有涵养，焉能有这样高明的见解。"干什么买衣服？你看我！"小山掀起那件河南绸的大衫，"就是这件大衫，我还嫌他华丽，要不是有时候去见重要人，就这件袍罩我全不穿！肚子里有学问，不在穿得好坏。"

"那么我下月薪水下来就托你给我存在银行里两块钱！"

王德不敢多说，因为每句话都被小山批评得恳切刺心。"你也可以自己到银行里去！"

"我向来没上过银行。"

"交给我也好，好在存款的折子，你自己拿着，自然不至不放心！"

"你替我拿着，比我还可靠，哪能不放心！"

"自然，这五本全是我朋友的存款单，一本也不是我自己的。"小山又指了指他自己的衣袋。

小山又说了些别的话，王德增长不少知识。然后小山进城去办事，王德开始做他的工作。

　　王德真喜欢了！自幼至今除了李应的叔父，还没遇过一个有学问象蓝小山的。就是以李应的叔父比蓝小山，那个老人还欠一些新知识。以李应比小山，李应不过是个性情相投的朋友，于学问上是得不着什么益处的，而小山，只有小山，是道德学问样样完美的真正益友！

　　王德欢欢喜喜的做完工，一路唱着走进城来。风还是很大，路上还是很静寂，可是快乐是打破一切黑暗的利器；而有好朋友又是天下第一的乐事，王德的心境何独不然。

　　赵姑母又老掉了一个牙，恰巧落牙的时候，正是旧历的除夕；她以为这是去旧迎新的吉兆，于是欢欢喜喜的预备年菜。李静也跟着忙碌。赵姑父半夜才回来，三个人说笑一阵。赵姑母告诉丈夫，她掉了一个牙。他笑着答应给她安一个金牙，假如来年财神保佑铺子多赚些钱。她恐怕吞了金，执意不肯。于是作为罢论。

　　王德回家去过年，给父亲买了一条活鱼，有二尺长。给李应的叔父买了一支大肥鸡。王老者笑的把眉眼都攒在一处舍不得分开，开始承认儿子有志气能挣钱。他把鱼杀了，把鱼鳞抛在门外，冻在地上，以便向邻居陈说，他儿子居然能买一条二尺见长欢蹦乱跳的活鱼。

　　李应也回家看叔父，买了些食物以讨叔父的欢心。可是李老人依旧不言不语，心中象有无限的烦苦。

　　孙八爷带着小三，小四一天进城至于五六次之多，购办一切年货。小三，小四偷着把供佛的年糕上面的枣子偷吃了五个，小三被他母亲打了一顿，小四跑到西院去搬来祖父孙守备说情，才算脱出危险。

　　老张算账讨债，直到天明才完事。自己居然疯了似的喝了一盅酒，吃两个值三个铜元一个的鸡卵。而且给他夫人一顿白米粥吃——一顿管饱的白米粥！老张因年岁的关系，志气是有些消沉，行为是有些颠狂！真给妻子一顿白米粥吃！

龙树古父女也不烧香，也不迎神，只是被街上爆竹吵得不能睡。父女烤着火炉，谈了一回，又玩一回扑克牌。

南飞生新近把劝学员（学务大人）由"署理"改为"实任"。亲友送礼庆贺者，不乏其人，他把他夫人的金镯典当三十块钱，才把礼物还清，好不忙碌。快乐能使人忙碌，忙碌也生快乐，南大人自然也忙也乐，或是且忙且乐！蓝小山先生大除夕的还研究"植物心理学"，念到半夜又作了几首诗。蓝先生到底与众不同！

每个人有他自己异于别人的生趣与事业，不能一样，也无须一样。可是对于年节好似无论谁也免不了有一番感触，正如时辰钟到了一定的时候就响一声或好几声。生命好似量时间的机器！

……

"新禧！新禧！多多发财！"人们全这样说着。"大地回春，人寿年丰，福自天来，……"红纸黑字这样贴在门上。

新年！难道不是？

快乐！为什么不？

贺年！谁敢不去？

"！"对了！"？"自寻苦恼！

没告诉你世界就是那么一团乱气吗？

蜗牛负着笨重的硬壳，负着！

傻象（其实心里不傻）插着长而粗的牙，插着！人们扛着沉而旧的社会，扛着！

热了脱去大衫，冷了穿上棉袍，比蜗牛冬夏常青穿着灰色小盖聪明多了！

社会变成蜗牛壳一样，生命也许更稳固。夏天露出小犄角，冬天去蛰宿，难道不舒服？

一时半刻哪能变成蜗牛，那么，等着罢！

第一个到孙八家里贺年的，谁也猜得到是老张。孙八近来受新礼教的陶染，颇知道以"鞠躬"代"叩首"，一点也不失礼。可是老张却主持：既是贺旧历新春就不该用新礼。于是非给孙八磕头不可。他不等孙八谦让，早已恭恭敬敬的匍匐地上磕了三个头。然后又坚持非给八嫂行礼不可。幸而孙八还明白：老张是老师，万没有给学生家长内眷行礼的道理；死劝活说的，老张才不大高兴的停止。

中国是天字第一号的礼教之邦。就是那不甚识字的文明中国人也会说一句："礼多人不怪。"

孙八受了老张的礼，心中好过不去；想了半天，把小三，小四叫进来，叫他们给老张行礼，作为回拜。

小三，小四还年幼，不甚明白什么揖让进退，谁也不愿意给老师磕头。孙八强迫着他们，小三磕了一个头站起就跑，小四把手扶在地上，只轻轻点了几点头。老师却不注意那个，反正有人跪在面前，就算威风不小。

两个人坐下闲谈，谈来谈去，又谈到老张日夜计划的那件事上。

"八爷，大喜！老龙已答应了你给的价钱！"

"是吗？"孙八仿佛听到万也想不到的事情！

"是！现在只听你选择吉期！钱自然是在吉期以前给他的！"

"他得给我字据，或立婚书！"孙八问。

"八爷！只有这一件事对不起你，我把嘴已说破，老龙怎么也不肯写婚书！他也有他的理由，他们信教的不供财神，和不供子孙娘娘，月下老人一样！他不要求你到教堂行婚礼，已经是让步！"老张锁着眉头，心中好象万分难过。

孙八看老张那样可怜，不好意思紧往下追，可是还不能不问：

"没婚书，什么是凭证？"

老张低着头，没有回答。

孙八也不再往上问。

"要不这么办，"老张眼中真含着两颗人造的泪珠，"八爷。你信得及我呢，把钱交给我，等你把人抬过来，我再把钱交给老龙。他知道钱在我手里不能不放心。八爷，你看怎样？再不然呢，我把我的新媳妇给你，假如你抱了空窝，受了骗！"

"你的新媳妇？张先生你可真算有心，为什么以前不告诉我？"

"以前跟你说过，我也有意于此，现在虽有七八成，到底还没定规准。"

"谁家的姑娘？"

"我只能告诉你，她是咱村里的，等大定规了，我再告诉你她的姓名。我很盼望和你能在同日结婚凑个热闹，只是一时不能办妥，怕你等不了我。"

"再有一两个月还不成？"

"不敢说。"

"快办，一块热闹！"孙八笑着说。

好人受魔鬼试探的时候，比不好人变的还快。孙八好象对于买姑娘贩人口是家常便饭似的随便说了，不但一点不以为奇，而且催着别人快办。世上不怕有蓝脸的恶鬼，只怕有黄脸的傻好人。因为他们能，也甘心，做恶鬼的奴仆，听恶鬼的指使，不自觉的给恶鬼扩充势力。社会永远不会清明，并不是因恶鬼的作祟，是那群傻好人醉生梦死的瞎捣乱。恶鬼可以用刀用枪去驱逐，而傻好人是不露形迹的在树根底下钻窟窿的。

孙八是个好人，傻好人，唯独他肯被老张骑着走。老张要是幸而有忏悔的机会，孙八还许阻止他。老张明白他自己，是可善可恶的，而孙八是一块黑炭，自己不知道自己怎么就黑了，而且想不起怎么就不黑了，因为他就没心。"快！我紧着办！大概五月节以前可以妥当了！"老张说。"好，我预备我的，你去快办你的！什么时候交钱，我听你的信。就照你的主意办！"

老张又给孙八出了许多主意，怎样预备一切，孙八一五一十的都刻在心上，奉为金科玉律。

老张告辞回家，孙八把他送出大门外，临别嘱咐老张："别叫叔父和你八嫂子知道了！"

第十二章

赵四何许人也？戏园饭店找不着他，公园文社找不着他……他在我们面前，只在德胜桥摔破了腿，后来把李应介绍到救世军去。只知道他是赵四，他的父母，祖父母，当人们问他的时候，他只一笑的说："他们都随着老人们死了。"至于赵夫人，我们也只能从理想上觉得，似乎应当有这么一位女人，而在事实上，赵四说："凭咱的一副面孔，一件蓝小褂，也说娶妇生子？"

赵四在变成洋车夫以前，也是个有钱而自由的人。从他的邻居们的谈话，我们还可以得到一些现在赵四决不自己承认的事实。听说他少年的时候也颇体面，而且极有人缘在乡里之中。他曾在新年第二日祭财神的时候，买过八十多条小活鲤鱼，放在一个大竹篮内，挨着门分送给他的邻居，因为他们是没钱或吝啬买活鱼祭神的。他曾架着白肚鹰，拉着黄尾犬，披着长穗羊皮袍，带着烧酒牛肉干，到北山山环内去拿小白狐狸；灰色或草黄的，看见也不拿。他曾穿着白夏布大衫，青缎鞋，噗咚一声的跳在西直门外的小河里去救一个自尽的大姑娘。你看人们那个笑他！他曾招集逃学的学童们在城外会面，去到苇塘捉那黄嘴边的小苇雀，然后一同到饭馆每人三十个羊肉东瓜馅的煮饺子，吃完了一散。……常人好的事，他不好；常人不好的事，他好。常人为自己打算的事，他不打算；常人为别人不打算的事，他都张罗着。

他的高兴还没尽，而他的钱净了！平日给人家的钱，因为他不希望往回讨，现在也就要不回来；而且受过他的好处的人，现在比没受过他的钱的还不愿招呼他。有好几次，他上前向他们道辛苦，他们扭转脖项，给他看后脑瓢。于是赵四去到城外，捡了一堆砖块，在城墙上用白灰画了个圆圈，练习腕力和瞄准，预备打他们的脑瓢。

在赵四想，这不过是一种游戏：有钱的时候用饺子耍你们，没钱的时候用砖块耍你们，性质本来是一样的。谁想头部不坚固的人们，只能享受煮饺子，而受不住砖块。有一次竟打破了一个人的脑袋而咕噜咕噜的往外冒动物所应有的红而浓的血。于是赵四被巡警拿到监狱中，做了三个月的苦力。

普通人对于下过狱的人们，往往轻描淡写的加以徽号曰"土匪"，而土匪们对于下过狱的人们，瞻以嘉名曰"好汉"。哪一个对？不敢说。

赵四被大铁链锁着的时候，并不觉得自己是土匪，也不自认为好汉。因为要是土匪，他的劣迹在哪里？要是好汉，为什么被人家拿锁疯狗的链子拴上？

可是他渐渐明白了：有钱便是好汉，没钱的便是土匪，由富而贫的便是由好汉而土匪。他也明白了：人们日用的一切名词并没有定而不移的标准，而是另有一些东西埋伏在名词的背后。他并没改了他旧日的态度，他只是要明白到底怎么样才算一条好汉。而身入监狱，倒象给了他得以深思默想的好机会。有钱是好汉？没钱是土匪？他又从新估量了！

他又悟出一条笨道理来。做好汉不一定靠着钱，果然肯替别人卖命，也许比把钱给人更强。假如不买鲤鱼分送邻居，而替他们做几桩卖力气的事，或者他们不至于把我象鲤鱼似的对待，——鲤鱼是冷血动物，当然引不起热血动物的好感。

他想到这里，于是去找牢中的难友讨论这个问题。有的告诉他，帮助别人是自找无趣，金钱与心力是无分别的，因为不愿帮助人的，在受别人帮助后不会用自己不愿帮助别人的心想明白别人有爱人的心。不图便宜，谁肯白白替别人做事！有的笑着而轻慢的说，假若你把砖头打在国务总理脑袋上，你早到法国兵营或荷兰使馆去享福了。用砖头打普通人是和给钱与他们一样不生好结果的。有的说，到底金钱是有用的，以金钱买名誉是货真价廉的；你以前的失败，是因为你的钱花得不当，而不是钱不肯叫你作好汉。在正阳门大街上给叫化子半个铜元，比在北城根舍整套的棉衣还体面；半夜出来要饭的是天然该饿死，聪明而愿做好汉的谁肯半夜黑影里施钱做好人！……赵四迷惑了，然而在夜静的时候自己还觉得自己想得对。于是他出狱之后，早晨把家里的零碎东西拿到早市去卖，下半天便设法帮助别人，以实行他做好汉的理想。

有一次，他把一个清道夫的水瓢抢过来替他往街心洒水，被巡警打了几拳，而且后来听说那个清道夫也被免了职。有一次，他替邻家去买东西，他赔了十几多个铜元的车钱，而结果邻舍们全听说赵四替人家买东西而赚了钱！有一次，他替一位病妇半夜里去请医生，医生困眼朦胧的下错了药，而人们全埋怨赵四时运不济至于把有名的医生连累的下错了药！……

他灰心了！狱中想出的哲学到现在算是充分的证明，全不对！舍己救人也要凑好了机会，不然，你把肉割下来给别人吃，人们还许说你的肉中含有传染病的细菌。

他的东西卖净了，现在是自己活着与死的问题了！他真算是个傻老，生死之际还想哪条吃饭的道路可以挣饭吃而又做好事。他不能不去拉洋车了，然而他依然想，拉洋车是何等义勇的事：人家有急事，咱拉着他跑，这不是舍命救人！

哈哈！坐车的上了车如同雇了两条腿的一个小牛，下了车把钱甚至于扔在地上，不用还说一声"劳驾"或"辛苦了"！更难堪的，向日熟识的人，以至于受过赵四的好处的人，当看见他在路上飞跑的时候，他们嚷："赵四！留神地上的冰，别把耳朵跌在腔子里去，跌进去可就不方便听骂啦！"他从前认识的和尚道士们称他为施主，为善人，现在却老着面皮向他说："拉洋车的，庙前不是停车处，滚！"当赵四把车停在庙外以便等着烧香的人们的时候。

其实"拉洋车的"或是"洋车夫"这样的头衔正和人们管教书的叫"教员"，住在南海的那位先生叫"总统"有同样的意义，赵四决不介意在这一点上。不过有时候巡警叫他"怯八义""傻铛铛"……赵四未免发怒，因为他对于这些名词，完全寻不出意义；而且似乎穷人便可以任意被人呼牛呼马而毫无抵抗力的。

"人是被钱管着的万物之灵！"老张真对了！赵四没有老张那样的哲学思想，只粗野的说："没钱不算人！"人们当困窘的极点或富足的极点，宗教的信仰最易侵入；性质是一样的，全是要活着，要多活！

可是赵四呢，信孔教的人们不管他，信吕祖的人们不理他，佛门弟子嘲笑他。这样，他是没有机会发动对于宗教的热心的。不幸，偏有那最粗浅而含洋气的救世军欢迎他和欢迎别人一样，而且管他叫"先生"。于是赵四降服了，往小处说，三四年了，就没听过一个人管他叫"先生"。其实赵四也傻，叫一声"先生"又算什么！"先生"和"不先生"分别在哪里？而赵四偏有这一点虚荣心！傻人！

有学问的人嫌基督教是个好勇斗狠的宗教。而在赵四想："学学好勇，和鬼子一般蛮横，顶着洋人的上帝打洋人，有何不可！"傻哉赵四！和别的普通中国人一样不懂大乘佛法，比普通中国人还傻，去信洋教！

赵四自入救世军，便一半给龙树古拉车，一半帮助教会做事，挣钱不多，而确乎有一些乐趣；至不济，会中人总称呼他"先生"。

赵四与李应是老街坊；李应在他叔父未穷的时候，也是住在城里的。

李应在家里住了三天，也算过了新年。先到姑母家，然后到龙树古家，都说了些吉祥话。最后转到教会去找赵四。见了赵四，不好意思不说一句"新喜"！不是自己喜欢说，也不是赵四一定要他说，只是他觉的不说到底欠着一些什么似的。"有什么可喜？兄弟！"赵四张着大嘴笑的把舌根喉孔都被看见，拉着李应的手问李老人身体怎样。他不懂得什么排场规矩，然而他有一片真心。

这时候会里没有多少人，赵四把他屋里的小火炉添满了煤；放上一把水壶，两个人开始闲谈。

赵四管比他年长的叫哥哥，小的叫兄弟。因为他既无子侄，又永远不肯受他人的尊称，所以他也不称呼别人作叔，伯，或祖父。他记得西城沟沿住的马六，在四十二岁的时候，认了一个四十岁的义父，那位先生后来娶了马六的第二个女儿做妾，于是马六由义子面升为老泰山。赵四每想起来，就替他们为难：设若马六的女儿生下个小孩子，应当算马六的孙呢，还是兄弟？若马六是个外国人，倒好办；不幸马六是中国人而必定把家庭辈数尊长弄得清清楚楚，欲清楚而不得，则家庭纲纪弛矣！故赵四坚持"无辈数主义"，一律以兄弟相称，并非仅免去称呼之繁歧，实有益于行为如马六者焉！

"兄弟！"这是赵四叫李应，"为什么愁眉不展的？"

"哼！"李应很酸苦的笑了一笑。

"有心事？"

"四哥！你明白这个世界上没有可乐的事！"

"好兄弟，别和四哥耍文理，四哥不懂！我知道大饼十个铜元一斤，你要没吃的，我分给你半斤，我也吃半斤，这叫爱人。顺心的一块说笑；看着从心里不爱的呢，少理他；看着所不象人的呢，打，杀，这叫爱恶人；因为把恶人杀了，省得他多做些恶事，也叫爱人！有什么心事，告诉我，我也许有用！"

"四哥！我告诉你，你可别对外人说呀！"

"我和谁去说？对总统去说？人家管咱们拉洋车的臭事吗！"

屋中的火烧的红红的，赵四把小棉袍脱下来，赤着背，露着铁铸的臂膀；穿着一条一条的青筋。

"四哥！穿上衣服，万一受了寒！"

"受寒？屋里光着，比雪地里飞跑把汗冻在背上舒服得多！说你的事！"赵四说完，两只大手拍着胸膛；又把右臂一抡，从腋下挤出"瓜"的一声。

"我有两件事：一件是为自己，一件是为我姐姐！"李应慢慢的说。

"我知道小静儿，哼，不见她有几年了！"赵四腋下又"瓜"的响了一声。

"先说我自己的事！"李应脸红了，"四哥！你知道凤姑娘？"

"我怎么不知道，天天见。"

"年前龙军官对我说，要把她许给我。"

"自然你爱她！"赵四立起来。

"是！"

赵四跳起来，好似非洲土人的跳舞。腋下又挤的"瓜"的一声响，恰巧门外放了一个大爆竹，赵四直往腋下看，他以为腋下藏着一个炸弹。然后蹲在地上，笑得说不出话。"四哥你怎么了？"李应有些起疑。

"好小子爱好姑娘，还不乐！"

"先别乐！我身上就这一件棉袍。手中分文没有，叫我还敢往结婚上想！我一面不敢过拂龙军官的好意，一面又不敢冒险去做，我想了几天也不敢和叔父说。"李应看着炉中的火苗，跳跳钻钻的象一群赤着身的小红鬼。

"定下婚，过几年再娶！"

"四哥，你还不明白这件事的内容。"

"本来你不说，我怎能明白！"

"龙军官欠城外老张的钱，现在老张迫着他把凤姑娘给城外孙八做妾，所以龙军官急于叫我们结婚，他好单独对付老张。说到老张，就与我的姐姐有关系了：他要娶我姐姐折我叔父欠他的债。我第一不能结婚，因为又年青又穷；第二我不能只管自己而把我叔父和姐姐放在一旁不管……"

"兄弟！你要这么告诉我，我一辈子也明白不了！老张是谁？孙八是怎么个东西？"赵四把眼睛瞪得象两个肉包子，心中又着了火。

李应也笑了，从新把一切的关系说了一遍。

"是杀老张去，还是用别的法子救她？"李应问。"等等！咱想一想！"赵四把短棉袄又穿上，脸朝着墙想，"兄弟！你回家去！四哥有办法！"

"有什么办法？"

"现在不能说，一说出来就不灵验了！"

李应又坐了一会儿，赵四一句话也没说。李应迷迷糊糊的走出教会，赵四还坐在那里象位得道的活神仙。

蓝小山告诉王德，他每天到饭馆吃饭至少要用一块半钱，而吃的不能适口。王德不晓得一块多钱的饭怎样吃法，因为他只吃过至多二毛钱一顿的；可是不能不信没有这样的事，虽然自己没经验过。

报馆开张了，王德早早的来上工。他一进门只见看门的左手捧着一张报纸，上面放着一张薄而小的黑糖芝麻酱饼；右手拿着一碗白开水往蓝小山的屋里走。

王德没吃过一块半钱一顿的饭，可是吃过糖饼，而糖饼决不是一块半钱一张，况且那么薄而小的一张！蓝小山正坐在屋里，由玻璃窗中看见王德。

"大生进来！"

王德不好意思拒绝，和看门的前后脚进去。看门的问："要别的东西不要，蓝先生？"

"去罢！"小山对仆人的词调永远是简单而含有命令气的。王德坐下，小山拿起糖饼细嚼缓咽的自由着。

"我的胃可受不了那么油腻的东西！你知道，亲友到年节非请我吃饭不可。他们的年菜是油多肉多，吃的我肚子疼得不得了；不吃罢，他们又要说我骄傲择食！难题，难题！今天我特意买张糖饼吃，你知道，芝麻酱是最能补肚子的！中国家庭非改革不可，以至于做饭的方法都非大改特改不可！"小山说着把饼吃完，又把一碗开水轻轻的灌下去。喝完水，从抽屉里拿出两块金黄色橘子皮。把一块放在口中含着，把那一块放在手心里，象银号老板看银子成色的样子，向王德说："大生！说也可笑！一件平常的事，昨天一桌十几多个人会都不知道。"

"什么事，小山？"

"你看，橘子是广州来的最好，可是怎能试验是不是广州货呢？"

"我不知道！"

"你也不知道？你看这里！"小山把橘皮硬面朝外，白皮朝里往墙上一贴，真的贴住了！"这是广州来的！贴不上的是假的！昨天在西食堂吃大餐，我贴给他们看；这是常识！"

小山说罢，从墙上把橘皮揭下来又放在抽屉里。

两个人谈来谈去，谈到婚姻问题。谈男女的关系是一班新青年最得意的事。而且两个男的谈过一回关于女子的事，当时觉得交情深厚了许多。

"我明白女子的心理，比男子的还清楚，虽然我是男子。"小山说，"我明白恋爱原理比谁也透澈，虽然我现在无意于结婚，女子就是擦红抹粉引诱男性的一种好看而毫无实在的东西！恋爱就是苟合的另一名词，看见女子，不管黑白，上去诱她一回。你看透她的心理，壮着你自己的胆量，你就算是恋爱大家！我现在无意结婚，等我说要时候，我立在中央公园不用说话，女的就能把我围上！"

"我——我不敢——"

"有话请说，好在是闲谈。"

"我不敢说你的经验准对。"王德的脸又红了，"我信女子是什么都可以牺牲的，假如她爱一个男子，男子不明白她们，反而看着她们是软弱，是依赖！至于恋爱的道理我一点也不懂，可是我觉得并不是苟合，而是神圣！"

王德说不出道理来，尤其这是头一次和小山辩论，心中不能坦然的细想，就是想起来的，口中也传达不出来。小山把一双眼珠又集中在鼻部，不住的点头。

"大生！你是没交结过女的，所以你看她们那么高。等你受过她们的害以后，你就明白我的话了！"

"我也有个女朋友……"王德被人一激，立刻把实话说出来。后悔了，然而收不回来了！

"是吗？"小山摘下眼镜，擦了擦眼镜，揉了揉眼。面部的筋肉全皱起来，皱起的纹缕，也不是哭的表示，也不是笑，更不是半哭半笑，于无可形容之中找出略为相近的说，好象英国七楞八瓣的小"牛头狗"的脸。

"是！"王德永远看不起"说过不算"的人，于是很勇敢的这样承认。

"告诉我，她是谁？我好帮助你把她弄到手！"小山用比皮袄袖子长出一块的那件绸大衫的袖子，轻轻拂了王德的脸一下。

"她与我和亲姊弟一般，如今我们希望比姊弟的关系更进一层！我不愿听这个'弄'字，我十分敬爱她！"王德今天开始有一些不爱小山了，然而只在讲爱情的一点，至于别的学问，小山依旧是小山；人们哪能十全呢？会作好诗好文的，有时候许做出极不光荣的事，然而他的诗文，仍有他的价值。"到底她是谁？'弄'罢'不弄'罢，反正我是一片好心要帮助你！女子的心理你不如我明白得多！"

"李应的姐姐，我们自幼就相知！"王德很郑重的说。"噢！在教会的那个李应？"

"他的姐姐！"

"好！好！你们已定婚？"

"彼此心许，没有正式的定规！"

"好！我帮助你！我无意结婚，因为我看女子是玩物，我看不起她们，可是我愿帮助别人成其好事，借此或者也可以改一改我对于女子的成见！"

王德——诚实的少年——把一切的情形告诉小山。小出满口答应替王德出力，然后两个人分头去做他们的事。

老张与蓝小山的哲学不同，所以他们对于女子的态度也不同。老张买女子和买估衣一样，又要货好又要便宜；穿着不合适可以再卖出去。小山是除自己祖母以外，是女人就可以下手，如其有机可乘！从讲爱情上说，并不是祖母有什么一定的难处，实在因为她年老了！谄媚她们，把小便宜给她们，她们是三说两说就落在你的陷阱。玩耍腻了一个，再去谄媚别个，把小便宜给别个，于是你得新弃旧，新的向你笑，旧的向你哭，反正她们的哭笑是自作自受！

老张要不是因人家欠他的债，是不肯拿钱买人的，可是折债到底是损失金钱，于此，他不如小山只费两角钱为女人们买一张电影票！那不是老张的脑力弱于小山，见解低于小山，而是老张与小山所代表的时代不同，代表的文化不同！老张是正统的十八世纪的中国文化，而小山所有的是二十世纪的西洋文明。老张不易明白小山，小山不易明白老张，不幸他们住在同一个社会里，所以他们免不了起冲突，相攻击，而越发的彼此不相能。不然，以老张的聪明何苦不买一张电影票弄个女的，而一定折几百元的债！不然，小山何不花三百元买进，而五百元卖出，平白赚二百元钱，而且卖出之前，还可以同她……

"妇女是干什么的？"

王德听了蓝小山的话，心中疑惑，回家之后当着赵姑母又不敢问李静，于是写了一个小纸条偷偷的递给李静。李静的答复，也写在一个纸条上，是："妇女是给男人做玩物的！"

王德更怀疑了：蓝小山这样说，李静也这样说！不明白！再写一个纸条，细问！

写纸条是青年学生最爱做的，如果人们把那些字纸条搜集起来，可以作好好的一篇青年心理学。可惜那些纸条不是撕了，就是掷在火炉内；王德是把纸条放在嘴里嚼烂而后唾在痰盂内的。几年前他递给一个学友一张纸条，上写："老张是大王八。"被老张发现了，打得王德自认为"王八"，这是他所以嚼烂纸条的原因。

李静的纸条又被王德接到，写着："我只好做玩物了，假如世上有的男子——王德，你或者是一位，——不拿妇女当玩物，那只好叫有福的女子去享受，我无望了！"

赵姑母是步步紧跟李静，王德无法和她接近，又不好意思去问李应，于是低着头，拧着眉，往街上走。

时候尚早，不到上报馆做工的时间。他信马由缰的走到中央公园，糊里糊涂的买了一张门券进去。正是新年，游人分外的多；王德不注意男人，专看女的，因为他希望于多数女子的态度上，得一点知识，以帮助他解决所要解决的问题。

一群一群的女子，有的把红胭脂擦满了脸，似女性的关公；有的光抹一层三分多厚的白粉，象石灰铺的招牌；有的穿着短袍没有裙子，一扭一扭的还用手拍着膝上腰下特别发展的那一部分；有的从头到尾裹着貂皮，四个老妈搀着一个，蚯蚓般的往前挪；有的放开缠足，穿着高底洋皮鞋，鞋跟露着一团白棉花；有的白脸上戴着蓝眼镜，近看却是一只眼："她们一定是玩物了！"王德想，"有爱关公的，有爱曹操的，这是她们打扮不同而都用苦心打扮的原因！……"

"有没有例外？我是个不以女子当玩物的男子，有没有不以玩物自居的女子？李静？……"

王德越想越乱，立在一株大松树下，对松树说："老松！你活了这么多的年岁，你明白罢？"老松微微的摇着头。"白活！老松！我要象你这样老，什么事我也知道。"王德轻轻的打了老松几下，老松和老人一样的没知觉，毫无表示。王德无法，懒懒的出了公园到报馆去。

第十三章

"小山！你的话对了！"王德一心的要和小山谈一谈。

"什么话？"

"女子是玩物！"

"谁说的？"

"你昨天说的，跟我说的！"

"我没有！"

"昨天你吃糖饼的时候说的，忘了？"

"是了！我想起来了！原谅我，这几天过年把脑子都过昏了！天天有那群讨厌的亲友请吃酒，没法子不得不应酬！你看，昨天晚上九点钟，还被参谋次长拿电话把我约去；一来他是我父亲的好友，二来我做着报界的事，怎好得罪他，去罢！大生！那位先生预备的'桂花翅子'，是又柴又硬，比鱼头还难吃！我要是有那样的厨子，早把他送警察厅了！"小山串珠般的说，毫没注意王德的问题。

朋友到交得熟了以后，即使有一些讨厌，也彼此能原谅，王德不喜欢听小山这套话，然而"参谋次长"与"桂花翅子"两名词，觉得陪衬得非常恰当，于是因修辞之妙，而忘了讨厌之实。

"大生！你有新闻稿子没有？"小山没等王德说话，又这样问。

"没有！"

"快写几条，不然今天填不上版！"

"我真没有可写的！"

"随便写：城北王老太婆由洋车摔下来，只擦破手掌上一块皮；一辆汽车碰在一株老树上，并没伤人。……谁能刨根问底的要证据。快去写，不然是个塌台！"小山很急切的，似乎对于他的职务非常负责。

"造谣生事，我不能做！"王德真不高兴了！

"得了！大生！捧我一场！造谣生事是我一个人的罪，与你无干，你只是得帮帮好朋友！"小山不住的向王德垂着手鞠躬。瘦瘦的身子往前弯着，象一条下完卵的小母黄花鱼。

好话是叫好人作恶的最妙工具，小山要强迫王德，王德许和小山宣战！然而小山央告王德，什么事再比拒绝别人央告难过？于是王德无法，写了半天，只能无中生有的写了三条。小山看了，不住的夸奖，尤其关于中央公园的一条，特别说好。他拿着笔一一的加以题目，那条关于中央公园的事，他加上一个：

"游公园恰遇女妖，过水榭巧逢山怪。"

听说因为这个题目，那天的报纸多卖了五百多张。当然那天的卖报的小孩子吆喝着："看看公园的老妖！"

"人们买报原来是看谣言！"王德把妇女问题搁下，又想到新闻纸上来，"到底是报馆的错处呢，还是人们有爱看这种新闻的要求呢？"

王德越想越不高兴，有心辞职不干，继而想到李静告诉过他，凡事应当忍耐，又把心头的怒气往下压。……她的话，她是要做玩物的……不足信！

王德担着一切好青年所应有的烦闷，做完了工，无精失采的进城。

"凤姑娘！凤姑娘！"赵四低着头，眼睛看着自己的脚面，两只手直挺挺的贴在身边，叫一声凤姑娘，肘部向外部一动。"四哥，有事吗？"龙凤问。

"凤姑娘！凤姑娘！"

"请说呀。"龙凤笑了。

"我说，可是说实话！"

"不听实话可听什么？"

"说实话，有时候真挨打！"

"我不能打你罢？"

"那么，我要说啦！"赵四咽了一口唾沫，自己对自己说，"娘的，见姑娘说不出话来！"

他以为龙凤听不见，其实她是故意装耳聋。

"四哥，咱们到屋里坐下说好不好？"龙凤就要往屋里走。"不！不！拉洋车的跑着比走着说得顺溜，立着比坐着说得有劲！姑娘你要愿意听，还是站在这里说，不然我说不明白！"

"好！四哥请说！"她又笑了一笑。

这时候才过元宵节，北风已不似冬天那么刺骨的冷。淡淡的阳光射在北窗上，她才把两盆开的正好的水仙花，放在窗台上吸些阳光。她一面不住的闻那水仙的香味，一面听赵四说话。

"姑娘，你认识城外的老张？"赵四乘着她闻水仙花，看了她一眼，又快快的把眼光收回到自己的脚上。"我知道他，他怎样？"

"他，他不是要买你当那不是姑娘们应当当的锴锴吗？"

"四哥！什么是锴锴？"

"巡警管我叫锴锴，我不明白什么意思，所以用他来说一切不好的事。姑娘你聪明，大概明白我的意思！"

"啊——我明白了！"龙凤呆呆的看着水仙花，被风吹的那些花瓣一片一片的颤动，射散着清香。

"要是明白了，不想办法，那么明白他做什么？"

"四哥！你有办法吗？"

"有是有，只是不好出口，你们妇人不许男人说直话！"

"你拿我当作男人，或是当作我没在这里，随便说！"

"好！听着！"赵四把手活动起来，指手画脚的说，"是这么一件事，孙八要买你做小媳妇，老张从中弄鬼！"赵四停住了，干嗽了两声。

"四哥，说！我不怪你！"龙凤急切的说。

"都是老张的主意，卖了你，好叫你父亲还清他的债。李应告诉我说，你父亲有意把你许给李应，而李应迟疑不决，向我要主意！你父亲的心意我一点不知道，我以为你和李应该早早的定规一切，别落于老张的手里！你看李应怎样？"

赵四脸红得象火烧云，看着她。奇怪，她不着急，只轻轻的摆弄她的裙缝。"到底女人另有个脾气，我要是她，不拿大刀去杀老张，我是个王八！"赵四心里这样说。"四哥，我不拒绝李应，这是现在我能告诉你的，别的等我想想，四哥，我谢谢你！"

"好说！我走罢！你自己想想！"赵四往外走，高兴异常，今天居然跟个大姑娘说了一套痛快话！

赵四走后，龙凤坐在台阶上，听着微风吹动窗上的纸，墙头小猫撒着娇嫩而细长的啼唤，看着自己的手指，有时候放在口边咬一下指甲，一些主意想不出。坐了半天有意无意的立起来，把两盆水仙搬进屋去。顺手捡起一条灰色围巾披在肩头，到教会去找李应。

李应自从和赵四商议以后，心里象有一块硬而凉的大石头，七上八下的滚。他不喜说话，尤其不喜叫别人看破他的心事；可是有时候手里拿着铅笔，却问别人"我的铅笔"？有时候告诉别人"就要上东城"，却说成"东城是西城不是"！旁人笑了，他也笑了，跟着一阵脸红，心里针刺似的难过。

他正在预备拿《圣经》到市场去卖，数了几次也没数清拿的是多少本。忽然赵四扶着他的肩头，低声的说："凤姑娘在外面等着你！"

李应夹着《圣经》和龙凤往北走，谁也不知往哪里走，也不问往哪里走。

走到了城北的净业湖，两个人找了一块大青石坐下。

没有什么行人，桥上只有一个巡警走来走去，把佩刀的链子摆的哗啷哗啷响。湖内冻着厚冰，几个小孩穿着冰鞋笑笑嘻嘻的溜冰。两岸的枯柳一左一右的摇动着长枝，象要躲开那严酷的寒风似的。靠岸的冰块夹着割剩下的黄枯苇，不断的小麻雀捉住苇干，一起一伏的摆动他们的小尾巴。太阳已往西去，罩着一层淡黄的雾，斜射着银灰的冰块，连成一片寒气。那小孩的疾驰，那小麻雀的飞落，好象几个梭儿，在有忧思的人们眼前织成一个愁网。

两个人坐了一刻，又立起来沿着湖边走几步，因为桥上的巡警不住的用侦探式的眼光射着他与她。

"凤姐！"李应先说了话，"这光洁的冰块顶好做个棺材盖上我的臭皮骨！"

龙凤叹了一口气，把围巾紧了一紧，回头看着那恋恋不忍辞去大地的斜阳。

他们又不说了，忽然两个人的中间，插入两只大手，捉着他们的手腕。两个人惊的都把头向中间转过来，那两只大手松开了，后面哈哈的笑起来。

"四哥！别这么闹！"李应半怒的说。

"好兄弟！吓死，不比盖上大冰块痛快！"

三个人又坐下，那桥上的巡警走过来。

"警爷！"赵四说，"我们是救世军出来卖《圣经》的，拿我们当拐带妇女看，可是小鹞子拿刺猬，错睁了眼！"

龙凤怕巡警怒了，赶快立起来向巡警解说，并且把李应拿着的《圣经》给他看。巡警握着刀柄，皮鞋擦着地皮慢慢的走开。

"四哥！"龙凤对赵四说，"你怎么对巡警那么说话，他要是怒了呢！"

"发怒！警爷永远不会！他们是软的欺，硬的怕，你不拍他，他就麻你！他们不管阔人街上拉屎，单管穷人家里烧香！不用说这个，你们两个到底怎样！"

"只有一条路，死！"李应说。

"不准说死，死了再想活可就太难了！跑！跑是好的法子！"

"往哪里跑，怎么跑，有跑的钱没有！"龙凤问。"去求龙军官，你父亲！你们要跑，他定有主意，他能甘心卖你——他的亲女儿——吗？"

"我不能跑，我跑了我的姐姐怎办？"李应问。赵四手捧着头，想了半天，立起来一阵风似的向南跑去，跑出好远，回头说了一声："明天会上见！"

赵四自己刮了一阵风，激烈而慌促的把自己吹到李应姑母的家。风要是四方相激，往往成裹着恶鬼的旋风。人要是慌急，从心里提出一股热气，也似旋风似的乱舞。于是赵四在门外耍开了旋风。赵姑母门上的黑白脸的门神，虽然他的灵应，有些含糊其词，可是全身武装到底有些威风。赵四看了他们一眼，上前握定门环在门神的腮上当当的打起来，打得门神干生气一声也不言语。

"慢打！慢打！"赵姑母嚷，"报丧的也不至这么急啊！"

赵姑母看见赵四的服装，心里有些发慌，怕赵四是明伙强盗。赵四看她也慌了，少年妇女是花枝招展的可怕，老年妇女是红眼皴皮的可怕。不论怎样，反正见妇女不好说话！"找谁？说！"

"老太太，这里有一位小老太太姓李的吗？"赵四又冒着不怕三冬冷气，永象灶上蒸锅似的热汗。

"胡说！我的侄女是大姑娘！什么小老太太！啊！"

"'老太太'不是比'大姑娘'尊贵？我是谦恭！"

"你是哪里来的野小子，你给我走。不然，我叫巡警，拿你到衙门去！"老妇人一抖手，把街门唪的一声关上，一边唠叨，一边往里走。

赵四不灰心，坐在石阶上等着，万一李静出来呢？太阳已经落下去，一阵阵的冷风吹来的炒栗子的香味，引得赵四有些饿的慌。不走！坚持到底！院里炒菜的响声，妇女的说话，听得真真的，只是她不出来。

黑影里匆匆的走过一个人来，一脚端在赵四身上。"什么？"

"什么！肉台阶比地毡还柔软！"

"四哥？"

"是那一块！"

"在这里干什么？"

"等挨骂！"

"不用说，我姑母得罪了你。她老人家说话有时候不受听，四哥别计较！"

"谁计较她，谁是儿子！告诉我，你和她商议出什么没有？"

"不能有结果，我不能放下我姐姐不管！"

"好小子！你能把你姐姐叫出来不能？"

"四哥！你太是好人了，不过你想得不周到。姑母在家，我如何能把她叫出来！"

"改日你能不能叫我见见她？"

"那倒可以，等我和姑母说，我领她去逛公园，我们可以见面谈一谈！"

"好！就这么办！一定！"赵四说完，走上台阶摸了摸门环，自己说了一句"没打坏"！

"四哥！你吃了饭没有？"李应问。

"没有！"

"有饭钱没有？"

"没有！"

"我这里有些零钱，四哥你拿去买些东西吃！"李应掏出一张二十铜元的钱票。

赵四没等李应递给那张钱票，扎开大步一溜烟的跑去。李应赶了几步，如何赶得上赵四！

"兄弟！咱是给别人钱的，不是求钱的！明天见！"赵四跑远，回头向李应说。

赵四跑回教会，才上台阶，后面一个人拍了他的脊背一下。

"借光！"那个人说，"这里有位李应吗？"

"有！"赵四回答。

"你和他熟识？"

"我的朋友！"

"好！朋友初次见面，赏个脸，咱们到饭馆吃点东西，我有话和你说。"那个人笑嘻嘻的说。

"有话这里也可以说，不必饭馆！"

"这么着，"那个人掏出一块钱来，"你自己爱买什么买什么，这块钱是你的！"

"你要问我什么，问！要是拿钱晃我，我可是脸急！"

"奇怪！穷人会不爱钱！哪有的事！这是梦中罢？"赵四真把那个人闹迷惑了！

"我问你，"那个人低声含笑，抿着嘴笑，象妓女似的抿着嘴笑。拍着赵四的肩头，亲热的问，"朋友！李应有个姐姐？"

"有！怎样？"

"她定了婚没有？"

"不知道！"

"她长得怎样？"

"你问她的模样干吗？"

"听说她很美。朋友！不瞒你说，我打算下腿！你要是能帮我的忙，朋友，咱家里还真有些金钱，不能叫你白跑！"那个人又把那块洋钱掏出来，往赵四手中放。

赵四本来与那个人平立在阶石上，赵四往上站了一站，匀好了距离，把拳头照准了那个人的脖下就是一拳。那个人"哟"了一声，滚下台阶去。赵四一语不发走进教会。第二天早晨他起来打扫门外，见阶下有几块蓝色的碎玻璃。"这是那小子的眼镜！"赵四说完，笑了一阵。

李应请求姑母允许他同李静去逛公园。姑母已有允意，而李静不肯去。因为李静已与她姑母商定一切，李静主张是：宁可嫁老张不叫叔父死；对于王德，只好牺牲。赵姑母的意见是：儿女不能有丝毫的自私，所谓儿女的爱情就是对于父母尽责。李静不能嫁王德,因为他们现在住在一处,何况又住在自己的家里。设若结婚,人家一定说他们是"先有后嫁",是谓有辱家风。老张虽老丑,可是嫁汉之目的,本在穿衣吃饭,此外复何求!况且嫁老张可以救活叔父,载之史传,足以不朽!……

有我们孔夫子活着,对于赵姑母也要说:"贤哉妇人!"我们周公在赵姑母的梦里也得伸出大指夸道:"贤哉赵姑母!"何况李静!

李静要是和王德逃跑了,不但她,就是他也不用再想在我们礼教之邦活着。与其入张氏地狱(在第十八层地狱的西南边),受老张一个人的虐待,还比受社会上人人的指骂强!她是入过学堂的,似乎明白一些道理,新道理;新道理自然是打破旧礼教的大炮。可是她入的是礼教之邦的学堂,念国文,地理,已经是洪水猛兽般可怕,还于国文,地理之外讲新道理?果然她于国文,地理之外而明白一些新事新理,以至于大胆的和王德跑了,那新教育的死刑早已宣告,就是国文,地理也没地方去念了!幸而李静聪明,对于国文,地理而外,一点别的也不求知;幸而礼教之邦的教育家明白大体,除了国文,地理等教科书外,一点有违大道的事情也不教!

洋人化的中国人说,李静之下地狱,是新教育被赵姑母战败的证据。不对!新教育何曾向赵姑母摆过阵!赵姑母亲自见了老张,立了婚约,换回她兄弟的借券。她心里欢喜异常,一块石头可落了地!儿女大事,做长辈的算尽了责。

赵姑母又顺便去看王德的母亲,因为李静的叔父与王德的父亲曾商议过他们儿女的婚事。两位老妇人见面,谈的哭完了笑,笑完了哭,好不亲热!赵姑母怨自己管束李静不严;王老太太怪自己的儿子没出息,主张赶快给王德定个乡下姑娘以收敛他的野性。王太太留赵太太吃晚饭,赵太太一唱三叹的伤世道不良，男女乱闹。王太太旁征博引，为赵太太的理论下注解与佐证。越说越投缘，越亲热，不由得当时两位太太拜为干姊妹。赵姐姐临走，王妹妹无以为赠，狠心的把预备孵鸡的大黄油鸡卵送给赵姐姐十个。赵姐姐谦谢不遑，从衣袋中掏出戴了三十二年的一个银指箍作为回敬。这样难舍难分的洒泪而别。

王德的父亲经他夫人的教训，自己也笑自己的荒唐，于是再也不到李老人那里去。赵姑父依旧笑着向李静说：“姑娘！可有婆婆家了！”

第十四章

老张得意极了！脸仰得更高了，笑的时候更少了，——因为高兴！

喜到皆双！老张又代理北郊自治会会长了！因为老张强迫龙树古给孙八正式的婚书，龙树古甘心把会长叫老张代理，以备正式辞职后，老张可以实任。而老张也真的答应龙树古的要求。

"凡公事之有纳入私事范围内之可能者，以私事对待之。"这是老张的政治哲学。

喜到皆三！老张院中的杏树，开了几朵并蒂花。老张乐得居然写了一首七言绝句："每年累万结红杏，今岁花开竟孪生。设若啼莺枝上跳，砖头打去不留情！"

老张喜极了，也忙极了。光阴不管人们的事，一个劲儿低着头往前走，老张甚至于觉得时间不够用了，于是请教员，自己不能兼顾校务了。

春暖花开，妙峰山，莲花顶，卧佛寺……照例的香会热闹起来。褚大求老张写传单，以示对于金顶娘娘的信诚。于是老张在褚大拿来的黄毛边纸上，除了"妙峰山，金顶娘娘真灵。信士褚大虔诚"之外，又加了两句，"德胜汛官商小学聘请教员，薪资面议。"褚大看了看纸上那么多字，心里说："越多越讨娘娘的欢心！"于是千谢万谢的拿到街上黏贴。

自广告黏出去以后，十来个师范毕业生，因为不认识学务委员和有势力的校长而找不到事做，来到老张那里磋商条件，有的希望过奢，条件议不妥；有的真热心服务不计较金钱，可是不忍看学生们那样受罪，于是教了三天告辞回家。最后一位先生来自山东算是留长远了。老张送给那位先生一年三十块钱。旷工一天扣洋二角。

校长解决，老张去找孙八商议一切。

"张老师又来了！爹爹！"小三在院内喊。孙八正在屋里盘算喜事的花费忙着迎出老张来。两个人到屋内坐下，孙八叫小三去沏茶。

"八爷预备得怎样？有用我的地方告诉我，别客气！"

"多辛苦！预备得差不多，只剩讲轿子，定饭庄子。"

"怎样讲轿子？"

"花红轿看着眼亮啊！"

"我知道用马车文明！"

小三一溜歪斜的提着一把大茶壶，小四拿着两个茶碗，两个一对一句的喊着"一二一"进来。老张孙八停住说话，等小三把茶倒好，孙八给了一人一个铜子。"快去，买落花生吃，不叫不准进来！"

"好！吃完了再进来！"两个孩子跑出去。

"马车文明？万一马惊了把新娘摔下来，怎么办？怎么办？"孙八真心疼媳妇！

"马就不会惊，就是惊了，和车行打官司，叫他赔五百元钱，顺手又发一笔小财！"老张的哲理，永远使孙八叹服，此为一例。

"是！就是！用马车！你说城内哪个饭庄好？"

"讲款式呢，什刹海会贤堂；讲宽绰呢，后门外庆和堂。那里真敞亮，三四家同日办事也容得下。一齐办事那才叫热闹！"老张看了孙八一眼，赶快把眼光收回到茶碗上去。"张先生！你说咱们两个一块儿办事，够多么好！"孙八自觉明敏异常，想出这么好的主意。

"一块凑热闹好极了，只是我的亲友少，你的多，未免叫旁人说我沾你的光。"老张轻轻摇着头。

"好朋友有什么占便宜不占！你朋友少，我的多，各自预备各自的酒席！谁也不吃亏！"人逢喜事精神爽，孙八现在脑子多么清晰，好似一朵才被春风吻破的花那样明润。"要不这么着，你预备晚饭，我的早饭，早晨自然来的人少，可是啊，万一来的多，我老张也决不含糊。如此省得分三论两的算人数，你看怎样？"

"就是！就是！我的晚顿！你去定菜，我听一笔账！我是又傻又懒，你多辛苦！"孙八向老张作了一个半截揖，老张深深的还了一鞠躬。

"马车，饭庄我去定，到底哪一天办事？"

"那是你的事，合婚择日你在行，我一窍不通！"孙八笑着说，自觉话说的俏皮。

"据我看，四月二十七既是吉日，又是礼拜天。你知道礼拜天人人有'饭约'，很少的特意吃咱们。可是他们还不能不来，因为礼拜天多数人不上衙门办事，无可借口不到。八爷你说是不是？"

"就是！可有一层，亲友不吃我，我不痛快！娶你八嫂的时候，我记得一共宰了三九二十七个大肥猪。我姥姥的外甥媳妇的干女儿还吃了我半个多月！"

"八爷，你要晓得，这是文明事，与旧礼完全不同啊！"

"是吗？就是！"

"甚至于请人我也有新办法！"

"既然一事新，为什么不来个万事新？古人说：'狗日新，又日新。'①狗还维新，而况人乎！"孙八得意极了，用了一句书上的话。

----

① 狗日新，又日新：《大学》中"苟日新，日日新，又日新"句，是天天进步的意思。这里把"苟"改为"狗"，成为讽刺语。

"是啊！八爷你算对了！我想，我们要是普请亲友，既费饭又费话，因为三姥姥五姨儿专好说不三不四的话；听着呢，真生闷气，不听呢，就是吵子。不如给他个挑选着请！"

"怎样挑着请？"

"你听着呀，我们专请有妾的亲友，凡有一位夫人的概不招待。而且有妾的到那天全要携妾出席，你看那有趣没有！一来，是有妾的就有些身分，我们有志入政界，自然不能不拉拢有身分的人；二来，凡有妾的人多少总懂得些风流事，决不会乱挑眼，耍顽固。咱们越新，他们越得夸咱们文明，风流，有身分！八爷是不是？"老张慢慢的呷了一口茶。"错是不错，可是哪里去找那么多有妾的人呢？"孙八问。"你老往死葫芦里想，现在维新的事不必认识才有来往！不管相识不相识，可以被请也可以请人。如此，我们把各城自治会的会员录找出来，打听有妾的，自然也是有身分的，送出二百张红帖，还愁没人来！再说，咱们给他们帖，就是他们不来，到底心目中有了咱们两个。他们管保说：'看这两个讲自治的，多么讲交情，好体面，有身分！'八爷！我替你说了罢：'就是！张先生！多辛苦！'"

老张把薄嘴片轻轻的往上下翻，咪咪的低声笑，孙八遮着嘴笑的面色通红。

两个笑了一阵，孙八低下头去想老张说的一切话。……说得真对，老张是个人材！

"只有一件事我不放心，张先生！"孙八很害羞的说，"到底老龙不写婚书是什么心意，没婚书拿什么做凭据？我并不是有心挤兑你！"

"八爷！事情交给我，有错你踢我走！你看这里！"老张掏出一张纸来，"就是我的婚约，你拿着！龙家的姑娘娶不到，我老张的小媳妇归你！”老张把那张纸放在孙八的怀里。“不是这样说，”孙八脸羞得象个六月的大海茄，迟迟钝钝的说，“我是太小心，决不是疑惑你办事不可靠！我不能拿你这张婚书！”

“八爷！事情往实在里办，”老张更激昂起来，“你拿着！什么话呢，万一有些差错，我宁可叫把送殡的埋在坟地里，也不能对不起人！”他把那张纸强塞在孙八的衣袋里。孙八左右为难，只一个劲儿的摆手。……到底老张战胜，然后笑着说：“可是这么着，你要是把我的婚书丢失了，咱老张到手的鸭子可又飞了！不用说姑娘的身价多少，婚书上的印花税票就是四角！”

老张又坐了半天，把已定的事，一一从新估计一番。诸事妥协，老张告辞回家。

“八爷！我们就彼此不用送请帖了？”老张出了大门对孙八说。

“自然不必！”孙八说。

……

老张后来发的请帖是：“……下午四时，谨备晚餐。”

李静把眼睛哭得红红的，脸上消瘦了许多。“死”是万难下决心的，虽然不断的想到那条路上去。“希望”是处于万难之境还不能铲净的，万一有些转机呢！“绝望”与“希望”把一朵鲜花似的心揉碎，只有簌簌的泪欲洗净心中的郁闷而不得！更难过的，她在姑母面前还要显出笑容，而姑母点头咂嘴的说：“好孩子，人生大事，是该如此的！”

赵姑母为防范王德，告诉李应叫王德搬出去。王德明白赵姑母的用心，李静也明白，于是两个青年一语未交的分别了！

王德和蓝小山商议，可否暂时搬进报馆里，小山慨然应允，把自己的职务匀给王德不少。王德把东西收拾收拾，谢了赵姑母，然后雇了一辆骤车出门。李应只对王德说了一声"再见"，李静甚至没出来和他说半句话。而他们姊弟的泪落了多少是不可计算的。

王德到报馆，正赶上是发薪水的时候；当差的递给他一个信封，里面依旧是十块钱，并没有投稿的赠金。要是在平日，王德一毫也不计较，今天一肚子牢骚无处发泄，于是不能自止的去找主笔。

"投稿没有报酬吗？"王德气昂昂的问。

"你什么时候投过稿？"主笔问。

"蓝小山知道我投稿不是一次！"

"小孩子！十块钱就不少！不愿意干，走！八块钱，六块，四块我也使人，不是非你不成啊！"

"我不干啦！"

"走！不少你这么一位！"

铺长对徒弟，县长对人民，部长对僚属，本来都应当象父亲对儿子——中国式的父亲对中国式的儿子——王德不明白这个，可怜！

王德定了一定神，把还没有打开的行李又搬出来，雇了两辆人力车到打磨厂找了一个小客寓暂住。

……

李应呢？他看着王德的车走没有了影，还在门外立着。他与王德相处已经十多年，他不能离开王德！他还要忍住眼泪去安慰他姐姐，眼泪是多么难忍住的！他进到北屋去，赵姑母心里象去了一块病似的，正和颜悦色的劝解李静。李静现在已一个泪珠没有，呆呆的坐着，李应也无话可说，又走出来。

往哪里走？每天出入的钟点都要告诉王德的，今天？……找王德去！

他失魂丧魄的走到王德的报馆。他一看见报馆的门，心里就痛快多了！因为那个门里有他的最好的朋友！

他进了报馆的大门，立在号房外问了一声，"王德在里边没有？"

"才搬出去，辞工不干了。"号房内的人这样的回答。

"搬到哪里去？"

"不晓得！"

"为什么辞工？"

"不知道！"

"他往东城还是西城去？"

没有回答了！

李应的心凉了！他知道王德的性情，知道他与李静的关系，知道……然而没有方法把已成不治的局面转换过来！他自己？没有本事挣钱救出叔父，没有决心去杀老张，没有朋友给他出一些主意，不用说出力。赵四？勇而无谋，李应自信的心比信赵四深！龙凤？自救不暇，哪能再把一位知心的女友拉到陷坑去！

人们当危患临头的时候，往往反想到极不要紧或玄妙的地方去，要跳河自尽的对着水不但哭，也笑，而且有时向水问：宇宙是什么？生命是什么？自然他问什么也得不到自救的方法，可是他还疯了似的非问不可；于是那自问自答的结果，更坚定了他要死的心。

李应在报馆外直立了一顿饭的工夫，才想起放开步往别处走。一步一个血印，一步一个念头；什么念头也有，除了自救！

他身不由己的进了中华门。身不由己的坐在路旁一块大青石上。绿茸茸的树叶左右的摆动，从树叶的隙空，透过那和暖的阳光。左右的深红色的大墙，在日光下射出紫的光线，和绿阴接成一片藕荷色的阴影，好象一张美术家的作品。李应两手托着双腮，一串串的眼泪从指缝间往下落，落在那柔嫩的绿苔上，象清晨的露珠。

找王德去？哪里？看叔父去，有什么用？去杀老张？耶稣的教训是不杀人的！听赵四的话和龙凤跑？往哪里跑？怎样跑？什么是生命？世界？……没有答案！向来没有！……跑！跑！自己跑！太自私了！不自私怎样？太忍心了！怎样不？人们骂我！谁又帮助我？……

他走到教会去收拾在那里放着的一些东西。匆匆的收拾好夹在腋下走出来。一步懒似一步的下教堂石阶，好象石阶吸引着他的脚，而且象有些微细的声音在他耳边："走吗？你走吗？……"

他下了石阶，依依不舍的回着头看教会的红栏杆，象血一般的红，直射到他心的深处。

远远的她来了！他的血沸腾起来，可是他躲在一株大树后。龙凤并没进教会，匆匆的在马路旁边往前走。他由树后探出头来，看她的后影。她的黑裙，她的灰色袍，依旧是一团朴美裹着她一点一点往前移动，一步一步的离远了他。五尺，四尺，三尺……她渐渐的变成一团灰色的影，灭没在四围的空气中，好象一团飞动的纸灰？她上哪里？她是不是想看我？……不能管了！我只是自私！只是懦弱！上帝知道我！……

第十五章

王德虽是农家出身，身体并不十分强壮。他自幼没做过什么苦工，在老张的学堂里除了圣经贤传乱念一气，又无所谓体操与运动，所以他的面貌身量看着很体面魁梧，其实一些力气没有。

现在他不要什么完善的计划了，是要能摔能打而上阵争锋了。现在不是打开书本讲"子曰"或"然而"了，而是五十斤的一块石头举得起举不起的问题了。于是他在打磨厂中间真正老老王麻子那里买了一把价值一元五角的小刺刀。天天到天桥，土地庙去看耍大刀舞花枪的把戏；暗中记了一些前遮后挡，钩挑拨刺的招数。这是他军事上的预备。

他给蓝小山写了几封信，要他存在银行的那几块钱。而小山并未作复。王德又亲自到报馆去找蓝先生几次，看门的不等他开口，就说："蓝先生出门了！"

"他一定是忙，"王德想，"不然，哪能故意不见我，好朋友，几块钱的事；况且他是富家出身……"

到底蓝先生的真意何在，除了王德这样往好的方面猜以外，没有人知道。

不论怎样，王德的钱算丢失了——名士花了，有可原谅！

"媳妇丢了！吾不要了！钱？钱算什么！"王德又恢复了他的滑稽，专等冲锋；人们在枪林弹雨之中不但不畏缩而且是疯了似的笑。

四月二十六的夜间，王德卧在床上闭不上眼。窗外阵阵的细雨，打得院中的树叶簌簌的响。一缕缕的凉风和着被雨点击碎的土气从窗缝潜潜的吹进来。他睡不着，起来，把薄棉被围在身上，点上洋烛，哧哧的用手巾擦那把小刺刀。渐渐的头往下低，眼皮往一处凑；恍惚父亲在雪地里焚香迎神，忽然李静手里拿一朵鲜红的芍药花，忽然蓝小山穿着一件宝蓝色的道衣念咒求雨……身子倒在床上，醒了！嘴里又粘又苦，鼻孔一阵阵的发辣，一切的幻影全都逃走，只觉的脑子空了一般的隐隐发痛。一跳一跳的烛光，映着那把光亮的刺刀，再擦！……

天明了！口也没漱，脸也没洗，把刺刀放在怀内往城里走。街上的电灯还没灭，灯罩上悬着些雨水珠，一闪一闪的象愁人的泪眼。地上潮阴阴的，只印着一些赶着城门进来的猪羊的蹄痕，显出大地上并不是没有生物。有！多着呢！

到了庆和堂的门外，两扇红漆大门还关着。红日渐渐的上来，暖和的阳光射在不曾睡觉的人的脸上，他有些发困。回去睡？不！死等！他走过街东，走一会儿，在路旁的石桩上坐一会儿，不住的摸胸间的那把刺刀！

九点钟了！庆和堂的大门开了，两个小徒弟打扫台阶过道。王德自己点了点头。

三四辆马车赶到庆和堂的门外，其中两辆是围着彩绸的。

慢慢的围上了十几人说："又是文明结婚！……"几个唱喜歌的开始运转喉咙："一进门来喜气冲，鸳鸯福禄喜相逢……"

王德看着，听着，心里刀尖刺着！

"走开！走开！不给钱！这是文明事！"老张的声音，不错！后面跟着孙八。

王德摸了摸刀，影在人群里。"叫他多活一会儿罢！明人不做暗事，等人们到齐，一手捉他，一面宣布他的罪状！"他这样想，于是忍住怒气，呆呆的看着他们。

老张穿一件灰色绸夹袍，一件青缎马褂，全是天桥衣棚的过手货。一双新缎鞋，确是新买的。头上一顶青色小帽配着红色线结，前沿镶着一块蓝色假宝石。

孙八是一件天蓝华丝葛夹袍，罩着银灰带闪的洋绸马褂。藕荷色的绸裤，足下一双青缎官靴。头上一顶巴拿马软沿的草帽。

老张把唱喜歌的赶跑，同孙八左右的检视那几辆马车。"我说，赶车的！"老张发了怒，"我定的是蓝漆，德国蓝漆的轿式车，怎么给我黑的？看我老实不懂眼是怎着？"

"是啊！谁也不是瞎子！"孙八接着说，也接着发了怒。"先生！实在没法子！正赶上忙，实在匀不开！掌柜的抽了自己几个嘴巴，当我们赶出这辆车来的时候。得啦！谁叫先生们是老照顾主呢！"赶车的连说带笑的央告。"这还算人话！扣你们两块钱！"老张仰着头摇摆着进了大门。

"扣你们两块钱！"孙八也扭进去。

老张的请帖写着预备晚餐，当然他的亲友早晨不来。可是孙八的亲友，虽然不多，来了十几位。老张一面心中诅咒，一面张罗茶水，灌饿了还不跑吗！倒是孙八出主意摆饭，老张异常不高兴，虽然只摆了两桌！

李山东管账，老早的就来了。头一桌他就坐下，直吃得海阔天空，还命令茶房添汤换饭。

南飞生到了，满面羞惭自己没有妾。可是他与自治界的人们熟识，老张不能不请他做招待。老张很不满意南飞生，并不是因为他无妾可携，是因为他送给老张一幅喜联，而送给孙八一块红呢喜幛。喜联有什么用！岂有此理！

从庆和堂到旧鼓楼大街救世军龙宅不远，到护国寺李静的姑母家也不远。所以直到正午还没去迎亲。王德和赶车的打听明白，下午两点发车，大概三点以前就可以回来。

亲友来得渐多，真的多数领着妾。有的才十四五岁，扶着两个老妈一扭一扭的娇笑；有的装作女学生的样子，可是眼睛不往直里看，永远向左右溜；有的是女伶出身，穿着黄天霸的彩靴，梳着大松辫，用扇子遮着脸唧唧的往外挤笑声。……

大厅上热闹非常，男的们彼此嘲笑，女的们挤眉弄眼的犯小心眼。孙八脸红红的学着说俏皮话，自己先笑，别人不解可笑之处在哪里。

一阵喧笑，男男女女全走出来，看着发车。女的们争着上车迎亲，经南飞生的支配，选了两个不到十五岁而做妾的捧着鲜花分头上了车。赶车的把鞭儿轻扬，花车象一团彩霞似的缓缓的上了马路。

赵姑母的眼泪不从一处流起，从半夜到现在，已经哭湿十几条小手巾。嘱咐李静怎样伺候丈夫，怎样服从丈夫的话，怎样管理家务……顺着她那部"妈妈百科大全书"从头至尾的传授给李静，李静话也不说，只用力睁自己的眼睛，好象要看什么而看不清楚似的。

赵姑母把新衣服一件一件给李静穿，李静的手足象垂死的一样，由着姑母搬来搬去。衣服穿好，又从新梳头擦粉。（**已经是第三次，赵姑母唯恐梳的头不时兴。**）"好孩子！啊！宝贝！就是听人家的话呀！别使小性！"赵姑母一面给侄女梳头，一面说。"这是正事，做姑母的能有心害你吗！有吃有穿，就是你的造化。他老一点，老的可懂得心疼姑娘不是！嫁个年青的楞小子，一天打骂到晚，姑母不能看着你受那个罪！"赵姑母越说越心疼侄女，鼻涕象开了闸似的往下流，想到自己故去的兄嫂，更觉得侄女的可怜，以至于哭得不能再说话。

马车到了，街上站满了人。姑母把侄女搀上马车。脸上雪白，哭的泪人似的。两旁立着的妇人，被赵姑母感动得也全用手抹着泪。

"这样的姑母，世上少有啊！"一个年老的妇人点着头说。"女学生居然听姑母的话嫁人，是个可疼的孩子！"一个秃着脑瓢，带着一张马尾发网的妇人说。

"看看人家！大马车坐着！跟人家学！"一个小媳妇对一个八九岁的小女孩急切的说。

"哼！大马车？花红轿比这个体面！"一个没牙的老太太把嘴唇撇得象小驴儿似的。

李静上了车，或者说入了笼。那个迎亲的小媳妇，不到十五岁而做妾的那个，笑着低声的问："今年十几？"李静没有回答。那个小媳妇又问："是唱戏的，还是做暗事的？"李静没有回答。

马车周围遮着红绸，看不见外面，而听得到街上一切的声音。街上来往的人们，左一句，右一句："看！文明结婚！"车后面一群小孩子，学着文明结婚用的军乐队，哼哼唧唧学吹喇叭。

李静几日的闷郁和心火被车一摇动，心里发慌，大汗珠从鬓角往下流，支持不住自己的身子，把头挣了挣，结果向车背碰了去。还算万幸，车背只有一小块极厚的玻璃砖。那个小媳妇也慌了，她问："怎么啦？怎么啦？"李静闭着眼，心中还明白，只是不回答。那个小媳妇把李静的腰搂住，使她不致再倒下去。如此，恍恍惚惚的到了庆和堂。人们把红毡放在地下，两个女的从车上往下搀李静。车里的那个小媳妇低声而郑重的说："搀住了！她昏过去了！"看热闹的挤热羊似的争着看新娘，身量小的看不见，问前面的："长得怎样？"前面的答："别瞎操心！长得比你强！"

李静听着那两个妇人把她扶进去，由着她们把她放在一把椅子上，她象临刑的一个囚犯，挣扎着生命的末一刻。孙八着了慌，催老张去拿白糖水，万应锭，而老张只一味的笑。"不用慌，这是妇女的通病。"老张笑着对孙八说，然后又对李静说，"我说，别装着玩儿呀！老张花钱娶活的，可不要死鬼！"他哈哈的笑了一阵，好似半夜的枭啼。又向众人说："诸位！过来赏识赏识，咱们比比谁的鸟儿漂亮！"

老张这样说着，孙八拿着一壶热水，四下里找茶碗，要给李静沏糖水。他上了大厅的第一层石阶，觉得背上被人推了一把，手中的水壶洒出许多热水。他回过头来看，立在后面的那个人，正四下看，象要找谁似的。孙八登时认清了那个人，跟着喊出来：

"诸位！把他拦住！"

众人正在大厅内端详李静，听孙八喊，赶快的全回过头来：那个人拿着刀！男人们闭住了气，女人们拔起小脚一逗一逗的往大厅的套间跑。本来中国男女是爱和平而不喜战争的。

老张眼快，早认出王德，而王德也看见老张。两个人的眼光对到一点，老张搬起一把椅子就往外扔，王德闪过那张飞椅，两手握着刺刀的柄扑过老张去，老张往后退，把脚一点不客气的踏着那妇女们小尖蹄。妇女们一阵尖苦的叫喊，更提醒了老张，索兴倒退着，一手握着一个妇人当他的肉盾。

孙八乘王德的眼神注在屋内，猛的由上面一压王德的手腕，王德疯虎一般的往外夺手。众人们见孙八已经拿住王德的刀柄，立刻勇武百倍，七手八脚把王德拉倒。"小子！拿刀吓唬人吗！"老张把王德的刀拾起来，指着王德说。

"诸位！放开我！"王德瞪圆了眼睛，用力争夺，结果，众人更握紧了他一些。

"别松手，我就怕流血！"孙八向大众喊。

"诸位！老张放阎王账，强迫债主用女儿折债。他也算人吗！"王德喊。

"放阎王债？别和我借呀！娶妾？咱老张有这个福分！"老张搬起李静的脸，亲了一个嘴给大家看。李静昏过去了。"是啊！你小孩子吃什么吃不着的醋！"男女一齐的哈哈的笑起来。

孙八打算把王德交给巡警，老张不赞成，他打算把王德锁起来，晚间送到步军统领衙门，好如意的收拾他，因为在步军统领衙门老张有相识的人。孙八与老张正磋商这件事，茶房进来说：

"孙八爷的喜车回来了！"

"谁去�041接新娘？"孙八跳起来，向那群女的问。

"八爷！"茶房说，"赶车的说，没有娶来！"

"什么？"

"没有娶来！车到那里，街门锁着，院中毫无动静。和街坊打听，他们说昨天下半天还看见龙家父女，今天的事就不得而知了！"

"好！好！"孙八坐在台阶上，再也说不出话。"孙八！傻小子！你受了老张的骗！你昏了心！"王德说完，狂笑了一阵。

孙八好象觉悟了一些，伸手在衣袋中乱掏，半天，掏出老张给他的那张婚书。

"好！好！"孙八点着头把婚书递给老张看。

亲友渐渐的往外溜，尤其妇女们脑筋明敏，全一拐一拐的往外挪小脚。只剩下李山东和孙八至近的几个朋友依旧按着王德不放手。

"傻小子！你没长着手？打！"王德笑得都难听了！"八爷！"老张不慌不忙的从衣袋里也掏出一张纸来，"真的在这里，那张不中用！别急，慢慢的想办法！"

"好！好！"孙八只会说这么一个字。

"傻小子！打他！"王德嚷。

孙八几把把那张婚书扯碎，又坐在地上，不住的，依旧的，说："好！好！"

……

"我说，你往哪里拉我？"

"跑到哪里是哪里，老头儿！"

"你要是这么跑，我可受不了，眼睛发晕！"

"闭上眼！老头儿！"

赵四拉着孙守备，比飞或者还快的由德胜门向庆和堂跑。"到啦！老头儿！"赵四的汗从手上往下流，头上自不用说，把孙守备搀下车来。"往里走！我一个人的老者！"

孙守备迷迷忽忽的，轧着四方步慢慢的往里走。赵四求一个赶马车的照应他的洋车，也跟着进来。

"老头儿！看！八爷在地上坐着！我不说瞎话罢！"孙守备可怒了！

"啊！小马！"——小马是孙八的乳名，"你敢瞒着我买人，你好大胆子！"

"小马胆子不小！"赵四说，"这里有个胆子更大的，老头儿！"赵四指着王德。

"这又是怎回事？"孙守备更莫明其妙了。

"我不是都告诉了你？这就是王德！"

"我叫小马说！"孙守备止住了赵四说话。

"对！小马你说！"赵四命令着孙八。

"叔父！我丢了脸！我这口气难忍！我娶不到媳妇，我也不能叫姓张的稳稳当当的快乐！"孙八一肚子糊涂气，见了叔父才发泄出来。

"傻小子！受了骗，不悔过，还要争锋呢！哈哈！"王德还是狂笑。

"你们放开他！"孙守备向握着王德的人们说。"别放！他要杀人！"孙八嚷。

这时候孙八的命令是大减价了，众人把王德放开，王德又是一阵傻笑。

"姓张的，"孙守备指着老张说，"你是文的，是武的？我老头子要斗一斗你这个地道土匪！"

老张微微的一笑：哲学家与土匪两名词相差够多远！"你老人家听明白了！"老张慢慢的陈说，"老龙骗了我。而不是我有意要八爷！"

"姓龙的在哪儿？"孙守备问。

赵四从腰带间摸出一个信封，双手递给孙守备。孙守备戴上花镜，双手颤着，看那封信："孙八先生：老张买李静全出于强迫，不但他毁了一个好女子，他也要了李静的叔父的命。你我的事全是老张的诡计，我欠他的债，所以他叫我卖女还债。先生是真正的好人，一时受了他的欺弄，我不能把我的女儿送给先生以铸成先生的大错。至于来生的千余元，可否作为暂借，容日奉偿？现在我携女潜逃，如先生慨允所请，当携女登门叩谢，并商订还款办法。至于李静，先生能否设法救她，她是个无父无母的苦女子！……龙树古启。"

孙守备看完，递给孙八，孙八结结巴巴的看了一过。"小马！你怎样？"

"我没主意！反正我的媳妇丢了，我也不能叫姓张的娶上！"

"老人家！老祖宗！"李静跪在地上央告孙守备，"发善心救救我！老张是骗人，是强迫我叔父！我不能跟他！我不能！我做牛做马，不能嫁他！老祖宗，你救人罢！！"

她几日流不出的眼泪一气贯下来，不能再说话！"姑娘！"孙守备受不住了，是有人心的都应当受不住！"你起来！我老命不要了，跟老张干干！"

"别这么着！老人家！"老张笑着说，"咱们是父一辈子一辈的好朋友！"

"谁跟你是朋友，骂谁的始祖！"孙守备起誓。

这太难以为情了，据普通人想。可是普通人怎能比哲学家呢，老张决不介意鲁莽的言语，况且占便宜的永远是被骂的，而骂人者只是痛快痛快嘴呢！

"这么着，"老张假装的脸一红；说红就红，要白就白，这是我们哲学家老张夫子的保护色，"老人家你要是打算要这个姑娘，我双手奉送，别管我花多少钱买的！"

这样一说，你还不怒，还不避嫌疑！你一怒，一怕嫌疑，还不撒手不管；你一不管，姑娘不就是我的了吗！"你胡说！"孙守备真怒了，不然，老张怎算得了老张呢！

"我要救她，我不能叫一朵鲜花插在你这堆臭粪上！"

孙守备怒了，然而还说要救李静，这有些出乎老张意料之外；不要紧，看风转舵主意见多着呢！老张看了看自己的罗盘，又笑了一笑，然后说："到底老人家有什么高见？咱听一听！"

"打——官——司！跟你打——官——司！"孙守备一字一字清清楚楚的说。

打官司？是中国人干的事吗？难道法厅，中国的法厅，是为打官司设的吗？别看孙守备激烈蹦跳的说，他心里明白自己的真意。他做过以军职兼民事的守备。打官司？笑话！真要人们认真的打官司，法官们早另谋生活去了。孙守备明白这个，那么老张能不明白？

"老人家！"老张笑着说，"你呢，年纪这么高了；我呢，我也四五十了，咱们应当找活道走，不用往牛犄角里钻。老人家，你大概明白我的话，打官司并不算什么希罕事！"

"活路我有：李静交我带走，龙家的事我们另办，没你的事，你看怎样？"孙守备问老张。

要不是为折债，谁肯花几百元钱买个姑娘？"以人易钱"不过是经济上的通融！那么，有人给老张一千元，当然把李静再卖出去！退一步说，有人给李静还了债，当然也可以把她带走。虽然老张没赚着什么，可是到底不伤本呢！所以我们往清楚里看，老张并不是十分的恶人，他却是一位循着经济原则走的，他的头脑确是科学的。他的勇敢是稳稳当当有经济上的立脚点；他的退步是一卒不伤平平安安的把全军维持住。他决不是怯懦，却是不鲁莽！所不幸的是他的立脚点不十分雄厚稳健，所以他的进退之际不能不权衡轻重，看着有时候象不英武似的。果然他有十个银行，八个交易所，五个煤矿，你再看看他！可怜！老张没有那么好的基础！"资本厚则恶气豪"是不是一句恰对的评语，我不敢说，我只可怜老张的失败是经济的窘迫！

"我花钱买的姑娘，你凭什么带了走？"老张问。"给你钱我可以把她带走？"孙守备早就想到此处，也就是他老人家早就不想打官司的表示。

"自然！"

……

人家十四岁的男女就结婚，一辈子生十六胎，你看着多了，不合乎优生学的原则了；可是人家有河不修，有空地不种树，一水一旱就死多少？十六胎？不多！况且人家还有，除了水旱，道德上，伦理上种种的妙用呢？童养媳妇偷吃半块豆腐干，打死！死了一个，没人管！借用一块利息钱的，到期不还，死罪！又死了一个，没人管！又死了一个，或是一群，没人管！你能生多少？十六个！好！生！二十六个也不多！没人管！没人管你生，没人管你死，岂非一篇绝妙的人口限制论！而且这样的学说在实行上，也看着热闹而有生气呢！

老张明白这个，哪有哲学家不明白这点道理的？花钱买姑娘，那比打死一个偷吃半块豆腐干的童养媳妇慈善多了，多得多！买了再卖，卖了再买，买了打死，死了一个再买两个，没人管！孙守备要管？好！拿钱来！

孙守备呢？他也明白这个。钱到事成。不用想别的？打官司？法治国的人民不打官司！

于是，老张拿着一卷银票，精精细细的搁在靠身的衣袋内（可惜人们胸上不长两个肉袋）。然后去到庆和堂的账房，把早晨摆的那两桌酒席，折到孙八的账上。又央告茶房把他的那几块红幛和南飞生送的喜联摘下来。把红幛和喜联一齐卷好，他问：

"挂幛子的铁钩呢？"

"那是我们的！"茶房回答，"你要吗？一个铜子一个！"

"那么，你们收着罢！再见！"

老张把红幛等夹在腋下出了庆和堂。走一步摸三回，恐怕银票从衣袋中落出来。一面摸一面想，越想越好笑，对自己说："这群傻蛋！咱没伤什么！明天早晨上市，这几块红幛不卖一块两块的；这对喜联？没人要！好歹还不换两包火柴！……"他出了德胜门天已渐黑，远处的东西已看不甚清楚。

发财的人，走道看地；作诗的人，走路看天。老张是有志发财的，自然照例眼看地。他下了德胜门吊桥，上了东边的土路。眼前黑糊糊好象一个小钱包。他不敢用手去摸，怕是晚间出来寻食的刺猬；心里想到这里，脚不由得向前一踢。要是皮包当然是软的，这件东西也确是软的，然而一部分粘在他的鞋上——新鞋！"倒霉！妈的，不得人心的狗，欺侮你张太爷！"

他找了一块土松的地方，轻轻的磨鞋底。然后慌忙的往家里奔，怕黑夜里遇见路劫。他倚仗着上帝，财神，土地的联合保佑！平安到了家，一点东西没吃，只喝了一气凉水。把银票数了三四回，一张一张的慢慢的放在箱内，锁上，把钥匙放在衣袋内。然后倒在床上睡他的平安觉！

……

孙守备叫赵四送王德回家，王德只是呆笑。赵四把王德用绳拦在洋车上，送他回家。

孙守备和李静坐了一辆马车回德胜门外。

李山东帮助孙八算清了账一同回家。李山东看着孙八进了门，然后折回铺子去。

孙八进了街门没话找话说："小三，小四！还没睡哪？"

"啊！爹回来了！你娶的小媳妇在哪儿？给我瞧瞧！"小三说。

小四光着袜底下了地，扯住孙八向衣襟各处翻。然后问："你把小媳妇藏在哪儿啦？"他平日与孩子们玩耍的时候，"娶姑娘"，"送姐姐"，都是一些小布人，所以他以为他爹的小媳妇也是一尺来高的。

"别闹！别闹！你妈呢？"孙八问。

"妈在屋里哭哪！都是你这个坏爸爸，娶小媳妇，叫妈哭得象'大妈虎子'似的！坏爸爸！"

第十六章

庆和堂，孙、张办喜事的第二天，孙守备早晨起来去开街门。门儿一开，顺着门四脚朝天的倒进一个人来。"喝！我的老头！开门不听听外面有打呼的没有哇。"赵四爬起来笑着向孙守备行了一礼。

"赵四，你怎么这样淘气，不叫门，在这里睡觉！"孙守备也笑了。

"叫门！我顶着城门来的，天还没亮，怎能叫门？所以坐在这里，不觉的做上梦了。"

"进来！进来！"

赵四跟着孙守备进了外院的三间北屋，好象书斋，可是没有什么书籍。

"你该告诉我龙家父女的事了！"孙守备说。

"别忙！老头儿！给咱一碗热茶，门外睡的身上有些发僵！"孙守备给了赵四一碗热茶，赵四特卤特卤的一气喝完，舒展舒展了四肢，又拍了拍脑门。"得！寒气散尽，热心全来；老头儿咱要说了！"

"说你的！"

"龙树古欠老张的钱是真的。老张强迫老龙卖女儿还债是真的。八爷出一千多元买龙凤也是真的。只有龙树古卖女儿是假的。他不能卖他的女儿，可是老张的债是阎王债，耽搁一天，利钱重一天，所以他决定先还清老张，再和八爷央告，这是他的本意，据我看他不是坏人。"

"他们逃到哪里去？"孙守备问。

"他们没逃，他们专等见八爷，或是你，老头！"

"无须见我，你去和八爷说，叫龙树古写张字据分期还钱，不必要利息！你看这公道不公道？你办得明白吗？"

"我明白！老头！别人的事我办得明白干脆，就是不明白咱自己的事！"

一阵敲门的声响，赵四跑出去："找谁？我是赵四！这是孙老头的家！"

"四哥，我和我叔父来了！"

赵四并不问孙守备见他们不见，毫不怀疑的把他们领进来。快到屋门他才喊起来："老头！有人来了！"

李老者扶着李静，慢慢的进屋里去，深深的向孙守备行了一礼，没有说什么。

"姑娘你好了？"孙守备问李静。

"我好了！叔父和我特来谢谢你的大惠，只是他与我不知道说什么好！"李静说。

"姑娘，不用说别的！我自己的女儿要是活着，现在比你大概大两三岁，也是你这么好看，这么规矩。她死了！我看见你就想起她！"孙守备看着李静，心中一阵酸痛，泪流下来了！李静不由得也哭了！

赵四用脚尖走出去。他不怕打仗，只怕看人哭。"姑娘！"孙守备拭着泪说，"你们叔侄此后的生活怎样？"

李静看了看她的叔父，李老人微微向她摇了摇头。她不知道说什么好，不由得脸红了。

"孙老者！"李老人低声的说，"以往的事我们无可为报，也没有可说的，以后的事只看我们叔侄的命运罢！"

"老先生！"孙守备很诚恳的对李老人说，"我明白你的高傲，现在呢，我决不是为你，自然也不是为我；我们年纪都老了，还希望什么不成？可是我们当为姑娘设想。怎样安置她是唯一的问题。"

李老人一声没言语，李静呆呆的看着两个老人，没有地方插嘴。

赵四只进来了，一边腋下夹着小三，那一边夹着小四，两个孩子用小手指头刺赵四的胳肢窝，赵四撇着大嘴哈哈的笑，两个孩子也笑的把脸涨红象娇嫩的红玫瑰花片。这是小三，小四头次见赵四，好象赵四有一种吸引力，能把孩子们的笑声吸引出来。赵四的脸在孩子们的小黑眼珠里是一团笑雾蒙着，无论怎么看也可爱，可笑。

赵四把两个孩子放在地下，孙八跟着也进来。孙八看看叔父，看看李静，脸上红了两阵，羞眉愧眼的坐下，连一声"辛苦"也忘了说。

"八爷！"孙守备对孙八说，"龙家的事我都告诉了赵四，你们快去办。"

"就是！"孙八点了点头。

李老人立起来，向孙家叔侄行了一礼，然后对孙老者说："改天再谈"！

李静扶着叔父慢慢走出来，孙家叔侄只送到院里。"这位老人颇文雅呢！"孙老者对他侄子说。

"就是！"孙八说。

"也很自尊！"赵四说。

"就是！"孙八又说。

"赵四！"孙守备向赵四说，"你自己的事怎样？"

"事全是人家的，我永远没事！"赵四回答。

"你吃什么呢？"

"拉车！饿不死！人家不愿意去的买卖，咱拉！人家不敢打的大兵，咱敢！我倒不能饿死，只怕被人家打死；可是打死比饿死痛快！"赵四得意非常，发挥自己的心愿。跟着拍着嘴学蛤蟆叫唤，招的小三，小四跳起脚来笑。

"这么着，"孙守备说，"你真到过不去的时候，你找我来，我现在什么也不敢给你！"

"哼！老头儿！咱平生没求过人！我要来看你，是我有钱的时候！别的，不用说！老头儿！咱们心照罢！"

"赵四！你是个好小子！八爷！你同赵四去办龙家的事罢！"

"就是！叔父！"

"你别走！别走！"小三，小四拉着赵四不许他出门。"你们等着我！我去给你们拿小白老鼠去！这么小！"赵四用拇指控着食指的第一节比画着说。

小三，小四松了手，赵四一溜烟似的跑出去。

王德自从被赵四送回家，昏昏沉沉的只是傻笑。饭也不吃，茶也不想，只整瓢的喝凉水。起初还扎挣着起来，过了两天头沉得象压着一块大石头，再也起不来。终日象在雾里飘着，闭上眼看见一个血淋淋的一颗人头在路上滚，睁开眼看见无数恶鬼东扯西拉的笑弄他！醒着喊："静姐，不用害怕！刀！杀！"睡着喊："老张！看刀！杀！人头！……"

王老夫妇着了慌，日夜轮流看着儿子；王夫人声声不住的咒骂李静，王老者到村中请了医生，医生诊视完毕，脉案写的是："急气伤寒，宜以散气降毒法治之。"下了几味草药，生姜灯心为引。嘱咐王老者，把窗户关上，服药之后，加上两床棉被，手心见汗，就算见效。王老者一一的照办，不料王德的体质特别，药吃下去，汗也没出，气更大了：把两床棉被一脚踢下去，握着枕头，睁着血红的眼睛，说："往哪里跑，杀！"

医药不灵，第二步自然是求神，所谓"先科学后宗教"者是也。于是王夫人到西直门外娘娘庙烧香，许愿，求神方。神方下来，除香灰大葱胡用阴阳水服用之外，还有一首小诗："万恶淫为首，百善孝当先。欲求邪气散，当求喜冲天。"

王夫人花了五个铜元的香资求娘娘庙的道士破说神方上的启示。道士说："邪气缠身，妖狐作祟，龙凤姻缘，灾难自退！"

王夫人虽不通文理，可是专会听道士，女巫的隐语，因为自幼听惯，其中奥妙，不难猜度。于是她三步改作两步走，跑到家里和丈夫商议给儿子娶妻以冲邪气。王老者自然不敢故违神意，咬着牙除掉了三亩地，搭棚办喜事。为儿子成家，无法，虽然三亩地出手是不容易再买回来的！

娶的是德胜门关外马贩子陈九的二女儿，真是能洗，能做，能操持家务！而且岁数也合适，今年她才二十七岁。由提亲到迎娶，共需四十八点钟。王家是等着新娘赶散邪气，陈家是还有四个姑娘待嫁，推出一个是一个，越快越不嫌快。

王德迷迷忽忽的被两个头上全戴着红石榴花的老妇人扶着，拜了天地入洞房。

果然，他一来二去的清醒过来。看见身边有个大姑娘，把他吓了一跳，喊起来："妈！妈！快来！"

"来了！我的宝贝！你可知道叫'妈'了！你个倾人的货！"王夫人看见儿子明白过来，又是哭又是笑。

"她是谁？"王德还是坐不起来，用手指着陈姑娘。"她！我的宝贝！不亏了她把你的邪气冲散，你就把我倾死了！"说着王夫人又落下泪来。"她是你的媳妇！"王德眼前一黑，喉中一阵发甜，一口鲜血喷在被子上，两眼紧闭，脸象黄蜡一般。

"我的宝贝！王德！王德！你可别要妈的命啊！王德！"王夫人哭成泪人儿一般，陈姑娘也立在一旁落泪，而不敢高声的哭，就是哭也不知道哭什么好。

王老者跑进来也吓呆了，只能安慰着他们说："淤血吐出来就好了！去！沏白糖水，灌！"

王德慢慢的还醒过来，不知是糖水的功用，还是什么，他身体弱的起不来，半个多月才渐渐的坐起来。

拿水拿饭，以至于拿尿壶，陈姑娘本本分分的伺候王德。他起初还不理她，而她低声下气的做，一毫怨怒都没有。王德不由得心软起来，开始与她说活。王夫人听见小两口说话，心中笑的她自己也形容不出来。

家庭间要是没有真爱情，可以用魔术替代之！聪明的中国人的家庭制度永远不会衰败，因为他们都会耍魔术。包袱里，包袱面，无有夹带藏掖，说变就变，变！王德就是包袱底下的那只小白兔，那只小花耗子！至于她，陈姑娘，还不过是一个张半仙手指缝夹着的小红豆！及至他明白了他是小白兔，他还不能不承认他与她小红豆，同是魔术家的玩物；因为怜爱她，安慰她，谁叫同是被人耍的材料呢！你要恨她，离弃她，除了你真能战胜一切魔术家，她又何曾甘心在包袱和指缝之间活着呢！

王德渐渐复了元气，家庭间倒也相安无事，他到前门外把行李取回来，又到报馆去看蓝先生，蓝先生依然不见他；于是他死心踏地的帮助父亲做地亩中的工作，不敢再冒险去进城找事。再说，现在他不是要为自己活着了，是要对妻子负责了，还敢冒昧着干吗？而浪子回头，青年必须经过一回野跑，好象兽之走圹。然后收心敛性的做父母的奴隶，正是王老夫妇所盼望的！

对于李静，他没有忘她，然而不敢去见她，也不敢想她；他已有了女人，他应当对他已有的女人负责！他软弱？难道陈姑娘不可怜？因为她的可怜而牺牲了真的爱情？无法！谁叫你事前无勇，事后还有什么可说的！

李静呢？听说王德结了婚，只有听着！她只有一天消瘦一天，这是她所能做到的，别的？……

第十七章

"姑娘，你自己的事还要留心啊！你知道妇女一过了年青的时候，可就……"龙树古对龙凤说。

"我明白！父亲！不过，我立志等着李应！"龙凤很坚决的说。

"可是他到哪里去？是生是死？全不得而知！就是他没死，为什么他一封信也不给你写，这是他爱你的表示吗？"

"给我写信不写，爱我不爱，是他的事；我反正不能负他，我等着他！"

"那么你不上奉天去？"龙军官有些着急的样子。

"我在这里等着他！"

"那就不对了，姑娘！奉天的工作是上帝的旨意！上帝选择咱们父女到奉天去，难道我们不服从他吗？"龙凤眼含着泪，没有回答。

"再说，"龙军官接着说，"上奉天并与等李应不冲突，你可以在奉天等他呀！我们的事是私的，上帝的事是公的，我们不能只顾自己而误了上帝的事业！"

"上帝的事业与人们的爱情有同样的重要！我知道李应什么时候回来，他回来而我走了，我们何年再能见面？父亲，你上奉天，我依旧在这里，难道你不放心？"

"我是不放心！自从你母亲死后，我寸刻离不开你！我要不为你，何苦受这些罪？"

他们父女全低着头落泪，待了半天，龙凤问："要是我出嫁了，还能和父亲一处住吗？"

"那是另一回事，出嫁以前我不能离开你！姑娘别傲性，你再听一回父亲的话，哪怕只此一回呢？"

怎样新的人也不会把旧势力铲除净尽，主张"非孝"的家庭革命者可以向父母宣战，然而他受不起父母的央告，软化；况且父母子女之间的爱情，有时候是不能以理智判断分析呢？龙凤无法！她明白什么是"爱"，可是她还脱不净那几千年传下来的"爱"的束缚——"爱"是子女对父母的孝敬！

龙树古受华北救世军总部的委派，到奉天立支部宣扬福音，所以他们父女有这一场的小冲突。龙树古已与孙八说妥还债的办法，而到奉天去的原因的一个，听说是到奉天可以多挣几块钱。

龙凤的苦处已非她一颗珍珠似的心所能容了！她怀疑了她的父亲，到底他的一切设施，是不是为她？她把李应丢失了，设若李应没有走，她的父亲是否真意的把她给李应呢？她向来对于父亲非常亲爱，今日忽然改变？她真的爱李应，将来她的父亲要是迫她嫁别人呢？……她看不清楚，想也想不明白，她怀疑她的父亲，可是她还不敢不服从他。……教会中开欢送会，欢送龙家父女。祷告、唱诗循序做过，一位华北总会派来的军官致词，大意是："信着上帝的支配，救世军布满全球；凭着我们的信力，驱逐一切魔鬼！去了私念，戴上上帝的衣帽；舍了生命，背起耶稣的苦架。牺牲了身体，寻求天国的乐趣！……这是龙家父女的责任……阿门！"

龙家父女一一和会中人握了手，致了谢，慢慢的走出教会。

赵四右手拿着一束玫瑰花，左手提着一小匣点心。双手齐举迎上龙家父女去。把花递给龙凤，把点心递给龙军官。然后对她说：

"这几朵花是吉祥如意！"

对他说：

"这几块点心吃了解饿！"

说完，一语不发的垂手而立看着他们父女。

他们明白赵四的意思，笑着接了东西，向赵四道谢。"你们几时走？"赵四问。

"还有一半天的工夫。"龙军官回答。

"有用我的地方没有？"赵四又问。

"有！"龙凤没等她父亲张口，抢着说，"四哥，你去给我买一点茶叶去！我今天五点钟回家，你要买来，那个时候给我送去顶好！"

"就那么办！"赵四接了龙凤的钱去出城买茶叶。

……

"你父亲呢？"赵四问龙凤。

"出门了，这是我叫你这个时候来的原因。四哥！我父亲对我的态度到底怎么样，你明白不明白？"龙凤十二分恳切的问。

"我不明白，"赵四说，"可我也不敢错想了人！以前的事错都在你们！"

"谁？"

"你与李应，李静与王德！"

"怎么？"

"不敢跑！不敢跑！现在，把跑的机会也没有了！"

"四哥！"龙凤叹了一口气，"往事不用再说。我问你，李应是生是死？"

"他要是跑了，他就是活了；我没得着他的消息，可是我敢这么下断语！"

"万一他要回来，你可千万告诉他，我还等着他呀！"

"我不上心，我是狗！"赵四当着妇女不敢起极野的誓！

"四哥！我谢谢你！以后的消息是全凭你做枢纽了！"

"没错，姑娘！"

"好！这是我的通信处，他回来，或是有消息，千万告诉我！"

"可我不会写字呢？"

"姓赵的赵你会写罢？"

"对付着！"

"一张白纸上写着一赵字，再求别人写个信封，我就明白是他回来了！四哥，办得到办不到？"

妇人要是着急，出的主意有时候轻微的可笑，可是她们的赤子之心比男人多一点！

"办得到！好！姑娘，一路平安！"

赵四没有什么哲学思想，他对于生、死、生命……等问题没有什么深刻的见解。他也不似诗人常说"生命是何等酸苦的一篇功课呢！死罢"！他只知道：到生的时就生，到死的时候就死！在生死中间的那条路上，只好勇敢的走！可是，到底什么时死呢？据他想：典当铺里没有抵押品，饼铺里不欠钱，穿着新大褂，而且袋中有自由花的两角钱，那就是死的时候！

赵四的理想有一部分的真理：人们当在愁波患海之中，纵身心微弱，也还扎挣着往前干，好象愁患的链锁箍住那条迎风欲倒的身体，欲死而不得。这样的一个人，一旦心缝中觉得一阵舒服，那团苦气再拧结不住；于是身上一发轻，心中一发暖，眼前一发亮，死了！

李老人便是这么一个在患难中浮泛的人，他久病的身体好似被忧患捆住，胶住，他甘心一死，而那条酷虐的铁链越箍越紧，他只能用他的骨瘦如柴的身躯负着那一片海水似的愁闷。现在，他把老张的债清了，他的侄女又在他的左右了，他的侄子跑了，跑了是正合他的意，于是他心里没有可想的了，那层愁苦的胶漆失了紧缚之力！他自己知道，于就寝之前，自己照了照镜子，摸了摸眉间的皱纹，觉得舒展开了。点了点头，叹了一口气，盖好了被子，长眠去了！……

他死了！死去一天，两天，三天，……世界上没有事似的：风吹着，雨落着，花开着，鸟唱着……谁理会世上少了一个人！

她，李静，闭眼看见他，睁眼看见他，他还是她自幼相从的叔父，然而他可摸到的身体已埋在沙土之中了！风，雨，花，鸟，还依然奏着世界的大曲，谁知道，谁理会世界上少了一个人，世界上有个可怜的她！

王德在灵前哭了李老人一场，然而没有和她说话！她又看见了他一次，他已经是别个女人的他了！

赵姑母只在李老人死的第二日哭了她兄弟一阵，把李老人所卖的五彩瓶的钱，除李应花去的，还有二十多元，交给李静，一句话没多说的走了！她不能理李静，李静是个没廉耻的女孩子，临嫁逃走的！

蓝小山写来一对挽联，穿着一身重孝，前来吊唁。然后对她供献他的爱情，这是他的机会，她没有理他！孙守备帮助她料理丧事，安慰着她："姑娘！我就当你的叔父，你将来的事有我负责，只不要哭坏你的身体！……"

王德是别人的了！

李应不知到哪里去！

姑母家回不去，也不肯去！

蓝小山的爱情不能接受！

孙守备的恩惠无可为报，而他的护持也不能受，他的思想和她的相隔太远！

别人，没有知道她的，更没有明白她的！

……

她找她叔父去了！

花谢花开，花丛中彼此不知道谁开谁谢！风，雨，花，鸟，还鼓动着世界的灿烂之梦，谁知道又少了一朵鲜美的花！她死了！

……

这段故事的时期，大概在中华民国八九年到十一二年之间。到现在我写这个故事，一切的局面已经不是前几年的故态；如步军统领衙门几年前还是个很有势力的，现在已经是历史上的材料了！我们书中的人物，死的没法再生，而生的在这几年内，又变化万端了。

我们第一位英雄老张，因他盟兄李五做了师长，一个电报送到北京政府保荐老张做南方某省的教育厅长。老张与教育厅长两名词发生关系以后，自有新闻纸与政府公文作将来为老张写传记的材料，不用我们分心。我所应当在这里附带说一两句的是：老张做厅长之后娶了两个姜，一共还没用了五百块钱。这是他平生最得意的事。……听说李应跑到天津，现在已经成立了一些事业。他由赵四处得到龙凤的通信处，给她写过几封信，而一封回信也没接到。据传说龙凤嫁了一个富人，她的父亲已辞去教会的事不做，而与女儿女婿一处住。李应当怎样的难受？……孙八经孙守备的监视，不敢再萌娶妾的心。大概俟孙老者死后再说。可是现在孙老者还十分健壮。龙树古把欠孙八的钱还清，孙八把一千多元都交给了李山东，扩充他的买卖。……

南飞生因做事有手腕，已经做了县知事，听说也颇赚钱呢！

王德父亲死了，他当了家，而且做了父亲，陈姑娘供献给他一个肥胖的大男孩！……蓝小山换了一副玳瑁边的赭色眼镜，因为蓝眼镜好象不吉祥似的。别的事，与其说我们不知道，还不如说我们不明白蓝小山的玄妙，较为妥当。

赵四还是拉车挣饭吃，有一次真买了一对小白老鼠给小三，小四送去，那对小白老鼠也不如赵四有趣！……

小坡的生日

一　小坡和妹妹

　　哥哥是父亲在大坡开国货店时生的，所以叫作大坡。小坡自己呢，是父亲的铺子移到小坡后生的；他这个名字，虽没有哥哥的那个那么大方好听，可是一样的有来历，不发生什么疑问。

　　可是，生妹妹的时候，国货店仍然是开在小坡，为什么她不也叫小坡？或是小小坡？或是二小坡等等？而偏偏的叫作仙坡呢？每逢叫妹妹的时候，便有点疑惑不清楚。据小坡在家庭与在学校左右邻近旅行的经验，和从各方面的探听，新加坡的街道确是没有叫仙坡的。你说这可怎么办！这个问题和"妹妹为什么一定是姑娘"一样的不能明白。哥哥为什么不是姑娘？妹妹为什么一定叫仙坡，而不叫小小坡或是二小坡等等？简直的别想，哎！一想便糊涂得要命！

　　妈妈这样说：大坡是在哪儿生的，小坡和仙坡又是在哪儿生的，这已经够糊涂半天的了；有时候妈妈还这么说：哥哥是由大坡的水沟里捡了来的，他自己是从小坡的电线杆子旁边拾来的，妹妹呢，是由香蕉树叶里抱来的。好啦，香蕉树叶和仙坡两字的关系又在哪里？况且"生的"和"捡来的"又是一回事，还是两回事？"妈妈，妈妈，好糊涂！"一点儿也不错。

　　也只好糊涂着吧！问父亲去？别！父亲是天底下地上头最不好惹的人：他问你点儿什么，你要是摇头说不上来，登时便有挨耳瓜子的危险。可是你问他的时候，也猜不透他是知道，故意不说呢；还是他真不知道，他总是板着脸说："少问！"

"缝上他的嘴！"你看，缝上嘴不能唱歌还是小事，还怎么吃香蕉了呢！

问哥哥吧？呸！谁那么有心有肠的去问哥哥呢！他把那些带画儿的书本全藏起去不给咱看，一想起哥哥来便有点发恨！"你等着！"小坡自己叨唠着，"等我长大发了财，一买就买两角钱的书，一大堆，全是带画儿的！把画儿撕下来，都贴在脊梁上，给大家看！哼！"

问妹妹吧？唉！问了好几次啦，她老是摇晃着两条大黑辫子，一边儿跑一边声细气的喊："妈妈！妈妈！二哥又问我为什么叫仙坡呢！"于是妈妈把妹子留下，不叫再和他一块儿玩耍。这种惩罚是小坡最怕的，因为父亲爱仙坡，母亲哥哥也都爱她，小坡老想他自己比父母哥哥全多爱着妹妹一点才痛快；天下哪儿有不爱妹妹的二哥呢！

"昨儿晚上，谁给妹妹一对油汪汪的槟榔子儿？是咱小坡不是！"小坡搬着胖脚指头一一的数，"前儿下雨，谁把妹妹从街上背回来的？咱，小坡呀！不叫我和她玩？哼！那天吃饭的时候，谁和妹妹斗气拌嘴来着？咱，……"想到这里，他把脚指头拨回去一个，作为根本没有这么一大回事；用脚指头算账有这么点好处，不好意思算的事儿，可以随便把脚指头拨回一个去。

还是问母亲好，虽然她的话是一天一变，可是多么好听呢。把母亲问急了，她翻了翻世界上顶和善顶好看的那对眼珠，说：

"妹妹叫仙坡，因为她是半夜里一个白胡子老仙送来的。"

小坡听了，觉得这个回答倒怪有意思的。于是他指着桌儿底下摆着的那几个柚子说："妈！昨儿晚上，我也看见那个白胡子老仙了。他对我说：小坡，给你这几个柚子。说完，把柚子放在桌儿底下就走了。"

妈妈没法子，只好打开一个柚子给大家吃；以后再也不提白胡子老仙了。妹妹为什么叫仙坡，到底还是不能解决。

大坡上学为是念书讨父母的喜欢。小坡也上学——专为逃学。设若假装头疼，躺在家里，母亲是一会儿一来看。既不得畅意玩耍，母亲一来，还得假装着哼哼。"哼哼"本来是多么可笑的事。哼，哼哼，噗哧的一声笑出来了。叫母亲看出破绽来也还没有多大关系，就是叫她打两下儿也疼不到哪里去。不过妈妈有个小毛病：什么事都去告诉父亲，父亲一回来，她便嘀嘀咕咕，嘀嘀咕咕，把针尖大小的事儿也告诉给他。世上谁也好惹，就是别得罪父亲。那天他亲眼看见的：父亲板着脸，郑重其事的打了国货店看门的老印度两个很响的耳瓜子。看门的印度，在小坡眼中，是个"伟人"。"伟人"还要挨父亲两个耳光，那么，小坡的装病不上学要是传到他老人家耳朵里去，至少还不挨上四个或八个耳瓜子之多！况且父亲手指上有两个金戒指，打在脑袋上，哪！要不起个橄榄大小的青包才怪！还是和哥哥一同上学好。到学校里，乘着先生打盹儿要睡，或是爬在桌上改卷子的时候，人不知鬼不觉的溜出去。在街上，或海岸上，玩耍够了，再偷偷的溜回来，和哥哥一块儿回家去吃饭。反正和哥哥不同班，他无从知道。哥哥要是不知道，母亲就无从知道。母亲不知道，父亲也就无从晓得。家里的人们很象一座小塔儿，一层管着一层。自要把最底下那层弥缝好了，最高的那一层便傻瓜似的什么也不知道。想想！父亲坐在宝塔尖儿上象个大傻子，多么可笑！

这样看来，逃学并不是有多大危险的事儿。倒是妹妹不好防备：她专会听风儿，钻缝儿的套小坡的话，然后去报告母亲。可是妹妹好说话儿，他一说走了嘴的时候，便忙把由街上捡来的破马掌，或是由教堂里拾来的粉笔头儿给她。她便唧嘟着小嘴，一声也不出了。

而且这样贿赂惯了，就是他直着告诉妹妹他又逃了学，妹妹也不信。

"仙！我捡来一个顶好，顶好看的小玻璃瓶儿！"

"哪儿呢？二哥，给我吧！"

小玻璃瓶儿换了手。

"仙！我又逃了学！"

"你没有，二哥！去捡小瓶儿，怎能又逃学呢？"

到底是妹妹可爱，看她的思想多么高超！于是他把逃学的经验有枝添叶的告诉她一番，她也始终不跟妈妈学说。"只要你爱你的妹妹，逃学是没有危险的！"小坡时常这样劝告他的学友。

小坡有两个志愿，只有他的妹妹知道：当看门的印度（新加坡的大一点的铺户，都有印度人看门守夜）和当马来巡警。

据小坡看：看门守夜的印度有多么尊严好看！头上裹着大白布包头，下面一张黑红的大脸，挂满长长的胡子，高鼻子，深眼睛，看着真是又体面又有福气。大白汗衫，上面有好几个口袋儿，全装着，据小坡猜，花生米，煮豌豆，小槟榔，或者还有两块鸡蛋糕。那条大花布裙子更好看了，花红柳绿的裹着带毛的大黑腿，下面光着两只黑而亮的大脚鸭儿。一天到晚，不用操心做事，只在门前坐着看热闹，所闲得不了啦，才细细的串脚鸭缝儿玩。天仙宫的菩萨虽然也很体面漂亮，可是菩萨没有这种串脚鸭缝的自由。关老爷两旁侍立的黑白二将，黑的太黑，白的又太白，都不如看门的印度这样威而不猛，黑得适可而止。（这自然不是小坡的话，不过他的意思是如此罢了。）

况且晚上就在门前睡觉，不用进屋里去，也用不着到时候就非睡去不可。门前一躺，看着街上的热闹，听着铺户里的留声机，妈妈也不来催促。（老印度有妈妈没有，还是个问题。设若没有，那么老印度未免太可怜了；设若有呢，印度妈妈应该有多么高的身量呢？）困了呢，说睡就睡，也不用等着妹妹，——小坡每天晚上等着妹妹睡了，替她放好蚊帐，盖好花毯，他自己才敢去睡。不然，他老怕红眼儿虎，专会欺侮小姑娘们的红眼儿虎，把妹妹叼了去；把蚊帐放好，红眼儿虎就进不去了。

"仙！赶明儿你长大开铺子的时候，叫我给你看门。你看我是多么高大，多么好看的印度！"

"我是个大姑娘，姑娘不开铺子！"妹妹想了半天这样说。"你不会变吗？仙！你要是爱变成男人呀，天天早晨吃过稀饭的时候，到花园里对椰子树说：仙要变男人啦！这样，你慢慢的就变成父亲那么高的一个人。可是，仙！你别也变成印度；我是印度，你再变成印度，咱们谁给谁看门呢！"

"就是变成男人，我也不开铺子！"

"你要干什么呢？仙！啊，你去赶牛车？"

"呸！你才赶牛车呢！"仙坡用小手指头顶住笑涡，想了半天，"我长大了哇，我去，我去做官！"

小坡把嘴搁在妹妹耳朵旁边，低声的嘀咕："仙！做官和做买卖是一回事。那天你没听见父亲说吗：他在中国的时候，花了一大堆钱买了一个官。后来把那一大堆钱都赔了，所以才来开国货店。"

"噢！"仙坡一点也不明白，假装明白了二哥的话。"仙！父亲说啦，做买卖比做官赚的钱多。赶明儿哥哥也去开铺子，妈妈也去开铺子。可是我就爱给'你'看门。仙，你看，我是多么有威风的印度！"小坡说着，直往高处拔脖子，立刻觉得身量高出一大块来，或者比真印度还高着一点了。

仙坡看着二哥，确是个高大的印度，但是不知为什么心中有点不顺，终于说："偏不爱开铺子嘛！"

小坡知道：再叫妹妹开铺子，她可就要哭了。

"好啦，仙！你不用开铺子啦，我也不当印度了。我去当马来巡警好不好？"

妹妹点了点头。

马来巡警背上打着一块窄长的藤牌，牌的两端在肩外出出着，每头有一尺多长。他站定了的时候，颇似个十字架。他脸朝南的时候，南来北往的牛车，马车，电车，汽车，人力车，便全咯噔一下子站住；往东西走的车辆忽啦一群全跑过去。他忽然一转身，脸朝东了，东来西往的车便全停住，往南北的车都跑过去。这是多么有势力，威风，趣味！假如小坡当了巡警，背上那块长藤牌，忽然面朝南，忽然脸向东，叫各式各样的车随着他停的停，跑的跑，够多么有趣好玩！或者一高兴，在马路当中打开捻捻转儿，叫四面的车全撞在一块儿，岂不更加热闹！

妹妹也赞成这个意思，可是："二哥！车要是都撞在一处，车里坐的人们岂不也要碰坏了吗？"

小坡向来尊重妹妹的意见，况且他原是软心肠的小孩，没有叫坐车的老头儿，老太太，大姑娘们把耳朵鼻子都碰破的意思。他说：

"仙！我有主意了：我要打嘀溜转的时候，先喊一声：我要转了！车上的人快都跳下来！这么着，不是光撞车，碰不着人了吗？"

妹妹觉得这真好玩，并且告诉他："二哥！等你当巡警的时候，我一定到街上看热闹去。"

小坡谢了谢妹妹肯这样赏脸，并且嘱咐她："可是，仙！你要站得离我远一些，别叫车碰着你！"小坡是真爱妹妹的！

二　种族问题

　　小坡弄不清楚：他到底是福建人，是广东人，是印度人，是马来人，是白种人，还是日本人。在最近，他从上列的人种表中把日本人勾抹了去，因为近来新加坡人人喊着打倒日本，抵制仇货；父亲——因为开着国货店——喊得特别厉害，一提起日本来，他的脖子便气得比蛤蟆的还粗。小坡心中纳闷，为什么日本人这样讨人嫌，不要鼻子。有一天偶然在哥哥的地理书中发现了一张日本图，看了半天，他开始也有点不喜欢日本，因为日本国形，不三不四恰象个"歪脖横狼"的破炸油条，油条炸成这个模样，还成其为油条？一国的形势居然象这样不起眼的油条，其惹人们讨厌是毫不足怪的；于是小坡也恨上了日本！

　　可是这并不减少他到底是哪国人的疑惑。

　　他有一件宝贝，没有人知道——连母亲和妹妹也算在内——他从哪儿得来的。这件宝贝是一条四尺来长，五寸见宽的破边，多孔，褪色，抽抽巴巴的红绸子。这件宝贝自从落在他的手里，没有一分钟离开过他。就是有一回，把它忘在学校里了。他已经回了家，又赶紧马不停蹄的跑回去。学校已经关上了大门，他央告看门的印度把门开开。印度不肯那么办，小坡就坐在门口扯着脖子喊，一直的把庶务员和住校的先生们全嚷出来。先生们把门开开，他便箭头儿似的跑到讲堂，从石板底下掏出他的宝贝。匆忙着落了两点泪，把石板也摔在地上，然后三步两步跑出来，就手儿踢了老印度一脚；一气儿跑回家，把宝贝围在腰间，过了一会儿，他告诉妹妹，他很后悔踢了老印度一脚。晚饭后父亲给他们买了些落花生，小坡把瘪的，小的，有虫儿的，都留起来；第二天拿到学校给老印度，作为赔罪道歉。老印度看了看那些奇形怪状的花生，不但没收，反给了小坡半个比醋还酸的绿橘子。

这件宝贝的用处可大多多了：往头上一裹，裹成上尖下圆，脑后还搭拉着一块儿，他便是印度了。登时脸上也黑了许多，胸口上也长出一片毛儿，说话的时候，头儿微微的摇摆，真有印度人的妩媚劲儿。走路的时候，腿也长出一块来，一挺一挺的象个细瘦的黑鹭鸶。嘴唇儿也发干，时常用手指沾水去湿润一回。

把这件宝贝从头上撤下来，往腰中一围，当作裙子，小坡便是马来人啦。嘴唇撅撅着，蹲在地上，用手抓着理想中的咖喱饭往嘴中送。吃完饭，把母亲的胭脂偷来一小块，把牙和嘴唇全抹红了，作为是吃槟榔的结果；还一劲儿呸呸的往地上唾，唾出来的要是不十分红，就特别的用胭脂在地上抹一抹。唾好了，把妹妹找了来，指着地上的红液说："仙！这是马来人家。来，你当男人，你打鼓，我跳舞。"

于是妹妹把空香烟筒儿拿来敲着，小坡光着胖脚，胳臂"软中硬"的伸着，腰儿左右轻扭，跳起活儿来。跳完了，两个蹲在一处，又抓食一回理想的咖喱饭，这回还有两条理想的小干鱼，吃得非常辛辣而痛快。

小坡把宝贝从腰中解下来，请妹妹帮着，费五牛二虎的力气，把妹妹的几个最宝贵的破针全利用上，做成一个小红圆盔，戴在头上。然后搬来两张小凳，小坡盘腿坐上一张，那一张摆上些零七八碎的，作为是阿拉伯的买卖人。"仙，你当买东西的老太婆。记住了，别一买就买成，样样东西都是打价钱的。"

于是仙坡弯着点儿腰，嘴唇往里瘪着些，提着哥哥的书包当篮子，来买东西。她把小凳上的零碎儿一样一样的拿起来瞧，有的在手中颠一颠，有的搁在鼻子上闻一闻，始终不说买那一件。小坡一手搁在膝上，一手搬着脚后跟，眼看着天花板，好似满不在乎。仙坡一声不出的扭头走开，小坡把手抬起来，手指捏成佛手的样儿，叫仙坡回来。她又把东西全摸了一个过儿，然后拿起一支破铁盒，在手心里颠弄着。小坡说了价钱，仙坡放下铁盒就走。小坡由凳上跳下来，端着肩膀，指如佛手在空中摇画，逼她还个价钱。仙坡只是摇头，小坡不住的端肩膀儿。他拿起铁盒用布擦了擦，然后跑到窗前光明的地方，把铁盒高举，细细的赏玩，似乎决不愿意割舍的样子。仙坡跟过来，很迟疑的还了价钱；小坡的眼珠似乎要努出来，把铁盒藏在腋下，表示给多少钱也不卖的神气。仙坡又弯着腰走了，他又喊着让价儿。……仙坡的腰酸了，只好挺起来；小坡的嘴也说干了，直起白沫；于是这出阿拉伯的扮演无结果的告一结束。

至于什么样儿的是广东人，和什么样儿的是福建人，上海人，小坡是没有充分的知识的。可是他有很好的解决办法：人家都说，父亲是广东人，那么，自然广东人都应和父亲差不多了。至于福建人呢，小坡最熟识的是父亲的国货店隔壁信和洋货庄的林老板。父亲对林老板感情的坏恶，差不多等于他恨日本人，每谈到林老板的时候，父亲总是咬着牙说：他们福建人！不懂得爱国。据小坡看呢，不但林老板是胖胖大大的可爱，就是他铺中的洋货也比父亲的货物漂亮花哨的多。就拿洋娃娃说吧，不但他自己，连妹妹也是这样主张：假如她出嫁的时候，一定到林老板那里买两个眼珠会转的洋娃娃，带到婆家去。

好在卖洋货和林老板是否可恶的问题，小坡也不深究；他只认定了穿着打扮象林老板的全是福建人。第一，林老板嘴中只有一个金牙，不象父亲和父亲的朋友们都是满嘴黄橙橙的。小坡自然不知道牙是可以安上去的，他总以为福建人是生下来就比广东人少着几个金牙的。第二，林老板的服装态度都非常文雅可爱，嘴里也不象父亲老叼着挺长挺粗的吕宋烟，说话也不象父亲那样理直气壮的卖嚷嚷。他有一回还看见林老板穿起夏布大衫，这是他第一次看到褂子居然可以长过膝的。每逢他装福建人的时候，他便把那块红绸宝贝直披在背后当作长袍，然后找一点黄纸贴在犬牙上，当作林老板的唯一的金牙。

母亲说："凡是不会说广东，福建话，而规规矩矩穿着洋服的都是上海人。"于是小坡装上海人的时候，必要穿好了衣裳，还要和妹妹临时造一种新言语代表上海话。这种话他们随时造随时忘，可是也有几个字是永远不变动的，如管"香烟"叫"狗耳朵"，把"香蕉"叫"老鼠"等等。外国洋鬼子是容易看出来的，他们的脸色，鼻子，头发，眼珠，都有显然的特色。可是他们的言语和上海人的一样不好懂，或者洋鬼子全是由上海来的？哥哥现在学鬼子话了；学校新来的一位上海先生教他们国语；而哥哥学的鬼子话又似乎和上海人的国语不是一个味儿，这个事儿又透着有点糊涂！在新加坡的人们都喜光着脚，唯独洋鬼子们总是穿着袜子，而且没看见过他们跋拉着木板鞋满街走的，所以装洋鬼子的时候，一定非穿袜子皮鞋不可。妹妹根本反对穿袜子，也只好将就着不叫她穿。不穿袜子的鬼子很少见，可是穿军衣的鬼子很多，于是小坡把那件宝贝折成一寸来宽，系在腰间，至少也可以当一条军人的皮带。至于鼻子要高出一块等等是很容易的。一系上皮带，心里一想，鼻子就高了，眼珠便变成蓝色。虽然有时候妹妹说：他的鼻子还是很平，眼珠一点也不蓝。那只是妹妹偶然脾气不顺，成心这么说，并非是小坡不真象洋鬼子。

小坡对于这些人们，虽然有这样似乎清楚而又不十分清楚的分别，可是这并不是说他准知道他是哪一种人。他以为这些人都是一家子的，不过是有的爱黄颜色便长成一张黄脸，有的喜欢黑色便来一张黑脸玩一玩。人们的面貌身体本来是可以随便变化的。不然，小坡把红巾往头上一缠的时节，怎么能就脸上发黑，鼻子觉得高出一块呢？况且在街上遇见的小孩子们，虽然黑黄不同，可是都说马来话，（他和妹妹也总是用马来话交谈的。）这不是本来大家全是马来，而后来把颜色稍稍变了一变的证明吗？况且一进校门便看见那张红色的新加坡地图，新加坡原来是一块圆不圆，方又不方，象母亲不高兴时做的凉糕；这块凉糕上并没有中国，印度等地名；那么，母亲一来就说：她与父亲都是由中国来的；国货店看门的是由印度来的，岂不是根本瞎说；新加坡地图上分明没有中国印度啊！母亲爱瞎说，什么四只耳朵的大老妖咧，什么中国有土地爷咧，都是瞎说：自然哪，这种瞎说是很好听的。

哥哥是最不得人心的：一看见小坡和福建，马来，印度的小孩儿们玩耍，便去报告父亲，惹得父亲说小坡没出息。小坡郑重的向哥哥声明："我们一块儿玩的时候，我叫他们全变成中国人，还不行吗？"而哥哥一点也不原谅，仍然是去告诉父亲。

父亲的没理由，讨厌一切"非广东人"，更是小坡所不能了解的。就是妈妈也跟着父亲学这个坏毛病，有一回他问母亲，父亲小的时候是不是马来人？母亲居然半天儿没有答理他！还是妹妹好，她说："东街上的小孩儿们全有马来父亲，咱们的父亲也一定是马来。"

"一定！马来人是由上海来的，父亲看不起上海人，所以也讨厌马来。不知道父亲为什么看不起上海人？"小坡摇着头说。

"父亲是由广东来的，妈妈告诉我的，广东人是天下最好最有钱的！"仙坡这时候的神气颇似小坡的老大姐，"广东就是印度！"

仙坡想了半天："对了！"

"仙！赶明儿你长大了，要小孩的时候，你上哪里去捡一个呢？"

"我？"仙坡揉着辫子上的红穗儿，想了半天，"我到西边印度人家去抱一个来。"

"对了，仙！你看印度的小孩的小黑鼻子，大白眼珠，红嘴唇儿，多么可爱呀！是不是？"

"对呀！"

"可是，妈妈要不愿意呢？"

"我告诉妈妈呀，反正印度小孩儿长大了也会变成中国人的。你看，咱们那几只小黄雏鸡，不是都慢慢变成黑毛儿的和红毛儿的了吗？小孩也能这样变颜色的。"

"对了！仙！"

他们这样解决了人种问题。

三　新年

全世界的小朋友们！你们可曾接到小坡的贺年片？也许还没有收到，可是小坡确是没忘了你们呀。

小坡的父亲在新年未到，旧岁将残的时候，发了许多红纸金字的贺年片。小坡托妹妹给他要了一张和一个红信封。一只小白鸟撅撅着小黄嘴巴儿，印在信封的左角上。片子上的金字是"恭贺新年"和小坡父亲的姓名。小坡把父亲的名字抹了一条黑道，在一旁写上"小坡"两个字；笔上的墨太足了，在"小坡"二字的左右落了两个不小的黑点儿；就着墨点的形象，他画成一个小兔和一个小王八，他托哥哥大坡在带着小白鸟的信封上写："给全世界的小朋友。"

小友们，等我给你们讲一讲，小坡所用的"全世界"是什么意思。不错，小坡常说：新加坡就是世界；可是当他写这贺年片的时候，他是把太阳，月亮，天河，和星星都算在内的啊！

太阳上虽然很热，月亮上虽然很冷，星星们看着虽然很小，其实它们上边全有小孩儿咧。——有老头儿老太太没有，不可得而知。你们不是在晚间常看见天上的星星，一闪一闪的好象金钢石那么发亮吗？为什么？就是因为它们上边的小孩们放爆竹玩咧。有时候在夜间，你们听见咕隆咕隆的打雷，一亮一亮的打闪，请你们不要害怕，不必藏在母亲的怀里；那是星星上的小孩一齐放爆竹：麻雷子，二踢脚，地老鼠，黄烟带炮等等一齐放，所以声音光亮都大了一些。他们本来是想：把你们吵醒，跟他们耍笑耍笑去。可是，你们睡着了也不要紧，因为他们也很喜欢到你们的梦中和你们耍笑耍笑。你们梦见过许多好看的小"光眼子"不是？有的还带着雪白的翅膀？对了，他们就是由星星上飞来的。

小坡的贺年片是在年前发的，可是你们不一定能在元旦接到。你看，他的红片儿也许先送到太阳上去，也许先送到月亮上去，也许先在地球上转一个圈儿，那全看邮差怎么走着顺脚。就是先在咱们的地球上转吧，不是也许先送到爱尔兰，也许先送到墨西哥吗？简直的没有准儿！可是，你们只要忍耐着点儿，早晚一定能接到的。

假如你们看见天上有飞机的时候，请你们大家一齐喊，叫它下来，因为也许那只飞机就是带着小坡的贺年片往月亮上或是星星上送的。

还有一层：小坡的信封上，印着个黄嘴的小白鸟，并没有贴邮票；他只在信封的右角上粘了半张香烟画片，万一邮局的人们不给他往外送呢！但是，据我想，这倒不大要紧。邮局的人们不至于那么狠心，把小坡的信扣住不发。他的信是给全世界的小孩儿的，那么，邮局的人们不是也有小孩儿吗？

他们能把自己小孩儿的信留起来不送？不能吧。

所可虑的是：邮差把小坡的信先交给他自己的儿女，他们再一粗心，忘了叫父亲转递。这么一来呀，小坡的贺年片可不一准能到你们手里了。你们应当在门口儿等着，见个邮差便问：有小坡的信没有？或是说：有贴香烟画片的信没有？这样提醒邮差一声儿，或者他不至于忘了转寄小坡的信。

你们也许很关心：小坡怎样过新年呢？也许你们要给他寄些礼物去，而不知道寄什么东西好。

好啦，你们听我说：

小坡所住的地方——新加坡——是没有四季的，一年到头老是很热。不管是常绿树不是，（如不知什么是常绿树，请查一查《国语教科书》。）一年到晚叶儿总是绿的。花儿是不断的开着，虫儿是终年的叫着，小坡的胖脚是永远光着，冰激凌是天天吃着。所以小坡过新年的时候，天气还是很热，花儿还是美丽的开着，蜻蜓蝴蝶还是妖俏的飞着；也不刮大风，也不下雪，河里也不结冰。你们要是送给他礼物，顶好是找个小罐儿装点雪，假如你住的地方有雪，给他看看，他没有看见过。他听说过：雪是一片一片的小花片儿，由天上往下落；可是，他总以为雪是红颜色的；有一回他看见一家行结婚礼的，新郎新娘出来的时候，有许多人由楼上往下撒细碎的红纸片儿；他心里说："啊，这大概就是下雪吧！"从此以后，他便以为雪花是红颜色的了。他这样说，妹妹仙坡也自然这么信；就是妈妈也不敢断言雪是白的，还是红的，还是豆瓣绿的；因为妈妈是广州人，也没有看见过雪。

小坡看见过的东西也许你们没有见过，比如：你们看见过香蕉树吗？小坡的后院里就有好几株，现在正大嘟噜小挂结着又长又胖的香蕉，全是绿的，比小荷叶还绿；你们看见过项上带着肉峰的白牛吗？看见过比螺丝还大一些的蜗牛吗？……请你们给小坡寄些礼物吧，他一定要还礼的。也许他给你送两个大蜗牛玩玩，（这种大蜗牛也是"先出犄角，后出头"的。）也许他给你画两张图。小坡的图画是很有名的，而且画得很快；不过有时候过于慌了，也许把香蕉画成蓝的，把黄牛画成三条腿。请你告诉他慢慢来，不要忙，他一定可以画得很正确很美观的。

新加坡的人们，不象别处，是各式各样的，以脸色说吧，就有红黄黑白的不同。小坡过年的时候，这"各色人等"也都过年；所以显着分外的热闹。那里有穿红绣鞋的小脚儿老太太，也有穿西服露着胳臂的大姑娘。那里有梳小辫，结红绳的老头儿；也有穿花裙，光着脚的青年小伙子。有的妇女鼻子上安着很亮的珠子，有的妇女就戴着大草帽和男人一样的做工。可是，到了新年，大家全笑着唱着过年，好象天下真是一家了。谁也不怒视谁一眼，谁也不错说一句话；大家都穿上新衣，吃些酒肉，忘记了旧的困苦，迎接新的希望。基督教堂的钟声当当的敲出个曲调来，中国的和尚庙奏起法器，也沉远悠扬的好听。菩萨神仙过年不过，我们不知道，但是他们一定是抿着嘴，很喜欢看这群人们这样欢天喜地，和和美美的享受这年中的第一天。

虫儿鸟儿一清早便唱起欢迎新岁的歌儿，唱得比什么音乐都好听。花儿草儿带着清香的露珠欢迎这元旦的朝阳。天上没有一块愁眉不展的黑云，也没有一片无依无靠，孤苦零丁的早霞，只是蓝汪汪的捧着一颗满脸带笑的太阳。阳光下闪动着各色的旗子，各样的彩灯，真成了一个锦绣的世界。

小坡自己呢，哎呀，真忙个不得了。随着鸟声他便起来了，到后花园中唱了一个歌儿给虫儿鸟儿们听。然后进来亲了亲妹妹的脑门儿，妹妹还没睡醒，可是小嘴唇上已经带着甜美的笑意。把妹妹叫醒，给她道了新禧，然后抱着二喜去洗澡。二喜是一个小白猫，脑门上有两个黄点儿。洗完了澡，便去见母亲，张罗着同她买东西去。虽然是新年，还要临时去买吃食，因为天气太热，东西搁不住。母亲买东西一定要带着小坡，因为他会说马来话又会挑东西，打价钱；而且还了价钱不卖的时候，他便抢过卖菜的或是卖肉的大草帽儿，或是用他的胖手指头戳他们的夹肢窝，于是他们一笑就把东西卖给他了。

在市场买了一大筐子东西，小坡用力顶在头上，（这是跟印度人学的。）压得他混身都出了玉米粒大的汗珠子。到了家中把筐子交给陈妈——他们的老妈子。陈妈向来是一天睡十八点钟觉的，就是醒着的时候，眼睛也不大睁着。今天她也特别的有精神，眼睛确是睁着，而且眼珠里似乎有些笑意。

父亲也不出门，在花园中收拾花草。把一串大绿香蕉也摘下来，挂在堂中，上面还拴上一些五彩纸条儿，真是好看。哥哥的钱全买了爆竹，在门口儿放着，妹妹用手堵着耳朵注意的听响儿。小坡忽然跑到厨房，想帮助母亲干点儿事。又慌着跑到花园和父亲一块儿整理花草。听见了炮声，又赶紧跑到门口看哥哥放爆竹，哥哥不准他动手，他也不强往前巴结，站在妹妹身后，替她堵着耳朵。喝！真忙！幸亏没穿鞋，不然非把鞋底跑个大窟窿不可！

吃饭了，桌上摆满了碟碗，小坡就是搬着脚指头算，也算不清了。真多，而且摆得多么整齐好看呢！哎呀！父亲还给买来玩艺儿！妹妹是一套喝咖啡用的小壶小碗小罐，小坡是一串火车，带站台铁轨。"到底是新年哪！"小坡心里说。

吃完了饭，剩下不少东西，母亲叫小坡和妹妹在门口看着，如有要饭的花子来了，给他们一些吃，母亲向来是非常慈善的。

父亲喝多了酒，躺在竹床上，要起也起不来。哥哥吃得也懒得动。二喜叼着一个鱼头到花园里去慢慢的吃。小坡和妹妹拿着新玩艺儿在门外的马缨花下坐着，热风儿吹过，他也慢慢的打起盹儿来。

这时候，四外无声，天上响晴。鸟儿藏在绿叶深处闭上小圆眼睛。蜻蜓也落在叶尖上，只懒懒的颤动着透明的嫩翅膀。椰子树的大长绿叶，有时上下起落，有时左右平摆，在空中闪动着，好似彼此嘀咕什么秘密。只有蜂儿还飞来飞去忙个不了，嗡嗡的声儿，更叫人发困。

风儿越来越小了，门上的旗子搭拉下来，树叶儿也似乎往下披散，就是马缨花干上的寄生草儿也好象睡着了，竟自有一枝半枝的离了树干在空中悬悬着，好似睡着了的小儿，把胳臂轻松的搭在床沿上。

马儿也不去拉车，牛儿也歇了工，都在树荫下半闭着眼卧着。多么静美！远处几声鸡啼，比完全没有声儿还要静寂。

多么静美！这便是小坡的新年。啊，别出声，小坡睡着了！一切的人们鸟兽都吃饱酣睡，在梦里呼吸着花儿的香味。

小坡醒来时，看见妹妹的黑发上落着三四朵深红的马缨花。

四　花园里

可惜新年也和别的日子一样，一眨巴眼儿就过去了。父亲又回铺子去做生意，母亲也不做七碟子八碗的吃食了，陈妈依旧一天睡十八点钟觉，而且脸上连一丁点笑容也没有啦。父亲给的玩艺儿也有点玩腻啦，况且妹妹的小碗儿丢了一个，小坡的火车也不住的出轨，并且摔伤不少理想中的旅客。

妈妈和哥哥都出了门，陈妈正在楼上做梦。小坡抱着火车，站台，轨道，跑到花园中，想痛痛快快的开一次快车。到了园里，只见妹妹仙坡独自坐在篱旁，地上放着一些浅黄的豆花，编花圈儿玩呢。

"仙，干什么呢？"

"给二喜编个花圈儿。"

"不用编了，把花儿放在火车上，咱们运货玩吧。"

"也好。从哪儿运到哪儿呢？"妹妹问，其实她准知道小坡怎么回答。

"从这里运到吉隆坡，好不好？"

父亲常到吉隆坡去办事情，总是坐火车去，所以小坡以为凡是火车都要到吉隆坡去，好似没有吉隆坡，世界上就根本没有修火车路的必要。

"好，咱们上货吧。"妹妹说。

兄妹俩把豆花一朵一朵的全装上车去，小坡把铁轨安好，来回开了几趟；然后停车，把花儿都拿下来；然后又装上去，又跑了几趟；又拿下来；又装上去……慢慢的把花儿全揉搓熟了，火车也越走越出毛病。

"仙，咱们不这么玩啦。"

"干什么呢？"妹妹一时想不出主意来。

小坡背着手儿，来回走了两遭，想起来了："仙，咱们把南星，三多，什么的都找来，好不好？"

"妈妈要是说咱们呢？"

"妈妈没在家呀！仙，你等着，我找他们去。"不大一会儿，小坡带来一帮小孩儿：两个马来小姑娘；三个印度小孩，二男一女；两个福建小孩，一男一女；一个广东胖小子。

两个马来小姑娘打扮得一个样儿，都是上身穿着一件对襟小白褂，下边围着条圆筒儿的花裙子。头发都朝上梳着，在脑瓜顶上梳成朝天杵的小髻儿。全光着脚，腿腕上戴着对金镯子。她们俩是孪生的姊妹，模样差不多，身量也一般儿高。两个都是慢条斯理，不慌不忙的，似乎和他们玩不玩全没什么关系。她们也不多言，也不乱动，只手拉手儿站在一边，低声的争辩：谁是姐姐，谁是妹妹；因为她们俩一切都相同，所以记不清谁是姐，谁是妹。

两个小男印度，什么也没穿，只在腰间围着条短红裙。他们的手，脚，脊梁，都非常的柔软，细腻，光滑；虽然是黑一点儿，可是黑得油汪汪的好看。那个印度小妞妞也穿着一条红裙，可是背上斜披着一条丝织的大花巾，两头儿在身旁搭拉着，非常潇洒美观。

两个福建小孩都穿着黑暑凉绸的宽袖宽腿衣裤。那个小姑娘梳着一头小短辫，系着各色的绒绳。

广东的胖小子，只穿着一条小裤叉。粗粗的胳臂，胖胖的腿，两眼直不棱的东瞧瞧西看看，真象个混小子。

大家没有一个穿着鞋的，就是两个福建小孩——父亲是开皮鞋店的——也是光着脚鸭儿。

他们都站在树荫下，谁也不知道干什么好。南星，那个广东胖小子，一眼看见小坡的火车，忽然小铜钟似的说了话："咱们坐火车玩呀！我来开车！"说着他便把火车抱起来，大有不再撒手的样儿。

"往吉隆坡开！"小坡只好把火车让给南星，因为他——南星——真坐过火车，而且在火车上吃过一碗咖喱饭。坐过火车的自然知道怎么驶车，所以小坡只好退步。

两个印度小男孩的父亲在新加坡车站卖票，于是他们喊起来：

"这里买票！"

（现在他们全说马来话——南洋的"世界语"。）大家全拔了一根兔儿草当买票的钱。

"等一等！人太多，太乱，我来当巡警！"小坡当了巡警，上前维持秩序，"女的先买！"

小妞儿们全拿着兔儿草过来，交给两个小印度。他们给大家每人一个树叶当作车票。

大家都有了车票，两个卖票的小印度也自己买了票——他们自己的左手递给右手一根草，右手给左手一个树叶。

他们全在南星背后排成两行。他扯着脖子喊了一声："门！——"然后两腿弯弯着，一手托着火车，一手在身旁前后的抡动，脚擦着地皮，嘴中"七咚七咚"的响。开车了！

后面的旅客也全弯弯着腿，脚擦着地，两手前后抡转，嘴中"七咚七咚"，这样绕了花园一圈。

"吃咖喱饭呀！不吃咖喱饭，不算坐过火车！"驶车的在前面嚷。

于是大家改为一手抡动，一手往嘴里送咖喱饭。这样又绕了花园一遭。

火车越走越快了，南星背后的两个马来小妞儿，裙子又长，又没有多大力气，停止了争论谁是姐，谁是妹；喘着气问："什么时候才能到呢？"

"离吉隆坡还远着呢！到了的时候，我自然告诉你们。"小坡在后面喊。

"什么？到吉隆坡去？刚才买的票只够到柔佛去的！"两个小印度很惊异的说，"没有别的法子，只好还得补票。"说着他们便由车上跳下来，跟大家要钱。都没带钱，只好都跳下去，到墙根去拔兔儿草。南星一个人托着火车，口中"七咚七咚"的，绕了花园一遭。

火车还跑着，大家不知道怎么股子劲儿，又全上去了。

车跑得更快了！马来小姑娘撩着裙子，头上的小髻向前杵杵着，拼命的跑。到底被裙子一裹腿，两个一齐朝前跌下去，正压在驶车的背上。后面的旅客也一时收不住脚，都自自然然的跌成一串；可是口中还"七咚七咚"的响。仙坡的辫子缠在马来小妞的腿上，脚后跟正顶住印度小姑娘的鼻子尖；但是不管，口中依旧念着"七咚七咚"。

"改成货车啦！就这么爬吧！"小坡出了主意。他看见过：客车是一间一间的小屋子，货车多半是没有盖儿的小矮车。那么，大家现在跌在地上，矮了一些，当然正好变作货车。

南星又"门！——"了一声，开始向前爬，把火车也扔在一边。大家在后面也手脚齐用的跟着。

小猫二喜也来了，跟在后面。她比他们跑得轻俏了，一点也不吃力。

小坡不说话，自然永远到不了吉隆坡，因为只有他认识那个地方。（其实他并没到过那里，因为父亲常提那里的事儿，小坡便自信他和吉隆坡很有关系似的。）可是他偏不说，于是大家继续往前爬。

南星忽然看见小坡的"站台"在篱旁放着，他"门！——"了一声，便爬过去。喊了声："到了！"便躺在地上不住的喘气。大家也都倒下，顾不得问到底是不是到了吉隆坡。小坡明知还没有到目的地，可是也没有力量再爬，只好口中还"七咚七咚"的，倒在地上不动。

大家不知躺了好久才喘过气儿来。两个马来小妞儿先站起来了，头上的小髻歪歪在一边，脑门上还挂着许多小汗珠，脸上红红的，更显得好看。她们低声的说："不玩了！坐火车比走道儿还累得慌，从此再也不坐火车了！"

小坡赶紧站起来，拦住她们。虽然是还没到吉隆坡，但是她们既不喜欢再坐火车，只好想些别的玩法吧。她们听了小坡甜甘的劝告，又拉着手儿坐下了。仙坡也抬起头儿问她谁是姐姐，谁是妹妹；于是她们又想起那未曾解决过的问题，忘了回家啦。

"来，说笑话吧！"小坡出了主意。

大家都赞成。南星虽没笑话可说，可也没反对，因为他有个好主意：等大家说完，他再照说一遍，也就行了。

他们坐成一个圆圈，都脸儿朝里，把脚放在一处，许多脚指头象一窝蜜蜂似的，你挤我，我挤你的乱动。"谁先说呢？"小坡问。

没有人告奋勇。

"看谁的大拇脚指头最小，谁就先说。"三多——那个福建小儿——建议。

"对了！"仙坡明知自己的脚小，可是急于听笑话，所以用手遮着脚这样说。

南星也没等人家推举他，就拨着大伙儿的脚指，象老太太挑香蕉似的，检查起来。结果是两个马来小妞的最小，大家都鼓起掌欢迎她们说笑话。

两小姐的脸蛋更红了，你看着我，我瞧着你，不知说什么好，也不知谁应当先说。嘀咕了半天，打算请姐姐先讲，可是根本弄不清谁是姐姐，于是又改成两个一齐说。她们看着地上，手摸弄着腿腕上的镯子，一齐细声细气的说："有一回呀，有一回呀，有一个老虎，"

"不是，不是老虎，是鳄鱼！"

"不是鳄鱼，是老虎！"

"偏不是老虎，是鳄鱼！"

一个非说老虎不行，一个非讲鳄鱼不可。姐妹俩越说越急，头上的小髻都挤到一块，大家只听到："老虎，鳄鱼，鳄鱼，老虎。"

南星鼓起掌来，他觉得这非常好听。平常人们说笑话，总是又长又复杂，钩儿弯儿的，老听不明白。你看她们说的多么清楚：老虎，鳄鱼，没有别的事儿。好！拼命鼓掌！

仙坡恐怕她们打起来，劝她们一个先说老虎，一个再说鳄鱼。她们不听，非一齐说不可；因为她们这两个笑话是一字不差记在心里的；可是独自个来说，是无论怎样也背不上来的。

大家看这个样儿，真有点不好办，全举起手来要说话。及至小坡问他们要说什么，又将手落下去，全一语不发啦。最后还是小坡提议：叫她们姐妹等一会儿再说，现在先请妹妹仙坡说一个。其实仙坡的笑话，他是久已听熟的，但是爱妹妹心切，所以把她提出来。大家也不知究竟听明白没有，又一齐鼓掌。小印度姑娘不懂得怎样鼓掌，用手拍着脚心；心中纳闷：为什么她拍的没有别人那样响亮呢？

仙坡很感激大家鼓掌欢迎她，可是声明：她的嘴很小，恐怕说不好。大家都以为不成理由，而且南星居然想到：嘴小吃香蕉吗，倒许吃得不痛快；说笑话吗，恐怕嘴小比嘴大还好；他自己的嘴很大，然而永远不会说故事。

仙坡很客气的答应了他们，大家全屏气息声的听着。她先扭着头看了看椰树上琥珀色的半熟椰果，然后捻了捻辫上的红绒绳儿，又摸了摸脚背上的小黑痣儿。南星以为这就是说笑话，登时鼓起掌来。小坡有点不高兴，用脚指头夹了南星的胖腿肚子一下，南星赶紧停止了拍掌。

仙坡说了：

"有一回呀，有一只四眼儿虎，"

两个马来小妞，两个印度小儿一齐说了："虎都是两只眼睛！"马来和印度都是出虎的地方，所以他们知道得详细。仙坡把小嘴一撇，生了气："不说了！"

印度小孩觉得有点不好意思，赶紧解说："你说的是两只虎，那自然是四个眼的。"

"呸！偏是一只老虎，四个眼睛！"仙坡的态度很强硬。马来姐妹一齐低声问："四个眼睛都长在什么地方呢？都长在脖子上？"说完，她们都遮嘴，低声笑了一阵。仙坡回答不出，只好瞪了她们一眼。

三多忽然一时聪明，替仙坡说："戴眼镜的老虎便是四眼虎！"

南星不明白话中的奥妙，只觉得糊涂得颇有趣味，又鼓起掌来。

仙坡不言语了。小坡试着想个好听的故事，替妹妹转转脸。不知为什么，除了四眼虎这个笑话，什么也想不起来。

大家请求印度小姑娘说，她也说了个虎的故事，而且只说了一半，把下半截儿忘了。

这时候，大家都想说，可是脑中只有虎，虎，虎，虎，谁也想不出新鲜事儿来。

最后南星自荐，给大家说了一个："有一回呀，有只四眼虎，还有只六眼虎，还有只——有只——七眼虎。"说到六只眼，他的"以二进"的本事完了，只能一只一只往上加了。一直说到"还有只十八眼虎"，再也想不起：十八以后还是五十呢，还是十二呢。想不起，便拉倒，于是他就秃头儿文章，忽然不说了。假如他不是自己给自己鼓掌，谁也想不到他是说完了。

五 还在花园里

南星的笑话说完，不但没人鼓掌，而且两个马来小妞低声的批评：她们向来没听过这样糊涂的故事！南星听见了，虽然没生气，心中可有点不欢喜。糊涂人也有点精明劲儿，这点精明是往往在人家说他糊涂的时候发现，南星也是如此。他想了半天，打算说些绝不带傻气的话，以证明他不"完全"糊涂；他承认自己有"一点"糊涂。他忽然说："我坐过火车！"

这句话叫他的身分登时增高了许多，因为在这一帮小孩中，只他一个人有说这个话的资格。大家自然都看见过火车，可是没有坐过，"看过"和"坐过"是根本不同的；当然不敢出声，只好听着南星说："火车一动，街道，树木，人马，房子，电线杆子就全往后面跑。"

这个话更是叫他们闻所未闻，个个张着嘴发愣，不敢信以为实，也不敢公然反对。

现在南星看出他的身分是何等的优越，心中又觉得有点不安，似乎糊涂惯了，忽然被人钦敬，是很难受的事儿。于是他双手扯着嘴，弄了个顶可怕，又可笑的鬼脸。

大家此时好象受了南星的魔力，赶快都双手扯嘴，弄了个鬼脸；而且人人心中觉到，他们的鬼脸没有南星的那样可怕又可笑。

到底是小坡胆气壮，不易屈服，他脸对脸的告诉南星，他不明白为什么树木和电线杆子全往后退。

"你看，"南星此刻也有点怀疑，到底刚才所说的是否正确。可是话已说出去，也不好再改嘴，"你看，比如这是火车，"他捡起小坡的火车来，托在手上："你们是火车两旁的人马树木，你们全站起来！"

大家依命都站起来。

"看着，"南星说，"这是火车，"火车一走，他往前跑了几步："你们就觉着往后退！"他又往前跑了几步，回过头来问："觉得往后退没有？"

大家一齐摇头！

南星脸红了，结结巴巴的说："来！来！咱们大家当火车，你们看两旁的树木房子退不退！"

他们排成两行，还由南星做火车头，"门！——"了一声，绕了花园一遭。

"看出东西全往后退没有？"南星问，其实他自己也没觉得它们往后退，不过不好意思不这么问一声儿。"没有！没有！"大家一齐喊。两个马来小妞低声儿说："我们倒看见树叶儿动了，可是，或者是因为有风吧！"说完她们叽叽咕咕的笑了一阵。

"反正我坐过火车！"南星没话可说，只好这样找补一句。"他瞎说呢，"两个马来小妞偷偷的对仙坡说，"我们坐过牛车，就没看见东西往后退。"

牛车，火车，都是车，仙坡自然也信南星是造谣言呢。三多想：也许树木和房子怕火车碰着它们，所以往后躲，这也似乎近于情理；但是他没敢发表他的意见。看着大家还排着两行，没事可做，他说了话："咱们当兵走队玩吧！"

大家正想不出主意，乐得的有点事儿做，登时全把手搁在嘴上吹起喇叭来。南星一边儿吹号，一边儿把脚鸭抬起老高，噗嚓噗嚓的走。大家也噗嚓噗嚓的在后面跟着。小坡拔起一根三楞草插在腰间，当作剑；又捡起根竹竿骑上，当马；耀武扬威的做起军官来。

"不行！不行！站住！"小坡在马上下命令，"大家都吹喇叭，没有拿枪当兵的还行吗？"

全部军队都站住，讨论谁吹喇叭，谁当后面跟着的兵。

讨论的结果：大家全愿意吹喇叭，南星说他可以不吹喇叭，但是必须允许他打大鼓。

"我们不能都吹喇叭！"小坡的态度很坚决，"这么着，先叫小姑娘们吹喇叭，我们在后面跟着当兵。然后我们再吹喇叭，叫她们跟着走，这公道不公道？"

小坡的办法有两个优点：尊敬女子和公道。大家当然赞成。于是由仙坡领队，她们全把手放在嘴上，嘀打嘀打的吹起来。

可是，后面的兵士也全把手放在嘴上吹起来。

"把手放下去！"小坡向他们喊。

他们把手放下去了，可是嘴中依然嘀打嘀打的吹着，而且吹得比前面的乐队的声音还大的多。小坡本想惩罚他们中的一个，以示警戒。可是，他细一听啊，好，他自己也正吹得挺响。

走了一会儿，小坡下命换班。

男的跑到前面来，女的退到后边去，还是大家一齐出声，谁也不肯歇着。小坡本来以为小姑娘们容易约束，谁知现在的小妞儿更讲自由平等。

"大家既都愿意吹喇叭，"小坡上了马和大家说，"落得痛痛快快的一齐唱回歌吧！"

唱歌比吹喇叭更痛快了，况且可以省去前后换班的麻烦，大家鼓掌赞成。

"站成一个圆圈，我一举竹竿就唱。"小坡把竹竿——就是刚才骑着的那匹大马——举起，大家唱起来。

有的唱马来歌，有的唱印度曲，有的唱中国歌，有的唱广东戏，有的不会唱扯着脖子嚷嚷，南星是只会一句："门！——"

啊哎吆喝，门！——吆哎啊喝，门！——哎呀，好难听啦，树上的鸟儿也吓飞了，小猫二喜也赶快跑了，街坊四邻的小狗一齐叫唤起来，他们自己的耳朵差不多也震聋了。

小坡忽然想起：陈妈在楼上睡觉，假如把她吵醒，她一定要对妈妈说他的坏话。他赶紧把竹竿举起，叫大家停住。他们正唱得高兴，哪肯停止；一直唱（或者应该说，"嚷"）下去，声儿是越来越高，也越难听。唱到大家都口干舌燥，嗓子里冒烟，才自动的停住。停住之后，南星还补了三四声"门！——"招得两个马来小妞说：设若火车是她们家的，她们一定在火车头上安起一架大留声机来，代替汽笛——天下最难听的东西！

幸而陈妈对睡觉有把握，她始终没醒；小坡把心放下去一些。

歇了一会儿，大家才彼此互问："你刚才唱的是什么？"

"你听我唱的好不好？"

"我也不知道我唱的是什么。你唱的我一点也没听见！"大家这么毫不客气的回答。

大家并不觉得这样回答有什么不对的地方，本来吗，唱歌是要"唱"的，谁管别人听不听呢。

又没事可做了！有的手拍脑门，有的手按心口，有的撩着裙子，有的扯着耳朵，大家想主意。主意本来是很多的，但是一到想的时候，便全不露面儿了。想了半天，大家开始彼此问："你说，咱们干什么好？"

"我们'打倒'吧？"小坡提议。

"什么叫'打倒'呢？"大家一齐拥上前来问。

据小坡的经验，无论开什么会，演说的人要打算叫人们给他鼓掌，一定得说两个字——打倒。无论开什么会，听讲的人要拍掌，一定是要听到两个字——打倒。比如学校里欢迎校长吧，学生代表一喊打倒，大家便鼓起掌来。比如行结婚礼吧，证婚人一说打倒，便掌声如雷。这并不是说，他们欢迎校长，而又想把他打出去；他们庆贺人家白头偕老，又同时要打新郎新妇一顿；这不过是一种要求鼓掌的记号罢了。

不但社会上开会如此，就是小坡的学校内也是如此。三年级的学生喊打倒，二年级的小姑娘也喊打倒，幼稚园的胖小子也喊打倒。先生不到时候不放学，打倒。妈妈做的饭不好吃，打倒。好象他们这一辈子专为"打倒"来的，除了他们自己，谁都该打倒。最可笑的是，小坡看出来，人人喊打倒，可是没看见过谁真把谁打倒。更奇怪的是：不真打，人们还真不倒。小坡有点不佩服这群只真嚷嚷，而不真动手的人们。

小坡的计划是：去搬一只小凳当讲台，一个人站在上边，作为讲演员。他一喊打倒，下面就立起一位，问：你是要打倒我吗？台上的人一点头，登时跳下台去，和质问的人痛打一番。讲演人战胜呢，便再上台去喊打倒，再由台下一人向他挑战。他要是输了呢，便由战胜者上台去喊打倒。如此进行，看最后谁能打倒的顶多，谁就算赢了；然后由大家给他一点奖品。

南星没等说完，已经把拳头握好，专等把喊打倒的打倒。两个小印度也先在自己的胸上捶了两拳，作为接战的预备。三多也把暑凉绸褂子脱了，交给妹妹拿着。

两个马来小妞儿一听他们要打架比武，吓得要哭。仙坡虽然胆子大一些，但是声明：男和女打不公道。印度小姑娘主张：假如非打不可，那么就三个女的打一个男的，而且女的可以咬男子的耳朵。三多的妹妹没说什么，心中盘算：大家要打成一团的时候，她便把哥哥的褂子盖在头上，藏在花丛里面。

南星虽然凶猛非常，可是听到她们要咬耳朵，心中未免有点发嘀咕：设若他长着七八十来只耳朵呢，咬掉一个半个也原不算什么。可是一个人只有两只——他摸了摸耳朵，确是只有一对儿！——万一全咬下去，脑袋岂不成了秃球！他傻子似的看着小坡，小坡到底有主意：女子不要加入战团，只要在远处坐着，给他们拍掌助威。

大家赞成这个办法。女子坐在一边，专等鼓掌。小坡搬了一只小矮凳来，怕南星抢他的，登时便跳上去。

小坡的嘴唇刚一动，南星便蹿过去了；他以为小坡一定要说打倒的。谁知小坡并没那么说，他真象个讲演家似的，手指着天上："诸位！今天，哥哥（*有仙坡在座，他自然要自称哥哥，虽然他常听人们演说的时候自称"兄弟"*）要——打倒！"

"你要打倒我吗？"下面四位英雄一齐喊。

小坡原是主张一个打一个的，可是一见大家一齐来了，要一定主持原议，未免显着太不勇敢。于是他大声喝道："就是！要打你们一群！"

这一喊不要紧，简直的象拆了马蜂窝了，大家全吼了一声，杀上前来。

两个小印度腿快，过来便一人拉住小坡一只胳臂。南星上来便搂他的腿。三多抡圆了拳头，打在自己头上，把自己打倒。小坡拼命往外抽胳臂，同时两脚叉开，不叫南星搂住。

仙坡一看三个打一个，太不公平，捋了一把树叶，往南星背上扔；可是无济于事，因为树叶打人是不疼的。两个马来小妞害怕，遮着眼睛由手指缝儿往外看，看得分外清楚。印度小姑娘用手拍脚心，鼓舞他们用力打。三多的妹妹看见哥哥自己打倒了自己，过去骑在他身上，叫他当黄牛。

小坡真有能耐，前抡后扯，左扭右晃，到底把胳臂抽出来。南星是低着头，专攻腿部，头上挨了几拳，也不去管，好象是已把脑袋交给别人了似的。他本来是搂着小坡的腿，可是经过几次前后移动，也不知是怎回事，搂着的腿变成黑颜色了。好吧，将错就错，反正摔谁也是一样，一使劲，把小印度搬倒了一个。这两个滚成一团，就手儿也把小坡绊倒。于是四个人全满地翻滚，谁也说不清哪个是自己的手脚，哪个是别人的；不管，只顾打；打着谁，谁算倒运；打着自己，也只好算着。

打着打着，南星改变了战略：用他的胖手指头钻人们夹肢窝和大腿根的痒痒肉。大家跟着都采用这个新战术，哎呀！真痒痒！都倒在地上，笑得眼泪汪汪，也没法再接着作战。笑声刚住，肋骨上又来了个手指头，只好捧着肚子再笑。刚喘一口气，脚心上又挨了一戳，机灵的一下子，又笑起来。小姑娘们也看出便宜来，全过来用小手指头，象一群小毛毛虫似的，痒痒出出，痒痒出出，在他们的胸窝肋骨上乱串。他们满地打滚，口中一劲儿央求。

"谁赢了？"三多忽然喊了一声。

大家都忽然的爬起来，捧着肚子喘气，刚喘过气来，大家一齐喊："我赢了！"

"请仙坡发给奖品！"小坡说。

仙坡和两个马来小妞嘀咕了半天，然后她上了小凳手中拿着一块橘皮，说：

"这里是一块黄宝石，当作奖品。我们想，"她看了两个马来小妞一眼，"这个奖品应当给三多！"

"为什么？没道理！"他们一齐问。

"因为："仙坡不慌不忙的说，"他自己打倒自己，比你们乱打一回的强。他打倒自己以后，还背着妹妹当黄牛，又比你们好。"她转过脸去对三多说："这是块宝石，很娇嫩的，你可好好的拿着，别碰坏了！"

三多接过宝石，小姑娘们一齐鼓掌。

"不公道！"两个小印度嚷。

"不明白！"南星喊。

"分给我一半！"小坡向三多说，跟着赶紧把妹妹背起来，"我也爱妹妹，当黄牛，还不分给我一半？"

南星一看，登时爬在地上，叫小印度姑娘骑上他："也分给我一半！"

两个小印度慌着忙着把两个马来小妞背起来。

三多的妹妹在三多的背上说："不行了！太晚了！"

"不玩了！"南星的怒气不小。

"不玩了？可以！得把我们背回家去！"小姑娘们说。

他们一人背着一个小姑娘，和小坡兄妹告辞回家。

六 上学

要是学校里一年到头老放假，这一年的光阴要过得多么快活，多么迅速；你看，年假一个来月过得有多么快，还没玩耍够呢，又到开学的日子了！不知道先生们为何这样爱教书，为什么不再放两三个月的假，难道他们不喜欢玩耍吗？哪怕再放"一"个月呢，不也比现在就上学强吗？小坡虽然这么想，可是他并不怕上学。他只怕妹妹哭，怕父亲生气；此外，他什么也不怕，没有他不敢做的事儿。开学就开学呗，也跟做别的游戏一样，他高高兴兴的预备起来。由父亲的铺中拿来七八支虫蚀掉毛，二三年没卖出去的毛笔。父亲那里不是没有好笔，但是小坡专爱用落毛的，因为一边写字，一边摘毛，比较的更热闹一些。还拿来一个大铜墨盒，不为装墨，是为收藏随时捡来的宝贝——粉笔头，小干槟榔，棕枣核儿，等等。

父亲给买来了新教科书，他和妹妹一本一本的先把书中图画看了一遍。妹妹说：这些新书不如旧的好，因为图画不那么多了。小坡叹了口气说：先生们不懂看画，只懂看字，又有什么法儿呢！

东西都预备好了，书袋找不到了。小坡和妹妹翻天捣洞的寻觅，连洗脸盆里，陈妈的枕头底下都找到了，没有！最后他问小猫二喜看见了没有，二喜喵了一声，把他领到花园里，哈哈！原来书袋在花丛里藏着呢。拿起一看，里面鼓鼓囊囊的装着些小棉花团，半个破皮球，还有些零七八碎的；原来二喜没有地方放这些玩艺儿，借用小坡的书袋做了百宝囊。他告诉了妹妹这件事，他们于是更加喜爱二喜。小坡说：等父亲高兴的时候，可以请求他给买个新书袋，就把这个旧的送给二喜。妹妹说：简直的她和二喜一人买个书袋，都去上学也不坏。可是小坡说：学校里有一对小白老鼠，要是二喜去了恐怕小鼠们有些性命难保！这个问题似乎应该等有工夫时，再详加讨论。

由家里到学校有十几分钟便走到了。学校中是早晨八点钟上课，哥哥大坡总在七点半前后动身上学。可是小坡到六点半就走，因为妹妹每天要送他到街口，然后他再把妹妹送回家，然后她再送他到街口，然后他再把妹妹送回来。如此互送七八趟，看见哥哥预备好了，才恋恋不舍的把妹妹交给母亲，然后同哥哥一齐上学。

有的时候呢，他和妹妹在附近走一遭，去看南星，三多，和马来小妞儿们。小坡纳闷：为什么南星们不和他在一个学校念书；要是大家成天在一块儿够多么好！不行，大家偏偏分头去上学，只有早晚才能见面，真是件不痛快的事。还更有不可明白的事呢：大家都是学生，可是念的书都不相同，而且上学的方法也不一样。拿南星说吧，他一月只上一天学。那就是说：每月一号，南星拿着学费去交给先生，以后就不用再去，直等到第二月的一号。听说南星所入的学校里，有一位校长，一位教员，一个听差，和一个学生——就是南星。校长，教员，听差，和南星都在每月一号到学校来。大家到齐，听差便去摇铃，摇得很响。一听见铃声南星便把学费交给校长。听差又摇铃，摇得很响；校长便把南星的学费分给先生与听差。听差又摇铃，摇得很响；校长和先生便出去吃饭。他们走后，南星抢过铜铃来摇，摇得更响；痛痛快快的摇过一阵，便回家去。他第一次入学的时候，拿着第一册国语教科书，现在上了三年的学，还是拿着第一册国语。他的父母说：天下再找不出这样省书钱，省笔墨费的地方，所以始终不许南星改入别的学校。校长和先生呢，也真是热心教育，始终不肯停。

新加坡学校太多，招不来学生，那不是他们的过错。小坡很想也入南星所在的学校，但是父亲不但不允所请，还带手儿说：南星的父亲是糊涂虫！

两个马来小姑娘的上学方法就又不同了：她们的是个马来学校。她们是每天午前十一点钟才上学，而且到了学校，见过先生便再回家。听说：她们的学校里不是先生教学生，是学生教先生。她们所担任的课程是"吃饭"。到十一点钟，她们要不到学校去，给先生们出主意吃什么饭，先生们便无论如何想不出主意来，非一直饿到晚上不可！她们到了学校，见了先生，只要说："今天是咖喱饭和炒青菜。"说着，向先生一鞠躬。先生赶紧把这个菜单写在黑板上。等他写完，她们便再一鞠躬，然后手拉手儿回家去。小坡也颇想入这个学校，因为他可以教给马来先生们许多事情。但是父亲不知为何老藐视马来人，又不准小坡去！

两个小印度是在英文学校念书。学校里有中国小孩，印度小孩等等；还有白脸，高鼻子，蓝眼珠的美国教员，而且教员都是大姑娘。小坡时时想到：我要是换学校啊，一定先入这个英文学校。那里有各样的小孩，多么好玩；况且有白脸，高鼻子，蓝眼珠的教员，而且都是大姑娘！我要是在那里好好念书，先生一喜爱我，也许她们把仙坡请去当教员；仙坡虽然没长着蓝眼珠，但是她反正是姑娘啊！

两个小印度上学的方法也很有趣味：他们是上一天学，休息一天的，因为他们俩交一份儿学费，两个人倒换着上学。今天哥哥去，明天弟弟去。蓝眼珠的先生们认不清他们谁是谁，所以也不知道。到学期考试的时候，哥哥预备英文，弟弟就预备地理，你看这有多么省事！谁能把一大堆书都记住，就是先生们吧，不也是有的教国语，有的教唱歌吗？可见一个人不能什么都会不是？小印度们的办法真有道理，各人抱着一角儿，又省事，又记得清楚。小坡想：假如他披上他那件红绸子宝贝，变成印度，再叫妹子把脸涂黑，也颇可以学学小印度们，一对一天的上学。唉！不好办！父亲准不许他们这样办！一问父亲，父亲一定又说："广东人上广东学校，没有别的可说！"

小坡要是羡慕南星们呀，可是他真可怜三多。三多是完全不上学校，每天在家里跟着个戴大眼镜，长胡子，没有牙的糟老头子，念读写作，一天干到晚！没有唱歌，也没有体操！顶厉害的是：书上连一张图画没有，整篇整本密密匝匝的全是小黑字儿！也就是自己能打倒自己的三多，能忍受这个苦处；换个人哪，早一天喊五百多次"打倒"了！不错，三多比谁都认识的字多。但是他只认识书本上的字，一换地方，他便抓瞎了。比如你一问他街上的广告，铺户门匾上的字，他便低声说："这些字和书本上的不一样大，不敢说！"可怜的三多！

小坡虽然羡慕别人的学校，可是他并不是不爱他所入的学校。那里有二百多学生，男女都有。先生也有十来位，都能不看图就认识字。他们都很爱小坡，小坡也很爱他们。小坡尤其爱他本级的主任先生，因为这位先生说话声音宏亮，而且能在讲台上站着睡觉。他一睡，小坡便溜出去玩一会儿。他醒来大声一讲书，小坡便再溜进来，绝对的不相冲突。六点半了，上学去！背上书袋，袋中除了纸墨笔砚之外，还塞着那块红绸子宝贝，以便随时变化形象。

拉着妹妹走出家门。

"先去看看南星，好不好？"

"好哇。"

绕过一条街，找到了南星。

"上学吗，小坡？"南星问。

"可不是。你呢？"

"我？还没到一号呢。"

"哦！"小坡心中多么羡慕南星！"咱们找三多去吧？"

"别去啦！三多昨儿没背上书来，在门口儿罚站，脑袋晒得直流油儿。我偷偷的给他用香蕉叶子做了个帽子，好！被那个糟老头子看见了，拿起大烟袋，啪！给了我一下子！你看看，这个大包！"

果然，南星的头顶上有个大包，颜色介乎青紫之间！"啊！"小坡很为南星抱不平，想了一会儿，说，"南星，赶明儿咱们都约会好，去把那个糟老头子打倒，好不好？"

"他的烟袋长，长，长着呢！你还没走近他身前，他把烟袋一抡，啪！准打在你的头上！好，我不敢再去！"南星摸着头上的大包，颇有点"一朝被蛇咬，三年怕井绳"的神气。"先去偷他的烟袋呀！"小坡说。

"不行！三多说过：老头子除了大烟袋，还有个手杖呢！老头子常念道：没有手杖不用打算教学！"

"手杖？"仙坡不明白。

"唉，手杖？"南星也不知道什么是手杖，只是听三多说惯了，所以老觉得"似乎"看见过这种名叫手杖的东西。——不敢说一定是什么样儿。

"什么是手杖呢？二哥！"仙坡问小坡。

小坡翻了翻眼珠："大概是个顶厉害的小狗，专咬人们的腿肚子！"

"那真可怕！"仙坡颤着声儿说。

小坡知道这个老头子有些不好惹，他只好说些别的："咱们找小印度去，怎样？"

"已经上学了，刚才从这儿过去的。"南星回答。"反正他们总有一个在家呀，他们不是一对一天轮着班上学吗？"小坡问。

"今天他们学校里开会，有点心，有冰激凌吃。他们所以全去了。

他们说：一个先进去吃，吃完了出来换第二个。这样来回替换，他们至少要换十来回！可惜，我的脸不黑；不然，我也和他们一块去了！点心，冰激凌！哼！"南星此刻对于生命似乎颇抱悲观。

"冰激凌！点心！"小坡，仙坡一齐舔着嘴唇说。

待了半天，小坡说："去看看马来小姑娘们吧？"

"她们也上学了！"南星丧气颓声的说，似乎大家一上学，他简直成了个无依无靠的"小可怜儿"啦。

"也上学啦？这么早？我不信！"仙坡说。

"真的！我还背了她们一程呢！她们说：有一位先生今天早晨由床上掉下来了，不知道怎么再上去好，所以来传集学生们，大家想个好主意。"

"哦！"仙坡很替这位掉下床来而不知怎么再上去好的先生发愁。

"把床翻过来，盖在他身上，就不错；省得上床下床怪麻烦的，"小坡说，待了一会儿，"可是，那要看是什么床啦：藤床呢还可以，要是铁床呢未免有点压得慌！"

"其实在地板上睡也不坏，可以不要床。"仙坡说。"有这样的老师，真是好玩！我赶明儿告诉父亲，也把我送到马来学校去念书，"南星说。

"你要去，我也去。可是你得天天背着我上学！"仙坡说。"可以！"南星很高兴仙坡这样重视他。

"好啦，南星，晚上见！我可得上学啦！"小坡说。"早点回来呀！小坡！咱们还得打一回呀！"南星很诚恳的央求。

"一定！"小坡笑了笑，拉着妹妹把她送回家去。到了家门，哥哥已经走了，他忙着扯开大步，跑向学校去。

七　学校里

到了学校里，小坡的第一件事是和人家打起来了。假如你们知道小坡打架的宗旨，你们或者不至于说他是好勇斗狠，不爱和平了。小坡的打架，十回总有九回半是为维持公道，保护别人呀。尤其是小姑娘们，她们受了别人的欺侮，不去报告先生，总是来找小坡诉苦。小坡虽然还在低年级，可是一见不平的事儿，便勇往直前，不管敌人的胳臂比电线杆子还粗，也不管敌人的腿是铁打的还是铜铸的。打！没有别的可说！人们仗着胳臂粗，身量大，去欺侮人，好，跟他们拼命！

小坡到拼命的时候，确也十分厉害。双手齐抡，使敌人注意上部，其实目的是用脑袋撞敌人的肚子。自然哪，十回不见得有三四回恰好撞上；但是，设若撞上呀，哈！敌人在三天之内不用打算舒舒服服的吃香蕉了！

小坡的头是何等坚硬！你们还记得：他和妈妈上市买东西去，不是他永远把筐子，不论多么沉重，顶在头上吗？再说，闲着没事儿的时候，他还贴着墙根，两脚朝天，用脑袋站着，一站就是十来分钟。有经过这样训练的脑袋，再加以全身力量做后盾，不要说撞人呀，就是碰在老山羊头上，也得叫山羊害三天头疼！据被撞过的人说，只要小坡的脑门触上你的肚皮，得啦，你的肚皮便立刻贴在脊梁骨上去，不好受！

小坡对于比自己身量矮，力气弱的呢，根本不屑于这么费"脑力"——脑袋的力量，他只要手拍脑门，然后一指敌人的肚子，敌人便没有别的办法，只好认罪赔情。对于"个子"，力气差不多与小坡相等的，他也轻易不用脑袋；用拳头打胜岂不更光荣，也显着不占便宜啊。到底是小坡，什么事都讲公道！

还有一类小孩呢，好欺侮人，又不敢名正言顺的干，偷偷摸摸的占小便宜儿；被人指出过错来，不肯认罚；听人家跟他挑战，便赶紧抹着泪去见老师。小坡永远不跟这样的小鬼儿宣战，只是看见他们正在欺侮人的时候，过去就是一拳，打完再说。被打的当然去告诉先生，先生当然惩罚小坡。小坡一声不出，低头领受先生的罚办。他心里说：反正那一拳打得不轻！至少叫你三天之内不敢再欺侮人！

"操场的树后面见！"是正式挑战的口号。

这个口号包括着许多意思：操场东边有一排密匝匝的小山丹树，剪得整整齐齐的，有三尺多高。这排红花绿叶的短墙以后，还有块空地。有几株大树把这块地遮得绿荫荫的，又凉爽，又隐蔽，正好作为战场。到这儿来比武的，目的在见个胜负，事前事后都不准去报告先生们的。打完了的时候，胜家便说："完了，对不起呀！"败将也随着说："完了，对不起呀！"假如不分胜负，同时倒在地上，便喊个一，二，三，一齐说："完了，对不起呀！"这样说，虽是打了架，而根本不伤和气。所以小坡虽常常照顾这块地方，可是并没和谁结下仇恨。

现在我们应当低点声儿说了！小坡，这样可爱的一个小孩儿，原来也有时候受贿赂，替人家打架。

"小坡，替我和王牛儿打一回吧！他管我父亲叫大洋狗！"一个小魔鬼手里握着五张香烟画儿，"打倒王牛儿，这全是你的，保管全是新的！"

小坡一劲儿摇头，可是眼睛盯着小魔鬼的手。

小魔鬼递过一张来。

小坡迟疑了一会儿，接过来了，舍不得再交还回去，果然是骨力硬整，崭新的香烟画！

"你先拿着那张，打赢了之后再给这四张！"小魔鬼张开手，不错，还有四张，看着特别的可爱。

"输赢总得给我？"小坡的灵魂已经被小魔鬼买了去！"打输了哇？吹！打赢了？给！你常打胜仗，是不是？"小魔鬼的话说得甜美而带力量。

"好了，什么时候？"小坡完全降服了。

"下了第二堂，操场后面。"

"好吧，那儿见！"小坡把画儿郑重的收好，心中十分得意。

时间到了，大家来到大树底下。

打！哎呀，自己的脑袋没有热力贯着，一撞就撞了个空。拳头也只在空气中瞎抡，打不着人。敌的拳头雨点般打来，打在身上分外的疼。而且好象拳拳打在小坡的良心上了！只觉得疼，鼓不起勇气来！心中越惭愧，手脚越发慌。每拳打在身上都似乎是说：要人家的洋画，不要脸！哪！……结果，被人家打倒在地！王牛儿得意扬扬的说："完了，对不起呀！"小坡含羞带愧的说："完了，对不起呀！"

呸！呸！呸！——小魔鬼的声音！

以后再也不这样干了，多么丢脸！为争公道的时候，打得多么有力气，打输打赢都是光荣的；为几张香烟画打的时候，头和豆腐一样软，而且心里何等的难过！况且事后一打听，原来是小魔鬼先说：王牛儿的姐姐长得象只小老鼠，王牛儿才反口说他父亲象大洋狗。

"小坡！"后来又有一个小魔鬼捧着一把各色的花蛤壳，"你和李三羊打……"

小坡没等他说完，手遮着眼睛就跑开了。

我们往回说吧。小坡进了校门正问看门的老印度，在新年的时候吃了什么好东西，听了什么好笑话。背后来了个小妞儿，拉了他一把。回头一看，原来是同班的小英。她满脸是泪，连脑门上都是泪珠，不晓得她怎么会叫眼泪往上流。"怎么了？小英！"

小英还是不住的抽搭，嘴唇张了几次，吃进去许多大咸泪珠，可是说不出话来。

"怎么了，小英；别哭，吃多了眼泪可就吃不下饭去了！"小坡常见妹妹仙坡闹脾气哭喊的时候，便吃不下饭去，所以知道吃眼泪是有碍于饮食的。

小英果然停住哭声，似乎是怕吃不了饭。她委委屈屈的说："他打我！"

"谁？"小坡问，心中很替小英难过。

"张秃子！打我这儿！"小英的手在空中随便指了一指。

小坡看了看小英的身上，并没有被打的痕迹。或者张秃子打人是不留痕迹的，也未可知。反正小英的眼泪是真的，一定是受了委屈。

"他还抢去一只小船，张秃子！"小英说。

小坡有点发糊涂：还是那只小船叫张秃子呢？还是张秃子抢去小船？

"小船？"他问。

"纸折的小船，张秃子！"

小坡决定了：这一定是张秃子（人），抢去张秃子（小船）。

"你去告诉了先生没有？"

"没有！"这时小英的泪已干了，可是用小指头在眼睛上抹了两个黑圈。

"好啦，小英，我去找张秃子把小船要回来。"小坡说着，撩起老印度的裙子给小英擦了擦脸。老印度因为开学，刚换上一条新裙子，瞪了小坡一眼。

"要回小船还不行！"小英说。

"怎么？"

"你得打他！他打了我这儿，张秃子！"小英的手指又在空中指了一指。

"小英，他要是认错儿，就不用打他了。"小坡的态度很和平。

"非打他不可！张秃子！"

小姑娘们真不好惹！小坡还记得：有一回妹妹仙坡说，拉车的老牛故意瞪了她一眼，非叫他去打牛不可。你说，万一老牛真有意打架，还有小坡的好处吗？经过长时间的辩论，不行，妹妹是"一把儿死拿"，一点儿不退步。最后小坡急中生智，在石板上画了只老牛，叫妹妹自己去打，算是把这斗牛的危险躲过去了。

"好啦，小英，咱们先上教室去吧。"

小英和小坡刚进了讲堂，迎面正好遇见张秃子。张秃子一看小坡拉着小英的手，早明白了其中的故典儿，没等小坡开口，他便说了：

"操场的树后面见哪，小坡！"

"什么时候？"小坡问。

"现在就走！你敢不敢？"张秃子的话有些刺耳。

"你先去，等我把衣裳脱了。"小坡穿着雪白的新制服，不敢弄脏。脱了上身，挂在椅子上，然后从书袋中掏出红绸宝贝，围在腰间，既壮威风，又省得脏了裤子。

"小英，你看我一围上这个宝贝，立刻就比张秃子还高了许多，是不是？”

“真的！”小英一看小坡预备到战场去，拍着两只小手，连话也说不出了。

大树底下，除张秃子与小坡之外，还有几个参观的，都穿着新制服，坐在地上看热闹。

由树叶透进的阳光，斑斑点点射在张秃子的秃头上，好象个带斑点的倭瓜，黄腊腊儿的带着些绿影儿。张秃子虽然头发不多，力气可是不小。论他的身量，也比小坡高好些；胳臂腿儿也全筋是筋，骨是骨的，有把子笨劲。

可是小坡一点没把这个倭瓜脑袋的混小子放在心里。他手插在腰间，说：

“张秃子，赶快把小英的小船交回去！再待一会儿，可就太晚了！”

张秃子把那只小纸船放在树根下的青苔上，然后紧了紧裤带，又摸了摸秃脑袋，又咽了口气，又舔了舔嘴唇，又指了指青苔上的小纸船，又看了看旁边坐着的参观者，又捏了捏鼻子，这才说：

“打呀！不用费话，你打胜，小船是小英的；你打败，小船归我啦！”

张秃子不但态度强横，对于作战也似乎很有把握。把脚一跺，秃头一晃，吼了一声，就扑上来了。

一看来得厉害，小坡算计好，非用脑袋不足以取胜。他架开敌人的双手，由尾巴骨起，直至头顶，联成一气，照着张秃子的肚子顶去。张秃子也是久经大敌的手儿，早知小坡的“撞羊头”驰名远近，他赶快一吸气，把肚子缩回，跟着便向旁边一偏身，把小坡的头让过去。

小坡每逢一用脑袋，便只用眼睛看着敌人脚步移动，把脖子，脊梁一概牺牲。他见张秃子的脚挪到旁边去了，心中说：“好，捶咱脊背！”

果然，哪当哪当哪，背上着了拳，胸中和口腔里还似乎有些回响。张秃子打人有这样好处：捶人的时候老有声有韵的，哪当哪当哪，五声一顿，不多不少，怪有意思的。

小坡赶快往后退，拉好了尺寸，两手虚晃，头又顶上前去。喝！张秃子的脚又挪开了，头又撞着了空气！哪当哪当哪，背上又挨着五拳。哎呀，脖子上也哪当开了。只好低着头听响儿，一抬头非叫敌人兜着脖子打倒不可。得换些招数了：不往后退，往前死攻，抱住张秃子的腿，给他个短距离的碎撞。好容易得着敌人的胖腿，自己的背上不知哪当了多少次了，牺牲不小！不管，自要抱住他的腿，就有办法了。唉！还是不好，距离太近，撞不上劲来，而背上的哪当哪当哪更响亮了。

"小坡要完！小坡要完！"参观人这样乱说。

小坡有点发急了！

急中生智，忽然放了张秃子的腿，"急溜的"一下，往敌人背后转去。张秃子正扬着头儿捶得有趣，忽然捶空一拳，一低头，唉！小坡没有了。忙着转身，身儿刚转好，哪！肚子好象撞在个大皮球上，可是比皮球还硬一些。"啊！小坡的脑袋！"想起小坡的脑袋来，心中当时失了主心骨儿。两手不往前抢，搁在头上，好象要想什么哲学问题。肚子完全鼓出去，似乎说：来，再撞，果然，哪！我要倒下，他心里想。果然，不幸而言中，晃晃悠悠，晃晃悠悠，脚不触地，向后飞去，耳旁忽忽的颇有风声。咯喳！秃脑瓜扎进山丹树叶里面去了。"完了，对不起呀！"小坡一手摸着脑门，一手搓着脖子说。

"完了，对不起呀！"张秃子的嘴在一朵大红山丹花下面说。

参观的过来，把张秃子从树叶里拉出来。张秃子捧着肚子说："可惜，这些山丹花不很香，不很香！"

小坡从树根下捡起那只小船，绕过山丹树，到操场来找小英。她正在矮树旁边等着呢。

　　"哟！小坡！小坡！我都听见了！你唧唧唧的打张秃子，真解恨！解恨！"小英跺着脚说。

　　"这是你的小船，小英。好好的拿着，别再叫别人抢去！"他把小船交给小英，心里说，"唧唧唧的打张秃子，那敢情好！打张秃子，我脊背上可直发烧！"

　　"可是有一样，张秃子以后也许不敢再欺侮小姑娘了！"小坡自言自语的往教室里走，"你捶得痛快呀，我顶得也不含糊！"

八　逃学

　　先生正教算术，一手提着教鞭，一手捏着粉笔，很快的在黑板上画了两个"7"，然后嗽了一声，用教鞭连敲黑板，大声喊道：

　　"小英！七七是多少？说！"

　　小英立起来，两腿似乎要打嘀溜转，低头看桌上放着的小纸船，半天没言语。

　　"说！"先生又打了个霹雳。

　　小英眼睛慢慢往左右了，希望同学们给她打个手势；大家全低着头似乎想什么重大的问题。

　　"说！"先生的教鞭在桌上拍拍连敲。

　　张秃子在背后低声的说："七七是两个七。"

　　小英还是低着头，说："七七是两个七。"

　　"什么？"先生好似没有听见。

　　"七七是两个七。"小英说，说完，腿一软，便坐下了。坐下又补了一句："张秃子说的！"

　　"啊？张秃子？"先生正想不起怎么办好，听说张秃子，也就登时想起张秃子来了，于是："张秃子！七七是多少！说！快说！"

　　"不用问我，最讨厌'7'的模样，一横一拐的不象个东西！"张秃子理直气壮的说。

　　先生看了看黑板上的"7"，果然是不十分体面。小坡给张秃子拍掌，拍得很响。

"谁拍掌呢？谁？"先生瞪着眼，教鞭连敲桌子。

大家都爱小坡，没有人给他泄漏。可是小坡自己站起来了："我鼓掌来着。先——！"他向来不叫"先生"，只是把"先"字拉长一点。

"你？为什么？"先生喊。

"'7'是真不好看吗！'8'字有多么美：又象一对小环，又象一个小葫芦，又象两个小糖球黏到了一块儿。"小坡还没说完，大家齐喊："我们爱吃糖球！"

"七七是多少，我问你！"先生用力过猛，把教鞭敲断了一节儿。

"没告诉你吗，先——！'7'字不顺眼，说不上来。二八一十六，四八四十八，五八——"

"我问你七七是多少，谁叫你说八！"先生一着急，捏起个粉笔头儿，扔在嘴里，咬了咬，吃下去了。吃完粉笔头，赌气子坐在讲桌上，不住的叨唠："不教了！不教了！气死！气死！"

"二八一十六，四八四十八，五八——"小坡继续着念。大家唏里哗啦，一齐在石板上画"8"。

小坡画了个大"8"，然后把石板横过来，给大家看："对了，'8'字横着看，还可以当眼镜儿。"

大家忙着全把石板横过来，举在面前，"真象眼镜！"

"戴上眼镜更看不真了！"张秃子把画着"8"的石板放在鼻子前面。

"'9'也很好玩，一翻儿就变成'6'。"小坡在石板上画了个"9"，然后把石板倒拿，"变！是'6'不是？"大家全赶快画"9"，赶快翻石板，一声呐喊："变！"有几个太慌了，把石板哗嚓嚓摔在桌子上。

先生没有管他们，立起来，又吃了一个粉笔头。嘴儿动着，背靠黑板，慢慢的睡去。

大家一看，全站起来，把眼闭上。有的居然站着睡去，有的闭着眼慢慢坐下，趴在桌上睡。张秃子不肯睡。依旧睁着眼睛，可是忽然很响的打起呼来。

小坡站了一会儿，轻手蹑脚的往外走。一边走，一边叨唠：

"大家爱'8'，你偏问'7'，不知好歹！找你妈去，叫她打你一顿！"

小坡本来是很爱先生的，可是他们的意见老不相合；他爱"8"，先生偏问"7"；他要唱歌，先生偏教国语。谁也没法儿给他们调停调停，真糟！

走到校外，小坡把这算术问题完全忘掉。心中算计着，干什么去好呢。想不出主意来，好吧，顺着大街走吧，走到哪儿算哪儿。

一边走，一边手脚"不识闲儿"，地上有什么果子皮，烂纸，全象踢足球似的踢到水沟里去！恐怕叫小脚儿老太太踩上，跌个脚朝天。有的时候也试用脚指夹地上的小泥块什么的。近来脚指练得颇灵动；可惜脚指太短了一些，不然颇可以用脚拿筷子吃饭。洋货店门外挂着的皮球也十分可爱，用手杵了一下，球儿左右摆动了半天，很象学校大钟的钟摆。假如把皮球当钟摆多么好，随时拿下来踢一回，踢完再挂上去，岂不是"一搭两用"吗。钟里为什么要摆呢？不明白！不用问先生去，一问他钟摆是干什么的，他一定说：七七是多少？哎呀，还有小乒乓球，洋娃娃，口琴儿等等！可惜都在玻璃柜里，不能摸一摸；只好趴在玻璃盖儿上看着，嘴中叨唠：有钱的时候，买这个口琴！不，还是乒乓球好，没事儿和妹妹打一回，准把妹妹赢了；可是也不要赢太多了，妹妹脸皮儿薄，输多了就哭。还是长大了开个洋货店吧！什么东西都有：小球儿，各种的小球儿；口琴儿，一大堆；粉笔，各种颜色的；油条，炸得又焦又长；可是全不卖，自己和妹妹整天拿着玩，这够多么有趣；也许把南星找来一块儿玩耍；南星啊，一定光吃油条，不干别的！

旁边的鸡鸭店挂着许多板鸭，小烧猪，腊肠儿，唉，不要去摸，把烧猪摸脏了，人家还怎么吃！"小坡到处讲公德，是不是？"他自己问自己，"公德两个字怎么写来着？"……"又忘了！"……"想起来了！"……"哼，又忘了！"

慢慢的走到大马路。有一家茶叶铺是小坡最喜爱的。小徒弟们在柜台前挑捡茶叶，东一拱箩，西一竹篓，清香的非常好闻。玻璃柜中的茶叶筒儿也很美丽，方的，圆的，六棱儿的，都贴着很花哨的纸，纸上还画着花儿和小人什么的。小坡每逢走到这里，一定至少要站十来分钟。

这个还有点奇怪的地方，每逢看见这个茶叶店，便想起：啊，哥哥大坡一定是在这里被妈妈捡去的！这条大街处处有水沟，不知道为何只有此处象是捡哥哥的地方。他往水沟里看了看，也许又有个小孩在那里躺着。没有，可是有个小青蛙，团着身儿不知干什么玩呢。"啊，大概哥哥也是小青蛙变的！小蛙，上这儿来，我带你看妈妈去！"小坡蹲在沟边上向小蛙点头。来了一股清水，把小青蛙冲走了，可惜！

咚，咚，咚，咚，由远处来了一阵鼓声。啊！不是娶新娘，便是送殡的！顶好是送殡的，那才热闹！小坡伸着脖子往远处看，心中噗咚噗咚的直跳，唯恐不是送葬的。而且就是出殡，也还不行；因为送殡的有时完全用汽车，忽——一展眼儿就跑过去，有什么好看！小坡要看的是前有旗伞执事，后有大家用白布条拉着的汽车，那才有意思。况且没有旗伞的出殡的，人们全哭得红眼妈似的，看着怪难过。有旗伞执事在街上慢慢走的呢，人人嘻皮笑脸的，好似天下最可乐的事就是把死人抬着满街走。那才有意思！

"哎呀，好天爷！千万来个有旗伞执事的！"小坡还伸着脖子，心中这样祷告。

咚，咚，咚，咚，不是一班乐队呀，还有"七擦"，"七擦"的中国吹鼓手呢！这半天还不过来，一定是慢慢走的！

等不得了，往前迎上去。小坡疯了似的，撒腿就跑，一气跑出很远。

可了不得，看，那个大开路鬼哟！一丈多高，血红的大脸，眼珠儿有肉包子大小，还会乱动！大黑胡子，金甲红袍，脚上还带着小轮子！一帮小孩子全穿着绿绸衣裤，头戴蛤壳形的草帽，拉着这位会出风头，而不会走路的开路鬼。小坡看着这群孩子，他嘴里直出水，哈！我也去拉着那个大鬼，多么有趣哟！

开路鬼后面，一排极瘦极脏的人们，都扛着大纸灯，灯上罩着一层黄麻。小坡很替这群瘦人难过，看那个瘦老头子，眼看着就被大灯给压倒了！

这群瘦灯鬼后面是一辆汽车，上面坐着几个人，有的吹唢呐，有的打铜锣，有的打鼓。吹唢呐的，腮帮儿凸起，象个油光光的葫芦。打锣的把身子探在车外，一边笑，一边当当的连敲，非常得意。小坡恨不得一下子跳上车去，当当的打一阵铜锣！

汽车后面又是一大群人，一人扛着一块绸子，有的浅粉，有的淡黄，有的深蓝，有的葱心儿绿，上面都安着金字，或是黑绒剪的字。还有一些长白绸子条，上面的字更多。小坡想不出这都是干什么的，而且一点"看头儿"也没有。把大块很好的绸子满街上摆着，糟蹋东西！拿几块黑板写上几个"7"，或是画上两只小兔，岂不比这个省钱！小坡替人家想主意。也别说，大概这许是绸缎店的广告队？对了，电影院，香烟庄都时常找些人，背着广告满街走，难道不许人家绸缎铺也这么办吗！小坡你糊涂！小坡颇后悔他的黑板代替绸子的计划。

啊，好了！绸子队过去了！又是一车奏乐的，全是印度人。他们是一律白衣白裙，身上斜披大红带，带子上有些绣金的中国字。小坡认不清那是什么字，过去问老印度。老印度摇头，大概也不认识。

"不认识字，你们倒是吹喇叭呀！"小坡说。

印度们不理他，只抱着洋喇叭洋号，仰头看着天。

汽车后面有一个打白旗的，襟上带着一朵花儿，一个小红缎条，小坡不知道这个人又是干什么的。只见他每一举旗的时候，前面的绸子队便把绸子扛得直溜一点，好象大家的眼睛全往后瞭着他似的。有的时候，他还骂街，骂得很花哨，前面的绸子队也不敢还言。小坡心里说，这个人一定是绸缎庄的老板，不然，他怎么这样威风呢。

后面又是一辆没篷的汽车，车里坐着个老和尚，闭着眼一动也不动。小坡心里说："这必定是那位死人了！"继而一看，这位老和尚的手儿一抬，往嘴送了一牙橘子。小坡明白了，这不是死人，不过装死罢了。他走过去把住车沿，问："橘子酸不酸呀？"老和尚依然一动也不动。小坡没留神，车前面原来还有两个小和尚呢。他们都是光头未戴帽，脑袋晒得花花的流油。他们手打问心，齐声"呸"了小坡一口。小坡瞪了他一眼，说：

"操场后面见！"

小和尚们不懂，依旧打着问心，脑袋上花花的往下流油。这辆后边，还有一车和尚，都戴黑僧帽，穿着蓝法衣，可是法衣上有许多口袋，和洋服一样。他们都嘟囔着，好象是背书。小坡想出来了：前面的老和尚一定是先生，闭着眼听他们背书。不知道背错了挨打不挨？

这车背书的和尚后面，又有一辆大汽车，拉着一大堆芭蕉扇儿，和几桶冰水，还有些大小纸包，大概是点心之类。两个戴着比雨伞还大的草帽的，挑着水桶，到车旁来灌水，然后挑去给人们喝。小坡过去，欠着脚看了看车中的东西。"喝！还有那么些瓶子柠檬水呢！"

"拿一把！"驶车的说。

小坡看前后没人，当然这是对他说了，于是拿了一把芭蕉扇，遮着脑袋。还跟着车走，两个挑水的又回来灌水，小坡搭讪着喝了碗冰水，他们也没向他要钱。哼，舒服多了，冰水喝了，头上还有芭蕉扇遮去阳光，这倒不坏！天天遇见送葬的，岂不天天可以白喝冰水？哼！也许来瓶柠檬水呢！还跟着车走，希望驶车的再说："拿一把！"岂不可以再拿一把芭蕉扇，给妹妹拿回去。可是驶车的不再言语了。后面咚咚的打起鼓来，不得已，只好退到路旁，去看后面还有什么好玩的事儿。

喝！又是一车印度，全是白衣，红裙，大花包头。不得了，还有一车呢；不得了，还有一车呢！三车印度一齐吹打起来，可是你吹你的，我打我的，谁也不管谁，很热闹，真的；但是无论如何不象音乐。

小坡过去，乘着打鼓的没留神，用拳头捶了鼓皮一下，捶得很响。打鼓的印度也不管，因为三队齐吹，谁也听不出错儿来。小坡细一看，哈！有两个印度只举着喇叭，在嘴上比画着，可是不吹。小坡过去戳了他们的脚心一下，两人机灵的一下子，全赶快吹起来。小坡很得意，这一戳会这么有灵验。

三车印度之后，有两排穿黄绸衣裤的小孩，一人拿着个纸人儿。纸人的衣裳很漂亮，可惜脸上太白，而且脑袋全左右前后乱转。小坡也试着转，哼，怎么也把脸转不到后面去；用手使力搬着，也不行！算了吧，把脸转到后面去，万一转不回来，走路的时候可有点麻烦！

纸人队后面，更有趣了，一群小孩头上套着大鬼脸，一路乱跳！有一个跳着跳着，没留神，踩上一块香蕉皮，大爬虎似的倒在地上，把鬼脸的鼻子摔下一块去。哎，戴鬼脸到底有好处，省得摔自己的鼻子！

又是辆大汽车，上边扎起一座松亭。亭上挂满了花圈，有的用鲜花做的，有的用纸花做的。小坡纳闷：这些圈儿是干什么的呢？花圈中间，有一张大像片，是个乌漆巴黑的瘪嘴老太太。小坡又不明白了：这张像片和出葬有什么关系呢？摆出来叫大家看？一点不好看哪！不明白，死人的事儿反正与活人不同，不用管，看着吧！

啊哈！更有趣了！七八十，至少七八十人，都是黑衣黑裤，光着脚。一人手中一条白布带，拉着一辆老大老大的汽车。一个老印度驶车，可是这群人假装往前拉。小坡笑起来了：假如老印度一犯坏主意，往前忽然一赶车，这群黑衣人岂不一串跌下去，正象那天我们开火车玩，跌在花园中一样？那多么有趣！小坡跺着脚，向老印度打手势，低声而恳切的说："开呀！往前开呀！"老印度偏不使劲开。"这个老黑鸟！糊涂！不懂得事！"

车上扎着一座彩亭，亭中放着一个长方的东西，盖着红绸子，看不出到底是什么。亭上还站着一对小孩，穿着彩衣，可是光着头，晒得已经半死了。小坡心里说：大概这两个小孩就是死人，虽然还没死，可是等走到野外，也就差不多了！多么可怜！

车后面有四五个穿麻衣，麻帽，麻鞋的，全假装往前推着汽车。他们全低着头，可是确是彼此谈笑着，好象这样推车走很好玩似的。他们的麻衣和林老板的夏布大衫一样长，可是里边都是白帆布洋服。有一个年纪青的，还系着根红领带，从麻衣的圆大领上露出来。

这群人后面，汽车马车可多了！一辆跟着一辆，一辆跟着一辆，简直的没有完啦！车中都坐着大姑娘，小媳妇，老太太，小妞儿，有的穿麻衣，有的穿西装，有的梳高髻，有的剪着发，有的红着眼圈，有的说说笑笑，有的吸着香烟，有的吃着瓜子，小妞儿是一律吃着洋糖，水果，路上都扔满了果皮！喝！好不热闹！

小坡跟着走，忽然跑到前面看印度吹喇叭，忽然跑到后边看小孩儿们跳鬼。越看越爱看，简直的舍不得回学校了！回去吧？再看一会儿！该回去了？可是老印度又奏起乐来！

走着走着，心中一动！快到小坡了！哎呀，万一叫父亲看见，那还了得！父亲一定在国货店门外看热闹，一定！快往回跑吧！等等，等他们都走过去，"再向后转走！"拿着芭蕉扇立在路旁，等一队一队都走过去，他才一步一回头的往回走。

"到底没看见死人在哪儿装着！"他低着头想，"不能藏在乐队的车上！也不是那个老和尚！在哪儿呢？也许藏在开路大鬼的身里？说不清！"

"无论怎样吧，出殡的比什么都热闹好玩。回家找南星们去，跟他们做出殡玩，真不错！"

九 海岸上

设若有人说，小坡是个逃学鬼儿，我便替小坡不答应他！什么？逃学鬼儿？哼，你以为小坡不懂得用功吗？小坡每逢到考试的时候，总考得很好咧！再说，就是他逃学的时候，他也没做坏事呀！就拿他看瘆说吧，他往学校走的时候，便做了件别个小孩子不肯做的好事。那是这么一档子事：他不是正顺着大马路走吗，唉，一眼看见个老太太，提着一筐子东西，累得满头是汗，吁吁带喘。小坡一看，登时走过去，没说什么，抢过筐子便顶在头上了。

"在哪儿住哇，老太太？"

老太太一看小坡的样儿，便知道他是个善心的孩子，喘着说：

"广东学校旁边。"

"好啦，跟着我走吧，老太太！"小坡顶着筐子，不用手扶，专凭脖子的微动，保持筐子的平稳。两脚吧唧吧唧的慢慢走，因为老太太走道儿吃力，所以他不敢快走。

把老太太领到家门口——正在学校的旁边——小坡把筐子拿下来，交给老太太。

"我怎么谢谢你呢？"老太太心中很不过意，"给你两个铜子买糖吃？还是给你一包瓜子儿？"老太太的筐中有好几包瓜子。

小坡手，脚，脑袋一齐摇，表示决定不要。老太太是很爱他，非给他点东西不可。

"这么办吧，老太太！"小坡想了一会儿，说，"不用给我东西，赶明儿我不留心把衣裳弄脏了的时候，我来请你给收拾收拾，省得回家招妈妈生气，好不好？你要是上街买东西，看见了我，便叫我一声，我好替你拿着筐子。我叫小坡，是妈妈由小坡的电线杆旁边捡来的。妹妹叫仙坡，是白胡子老仙送给妈妈的。南星很有力量，张秃子也很厉害，可是他们都怕我的脑袋！"小坡拍了拍脑门："妈妈说，我的头能顶一千多斤！我的脑袋不怕别的，就怕三多家中糟老头子的大烟袋锅子！南星头上还肿着呢！"

"哎！哎！够了！够了！"老太太笑着说，"我的记性不好，记不住这么些事。"

"不认识南星？老太太！"小坡问。

老太太摇了摇头，然后说："你叫小坡，是不是？好，我记住了。你去吧，小坡，谢谢你！"

小坡向老太太鞠躬，过于慌了，脑袋差点碰在墙上。

"老太太不认识南星，真奇怪！"小坡向学校里走。

到了学校，先生正教国语教科书的一课——轮船。

看见小坡进来，先生假装没看见他。等他坐好，先生才问：

"小坡，上哪儿啦？"

"帮着老太太拿东西来着，她怪可怜的，拿着满满的一筐子东西！她要给我一包瓜子儿，我也没要！"

"你不爱吃瓜子，为什么不给我带来？"张秃子说。"少说话，张秃子！"先生喊。

"坏秃子！张秃子！"小英还怀恨着张秃子呢。

"不准出声，小英！"先生喊，教鞭连敲讲桌。"听着先生一个人嚷！"大家一齐说。

"气死！哎呀，气死！"先生不住摇头，又吃了个粉笔头儿。吃完，似乎又要睡去。

"小英，先生讲什么呢？"小坡问。

"轮船。张秃子！"小英始终没忘了张秃子。

"轮船在哪儿呢？"小坡问。

"书上呢。张秃子！"

小坡忙掀开书本，哎！只有一片黑字儿，连个轮船图也没有。他心里说，讲轮船不到码头去看，真有点傻！"先——！我到码头上看看轮船去吧！"小坡向先生要求。"先生——！我也去！"张秃子说。

"我也跟小坡去！不许张秃子去！"小英说。

"先生——！你带我们大家去吧！"大家一齐喊。先生不住的摇头："气死！气死！"

"海岸上好玩呀，先——！"小坡央告。

"气死！"先生差不多要哭了。

"先生，那里轮船很多呀！走哇！先生！"大家一齐央告。"不准张秃子去呀，先生！"小英说。

"下午习字课不上了，谁爱看轮船去谁去！哎呀，气死！现在好好的听讲！"先生说。

大家看先生这样和善，允许他们到海岸去，立刻全一声不发，安心听讲。

你们看小坡！喝！眉毛拧在一块儿，眼睛盯着书本，象两把小锥子，似乎要把教科书钻两个窟窿。鼻子也抽抽着一块，好象钞票上的花纹。嘴儿并得很严，上下牙咬着动，腮上微微的随着动。两耳好似挂着条橡皮筒儿，专接受先生的话，不听别的。一手按着书角，一手不知不觉的有时在鼻下搓一阵，有时往下撕几根眉毛，有时在空中写个字。两脚的十指在地上抓住，好象唯恐地板跑了似的。喝！可了不得！这样一用心，好象在头的旁边又长出个新脑袋来。旧头中的南星，三多，送殡，等等事故儿，在新头中全没有地位；新头中只有字，画，书。没有别的。这个新头一出来，心中便咚咚的跳：唯恐听不清先生的话，唯恐记不牢书上的字。这样提心吊胆的，直到听见下堂的铃声，这个新头才唧的一下，和旧头联成一气，然后跳着到操场去玩耍。

下课回家吃饭。吃完，赶快又跑回学校来，腮上还挂着一个白米粒儿。同学们还都没回来，他自己找先生去："先——，我到码头看轮船去了！"

"去吧，小坡！早点回来，别误了上第二堂！"

"听见了，先——！"小坡笑着跑出来。

码头离学校不远，一会儿就跑到了。喝！真是好看！海水真好看哪！你看，远处是深蓝色的，平，远，远，远，一直到一列小山的脚下，才卷起几道银线儿来，那一列小山儿是深绿的，可是当太阳被浮云遮住的时候，它们便微微挂上一层紫色，下面绿，峰上微红，正象一片绿叶托着几个小玫瑰花菁葵。同时，山下的蓝水也罩上些玫瑰色儿，油汪汪的，紫溶溶的，把小船上的白帆也弄得有点发红，好象小姑娘害羞时的脸蛋儿。

稍近，阳光由浮云的边上射出一把儿来，把海水照得碧绿，比新出来的柳叶还娇，还嫩，还光滑。小风儿吹过，这片娇绿便摺起几道细碎而可怜儿的小白花。

再近一点，绿色更浅了，微微露出黄色来。

远处，忽然深蓝，忽然浅紫；近处，一块儿嫩绿，一块儿娇黄；随着太阳与浮云的玩弄，换着颜色儿。世上可还有这样好看的东西！

小燕儿们由浅绿的地方，飞，飞，飞，飞到深蓝的地方去，在山前变成几个小黑点儿，在空中舞弄着。

小白鸥儿们东飞一翅，西张一眼；又忽然停在空中，好象盘算着什么事儿；又忽然一抿翅儿，往下一扎，从绿水上抓起一块带颜色的东西，不知道是什么。

离岸近的地方，水还有点绿色；可是不细看，它是一片油糊糊的浅灰，小船儿来了，挤起一片浪来，打到堤下的黄石上，溅起许多白珠儿。哗啦哗啦的响声也很好听。

渔船全挂着帆，一个跟着一个，往山外边摇，慢慢浮到山口外的大蓝镜面上去。

近处的绿水上，一排排的大木船下着锚，桅杆很高，齐齐的排好，好似一排军人举着长枪。还有几排更小的船儿，一个挨着一个，舱背圆圆的，好象联成一气的许多小骆驼桥儿，又好象一群弯着腰儿的大黑猫。

小轮船儿，有的杏黄色，有的浅蓝色，有的全黑，有的杂色，东一只西一艘的停在那里。有的正上货，哗啦——哗啦，哗——鹤颈机发出很脆亮的响声。近处，哗啦，哗啦，哗——远处，似乎由小山那边来的，也哗啦，哗啦，哗——但是声音很微细。船上有挂着一面旗的，有飘着一串各色旗的。烟筒上全冒着烟，有的黑嘟嘟的，有的只是一些白气。

另有些小船，满载着东西，向大船那边摇。船上摇桨的有裹红头巾的印度，有戴大竹笠的中国人。还有些小摩托船嘟嘟的东来西往，好象些"无事忙"。

船太多了！大的小的，高的矮的，丑的俊的，长的短的。然而海中并不显出狭窄的样儿，全自自然然的停着，或是从容的开着，好象船越多海也越往大了涨。声音也很多，笛声，轮声，起重机声，人声，水声；然而并不觉得嘈杂刺耳；好似这片声音都被平静的海水给吸收了去，无论怎么吵也吵不乱大海的庄严静寂。

小坡立在岸上看了一会儿。虽然这是他常见的景物，可是再叫他看一千回，一万回，他也看不腻。每回来到此处，他总想算一算船的数目，可是没有一回算清过。一，二，三，四，五，……五十。哼，数乱了！再数：一五，一十，十五，十五加五是多少？不这样干了，用八来算吧！一八，二八十六，四八四十八，五八——！嗐！一辈子也记不住五八是多少！就算五八是一百吧，一百？光那些小船就得比一百还多！没法算！

有一回，父亲带他坐了个小摩托船，绕了新加坡一圈儿。小坡总以为这些大船小船也都是绕新加坡一周的，不然，这里哪能老有这么多船呢；一定是早晨开船，绕着新加坡走，到晚上就又回到原处。所以他和南星商议过多少次，才决定了："火车是跑直线的，轮船是绕圈儿的。"

"我要是能跳上一只小船去，然后，哧！再跳到一只大船上去，在船上玩半天儿，多么好！"小坡心里说。说完，在海岸上，手向后伸，腿儿躬起，哧！跳出老远。"行了，只要我能进了码头的大门，然后，哧！一定能跳上船去！一定！"他念念道道的往码头大门走。走到门口，小坡假装看着别处，嘴里哼唧的，"满不在乎"似的往里走。

哼！眼前挡住只大黑毛手！小坡也没看手的主人——准知道是印度巡警！——大拇脚指头一捻，便转过身来，对自己说："本不想进去吗！这边船小，咱到那边看大的去！"他沿着海岸走，想到大码头去："不近哪，来，跑！"心里一想，脚上便加了劲，一直跑到大码头那边。

哼！一，二，三，四，那么些个大门全有巡警把着！他背着手儿，低着头，来回走了几趟。偷眼一看，哼！巡警都看着他呢。

来了个马来人，头上顶着一筐子"红毛丹"和香蕉什么的。小坡知道马来人是很懒的，于是走过去，给他行了个举手礼，说："我替你拿着筐子吧？先生！"

马来人的嘴，裂开一点，露出几个极白的牙来。没说什么，把筐子放在小坡的头上。小坡得意扬扬，脚抬得很高，走进大门。小坡也不知为什么，这样白替人做工，总觉得分外的甜美有趣。

喝！好热闹！卖东西的真不少：穿红裙的小印度，顶着各样颜色很漂亮的果子。戴小黑盔儿的阿拉伯人提着小钱口袋，见人便问"换钱"？马来人有的抱着几匣吕宋烟，有的提着几个大榴莲。地上还有些小摊儿，玩艺儿，牙刷牙膏，花生米，大花丝巾，小铜钮子……五光十色的很花哨。

小坡把筐子放下。马来人把"红毛丹"什么的都摆在地上，在旁边一蹲，也不吆喝，也不张罗，好似卖不卖没什么关系。

小坡细细的把地上的东西看了一番，他最爱一个马来人摆着的一对大花蛤壳儿。有两本邮票也很好玩，但是比蛤壳差多了。他心里说：假如这些东西可以白拿，我一定拿那一对又有花点，又有小齿，又有弯弯扭扭的小兜的蛤壳！可惜，这些东西不能白拿！等着吧，等长大了有钱，买十对八对的！几儿才可以长大呢？……啊！到底是这里，轮船有多么大呀！都是长，长，长的大三层楼似的玩艺儿！看烟筒吧，比老树还粗，比小塔儿还高！

一，二，三，四，……又数不过来了！

看靠岸这只吧！人们上来下去，前后的起重机全哗啦啦的响着，船旁的小圆窟窿还哗哗的往外流水，真好玩！哎呀，怎能上去看看呢？小坡想了一会儿，回去问那个马来人："我拿些'红毛丹'上船里卖去，好不好？"

马来人摇了摇头。

小坡叹了口气，回到大船的跳板旁边去等机会。

跳板旁有两个人把着。这真难办了！等着，只好等着！

不大一会儿，两个人中走去了一个。小坡的黑眼珠里似乎开了两朵小花，心里说："有希望！"慢慢往前凑合，手摸着铁栏杆，嘴中哼唧着。那个人看了他一眼，他手摸着铁栏，口中哼唧着，又往回走；走了几步，又往前凑。又假装扶在铁栏上，往下看海水：喝，还有小鱼呢。又假装抬起头来看船：哼，大船一身都是眼睛，可笑！——他管舱房的小圆窗叫眼睛。他斜着眼看了看那个人，哼！纹丝儿不动，在那里站着，好象就是给他一百个橘子，他也不肯躲开那里！小坡真急了！非上去看看不可！

地上有块橘子皮，小坡眼看着船身，一脚轻轻的推那块皮，慢慢，慢慢，推到那个人的脚后边。

"喝！可了不得！"小坡忽然用手指着天，撒腿就跑。

那个人不知是怎么了，也仰着头，跟着往前跑，他刚一跑，小坡，手还指着天，又跑回来了。那个人，头还是仰着，也赶紧往回跑。噗！嘻——哪！他被橘子皮滑出老远，然后老老实实的摔在地上。

小坡嗞溜的一下，跑上跳板去了。

到了船上，小坡赶快挺直了腰板，大大方方的往里走。船上的人们一看这样体面的小孩，都以为他是新上来的旅客，也就不去管他。你看，小坡心里这个痛快！

哟！船上原来和家里一样啊！一间一间的小白屋子，有床，有风扇，有脸盆架儿。在水上住家，这够多么有意思呢！等着，长大了我也盖这么一所房子，父亲要打我的时候，咦，我就到水房子里住几天来！还有饭厅呢！地上铺着地毯，四面都有大镜子！照着镜子吃饭，看着自己的嘴一张一闭，也好玩！还有理发所呢！在海上剪剪发，然后跳到海中洗洗头，岂不痛快！洗完了头，跑到饭厅吃点咖喱鸡什么的，真自在呀！

小坡一间一间的看，一直看到后面的休息室。这里还有钢琴呢！有几个老太太正在那里写字。啊，这大概是船上的学校，赶紧躲开她们，抓住我叫我写字，可不好受！

转过去，已到船尾。哈，看这间小屋子哟！里面还有大轮子，小棍儿的，咚咚的直响。水房子上带工厂，可笑！我要是盖水房子呀，一定不要工厂：顶好在那儿挖个窟窿，一直通到海面上，没事儿在那里钓鱼玩，倒不错！

小屋的旁边有个小窄铁梯，上去看看。上面原来还有一层楼呢。两旁也都是小屋子，又有一个饭厅……回去告诉南星，他没看见过这些东西。赶明儿他一提火车，我便说水屋子！

看那个铁玩艺儿，在空中忽忽悠悠的往起拉大木箱，大麻口袋。看这群人们这个嚷劲！不知道拉这些东西干什么，但是也很有趣味！

扶在栏杆上看看吧。远处的小山，下面的海水，看着更美了，比在岸上看美得多！开了一只船，闷——闷！汽笛儿叫着。船上的人好象都向他摇手儿呢，他也向他们摇手。看船尾巴拉着那一溜白水浪儿，多么好看！——看那群白鸟跟着船飞，多么有意思！

正看得高兴，背上来了只大手，抓住他的小褂。小坡歪头一看，得！看跳板的那个家伙！那个人一声没发，抓起小坡便走；小坡也一声不发，脚在空中飘摇着，也颇有意味。

下了跳板，那个人一松手，小坡摔了个"芥末蹲"儿。"谢谢你啊！"小坡回着头儿说。

十　生日

　　星期日，小坡早晨起来稍微晚一点。

　　一睁眼，有趣，蚊帐上落着个大花蛾子。他轻轻掀起帐子，蛾子也没飞去。"蛾子，你还睡哪？天不早啦！"蛾子的绒须儿微微动了动，似乎是说："我还得睡一会儿呢！"妹妹仙坡还睡得很香甜，一只小胖脚在花毯边上露着，五个脚指伸伸着，好似一排短圆的花瓣儿。有个血点红的小蜻蜓正在她的小瓣儿上落着。小坡掀起帐子看了看妹妹，没敢惊动她，只低声的说："小蜻蜓，你把咬妹妹的蚊子都吃了吧？谢谢你呀！"

　　他去冲凉洗脸。

　　冲凉回来，妹妹还睡呢。他找来石板石笔，想画些图儿，等妹妹醒了给她看。画什么呢？画小兔吧？不！回回画小兔，未免太贫了。画妹妹的脚？对！他拿着石板，一眼斜了妹妹的脚，一眼看着石板，照猫画虎的画。画完了，细细的和真脚比了一比；不行，赶快擦去吧！叫妹妹看见，她非生气不可。闹了归齐，只画上四个脚指！再补上一个吧，就非添在脚外边不可，因为四个已经占满了地方。

　　还是画小兔吧，到底有点拿手。把脚擦去，坐在床沿上，聚精会神的画。画了又擦，擦了再画，出了一鼻子汗，才画成一只小兔的偏身。两个耳朵象一对小棒槌，一个圆身子，两条短腿儿，一个小嘴，全行了；但是只有一只眼睛，可怎么办呢？要是只画小兔的前脸吗，当然可以象写"小"字似的，画出一个鼻子两只眼。可是这样怎么画兔身子呢？小兔又不是小人，可以在脸下画身子，胳臂，腿儿。没有法子，只好画偏身吧，虽然短着一只眼睛，到底有身子什么的呀！

他抱着石板，想了半天，啊，有主意了！在石板的那边画上一只眼，岂不是凑成两只！对！于是将石板翻过来，画上一只眼，很圆，颇象个小圆糖豆儿。

画完了，把石板放在地板上，自己趴下学兔儿：东闻一闻，西跳一跳，又用手前后的拉耳朵，因为兔耳是会动弹的。跳着跳着把妹妹跳醒了。

"干什么呢，二哥？"仙坡掀起帐子问。

"别叫我二哥了，我已经变成一个小兔！看我的耳朵，会动！"他用手拨弄着耳朵。

"来，我也当兔儿！"仙坡光着脚下了床。

"仙！兔儿有几只眼睛？"

"两只。"仙坡蹲在地上，开始学兔儿。

"来，看这个。"小坡把石板拿起来，给妹妹看，"象不象？"仙坡点头说："真象！"

"再看，细细的看。"他希望妹妹能挑出错儿来。"真象！"仙坡又重复了一句。

"几只眼？"

"一只。"

"小兔有一只眼睛行不行？"他很得意的问。

"行！"

"为什么？"小坡心里说，"妹妹有点糊涂！"

"三多家里的老猫就是一只眼，怎么不行？"

"不行！猫也都应当有两只眼，一只眼的猫不算猫，算——"小坡一时想不起到底算什么。

幸而仙坡没往下问,她说:"非有两只不行吗,为什么你画了一只?"

"一只?谁说的?我画了两只!"

"两只!那一只在哪儿呢?"

"这儿呢!"小坡把石板一翻过儿,果然还有一只圆眼,象个小圆糖豆儿。

"哟!可不是吗!"仙坡乐得把手插在腰间,开始跳舞。小坡得意非常,又在石板上画了只圆眼,说:"仙,这只是给三多家老猫预备的。赶明儿三多一说他的老猫短着眼睛,咱们就告诉他,还有一只呢!他一定问,在哪儿呢?咱们就说,在石板上呢。好不好?"

"好!"仙坡停止了跳舞,"赶明儿我拿着石板找老猫去。见了它,我就说,我就说,"她想了一会儿:"瞎猫来呀!"

"别叫它瞎猫,它不爱听!"小坡忙着插嘴,"这么说,猫先生来呀?"

"对了,我就说,猫先生来呀!没有给你带来什么好吃的,只带来一只眼睛,你看合式不合式?"

"别问它,石板上的眼睛也许太大一点!"小坡说。仙坡拿起石板,比画着说:"请过来呀,瞎——呸,猫先生!它一过来,我就把石板放在它的脸前面。听着!忽——的一声,这只眼便跳上老猫脸上去,老猫从此就有两只眼,你看它喜欢不喜欢!"

"也不一定!"小坡想了想,"万一老猫嫌有两只眼太费事呢?你看,仙,有一个眼也不坏,睡觉的时候,只闭一只,醒了的时候,只睁一只,多么省事!尤其是看万花筒的时候,不用费事闭上一只,是不是?"

"也对!"仙坡说,并没有明白小坡的意思。

"吃粥来——"妈妈的声音。

"仙还没洗脸呢！"小坡回答。

"快去洗！"妈妈说。

"快来，仙！快着！"小坡背起妹妹，去帮着她洗脸。洗了脸回来，父亲母亲哥哥都已坐好，等着他们呢。小坡仙坡也坐下，母亲给大家盛粥。

小坡刚要端碗，母亲说了："先给父亲磕头吧！"

"为什么呢？"小坡问。

"今天是你的生日，傻子！"妈妈说。

"鞠躬行不行？"

"不行！"妈妈笑着说。

"过新年的时候，不是大家鞠躬吗？"小坡问妹妹。妹妹看了父亲一眼。

"非磕头不可呀！新年是新年。生日是生日！养活你们这么大，不给爸爸磕头？好！磕！没话可说！"父亲说，微微带着笑意。

小坡不敢违背父亲的命令，跪在地上，问："磕几个呢？"

"四八四十八个。"仙坡说。

"磕三个吧。"妈妈说。

小坡给父亲磕完，刚要起来，父亲说："不用起来，给妈妈磕！"

小坡又给母亲磕了三个头，刚要起来，哥哥说："还有我呢！"

小坡假装没听见，站起来，对哥哥说："你要是叫我看看你的图画，我就给你磕！"

"偏不给你看！爱磕不磕！"哥哥说。

小坡不再答理哥哥，回头对妹妹说："仙，该给你磕了！"说着便又跪下了。

"不要给妹妹行大礼，小坡！"妈妈笑了，父亲也笑了。"非磕不行，我爱妹妹！"

"来，我也磕！"仙坡也忙着跪在地上。

"咱们俩一齐磕，来，一，二，三！"小坡高声的喊。两个磕起来了，越磕越高兴："再来一个！"

"哎，再来一个！"随磕随往前凑，两个的脑门顶在一处，就手儿顶起牛儿来，小坡没有使劲，已经把妹妹顶出老远去。

"好啦！好啦！快起来吃粥！"妈妈说。

两个立起来，妈妈给他们擦了手，大家一同吃粥。平日的规矩是：粥随便喝，油条是一人一根，不准多拿。今天是小坡的生日，油条也随便吃，而且有四碟小菜。小坡不记得吃了几根油条，心里说：多咱把盘子吃光，多咱完事！可是，忽然想起来：还得给陈妈留两条呢，二喜也许要吃呢！于是对哥哥说：

"不要吃了，得给陈妈留点儿！"

父亲听小坡这样说，笑了笑，说："这才是好孩子！"小坡听父亲夸奖他，心中非常高兴，说："父亲，带我们到植物园看猴子去吧！"

哥哥也说："下午去看电影吧！"

妹妹也说："现在去看猴子，下午去看——"她说不上"电影"来，因为没有看过。

父亲今天不知为什么这样喜欢，全答应了他们："快去换衣裳，趁着早晨凉快，好上植物园去。仙坡，快去梳小辫儿。"大家慌着忙着全去预备。

哥哥和小坡全穿上白制服，戴上童子军帽，还都穿上皮鞋。妹妹穿了一身浅绿绸衣裤，没穿袜子，穿一双小花鞋。两条辫儿梳得很光，还戴着一朵大红鲜花。

坐了一截车，走了一截，他们远远望见绿丛丛一片，已是植物园。

"园中的花木没有一棵好看的，就是好看吧，谁又有工夫去看呢！"小坡这样想，"破棕树叶子！破红花儿！猴子在哪儿呢？"越找不到猴，越觉得四面的花草不顺眼："猴子！出来呀！"

"我看见了一条小尾巴！"仙坡说。

"哪儿呢？"

"在椰子树上绕着呢！"

"哎哟！可不是吗！一个小猴，在椰子下面藏着哪！小猴——！小猴——！快来吃花生！"

哥哥拿着许多香蕉，妹妹有一口袋花生，都是预备给猴子吃的。

三个人，把父亲落在后边，一直跑下去。

一片密树林，小树挤着老树，老树带着藤蔓。小细槟榔树，没地方伸展叶子，拼命往高处钻，腰里挂着一串槟榔，脚下围着无数的小绿棵子。密密匝匝，枝儿搭着枝儿，叶子挨着叶子，凉飕飕的摇成一片绿雾。虫儿不住吱吱的叫，叫得那么怪好听的。哈哈，原来这儿是猴子的家呀！看树干上，树枝上，叶儿底下，全藏着个小猴！喝！有深黄的，有浅灰的，有大的，有小的，有不大不小的，全鬼头魔儿眼的，又淘气，又可爱。顶可爱的是母猴儿抱着一点点的小猴子，整跟老太太抱小孩儿一样。深灰色的小毛猴真好玩，小圆脑袋左右摇动，小手儿摸摸这里，抓抓那里，没事儿瞎忙。当母猴在树上跳，或在地上走的时候，小猴就用四条腿抱住母亲的腰，小圆头顶住母亲的胸口，紧紧的抱住，唯恐掉下来。真有意思！妹妹往地上撒了一把落花生。喝，东南西北，树上树下，全嗷嗷的乱叫，来了，来了，一五，一十，一百……数不过来。有的抢着一个花生，登时坐下就吃，吃得香甜有味，小白牙咯哧咯哧咬得又快又好笑。有的抢着一个，登时上了树，坐在树杈上，安安稳稳的享受。有的抢不着，便撅着尾巴向别人抢，引起不少的小战争。

大坡是专挑大猴子给香蕉吃。仙坡是专送深黄色的喂花生，父亲坐在草地上看着，嘻嘻的笑。小坡可忙了，前后左右乱跳，帮着小猴儿抢花生。大猴子一过来对弱小的示威，小坡便跑过去："你敢！不要脸！"大猴子急了，直向小坡龇牙，小坡也怒了："来，跟你干干！张秃子都怕我的脑袋，不用说你这猴儿头了！"一个顶小的猴儿，抢不着东西，坐在一旁要哭似的。小坡过去由哥哥手里夺过一只香蕉："来！小猴儿，别哭啊！就在这儿吃吧，省得叫别人抢了去！"小猴子双手抱着香蕉，一口一口的吃，吃得真香；小坡的嘴也直冒甜水儿！

大猴子真怕了小坡，躲他老远，不敢过来。有的竟自一生气，抓着一个树枝，三悠两摆到树枝上坐着生气去了。有的把尾巴卷在树上，头儿倒悬，来个珍珠倒卷帘。然后由树上溜下来。

花生香蕉都没啦。又来了一群小孩，全拿着吃食来喂他们。又来了两辆汽车，也都停住，往外扔果子。

小坡们都去坐在父亲旁边看着，越看越有趣，好象再看十天八天的也不腻烦！

有些小猴似乎是吃饱了，退在空地方，彼此打着玩。你咬我的耳朵，我抓你的尾巴，打得满地乱滚。有时候，一个遮住眼，一个偷偷的从后面来抓。遮眼的更鬼道，忽然一回身，把后面的小猴，一下捏在地上。然后又去遮上眼，等着……有的一群小猴在一条树枝上打秋千，抢，抢，抢，把梢头上的那个抢下去。他赶快又上了树，又抢，把别人抢下去。

有的老猴儿，似乎不屑于和大家争吵，稳稳当当的，秃眉红眼的，坐在树干上，抓抓脖子，看看手指，神气非常老到。

"该走了！"父亲说。

没人答应。

又来了一群小孩，也全拿着吃食，猴子似乎也更多了，不知道由哪儿来的，越聚越多，也越好看。

"该走了！"父亲又说。

没人应声。

待了一会儿，小坡说："仙，看那个没有尾巴的，折跟头玩呢！"

"哟！他怎么没有尾巴呢？"

"叫理发馆里的伙计剪了去啦！"哥哥说。

"噢！"小坡仙坡一齐说。

"该走了！"父亲把这句话说到十多回了。

大家没言语，可是都立起来，又立着看了半天。"该走了！"父亲说完，便走下去。

大家恋恋不舍的一边走，一边回头看。

到花室，兰花开得正好。小坡说，兰花没有小猴那么好看。到河边，子午莲，红的，白的，开得非常美丽。仙坡说，可惜河岸上没有小猴！到棕园，小坡看着大棕叶，叫：小猴儿别藏着了，快下来吧！叫了半天，原来这里并没有猴子！他叹了一口气！

午饭前，到了家中。小坡顾不得脱衣服，一直跑到厨房，把猴儿的事情全告诉了妈妈。妈妈好象一辈子没看过猴子，点头咂嘴的听着。告诉完了妈妈，又和陈妈说了一遍。陈妈似乎和猴儿一点好感没有，只顾切菜，不好好的听着。于是小坡只好再告诉妈妈一遍。

仙坡也来了，她请求妈妈去抱一个小猴来。

妈妈说，仙坡小时候和小猴儿一样。仙坡听了非常得意。小坡连忙问妈妈，他小时候象猴儿不象。

妈妈说，小坡到如今还有点猴气。小坡也非常得意。

十一　电影园中

吃过午饭，小坡到妈妈屋中去问："妈！明天还是生日不是呀？"

妈妈正在床上躺着休息呢，她闭着眼，说："哪有的事！一年只有一个生日。"

"噢！"小坡有点不痛快，"不许有两个，三个，一百个生日？"

"天天吃好东西，看猴子，敢情自在！"妈妈笑着说。"妈妈你也有生日，是不是？"

"人人有。"

"你爱哪一天过生日呢？"

"我爱哪一天不行啊，生日是有一定的。"

"谁给定的呢？父亲？"小坡问。

"生日就是生下来的那一天，比如仙坡是五月一号生的吧，每到五月一号我们就给她庆贺生日，明白不明白？"

"妹妹不是白胡子老仙送来的吗？"

"是呀，五月一号送来的，所以就算是她的生日。"

"噢！我可得记住：比如明天桌椅铺给咱们送张桌子来，到明年的明天，便是桌子的生日，是这么说不是？妈！"妈妈笑着说："对了！"

"啊，到桌子生日那天，我就扛着他去看猴子！"

"桌子没有眼睛啊？"妈妈说。

"拿粉笔圆圆的画两只呀！妈，猴子也有生日？"

"自然哪，"妈妈说，"有一个小孩过生日的时候，小猴儿之中也必有过生日的，所以小孩过生日，一定要拿些东西去给猴子庆贺。"

　　"可是，妈！那里这么多猴子，怎能知道是哪个的生日呢？"

　　"不用管是哪个的，反正其中必有一个今天过生日。你过生日吧。哥哥妹妹全跟着吃好东西，猴子也是这样，一个过生日，大家随着欢喜。这个道理好不好？"妈妈很高兴的问。"好！真好！"小坡拍着手说，"妈，回来父亲要带我们去看什么？"

　　"看电影。"

　　"电影是什么玩艺儿呢？"

　　"到电影园就知道了。"

　　"那里也有猴子？"小坡心目中的电影园是：是几根电线杆子，上面有些小猴。

　　"没有。"妈妈似乎要睡觉。

　　小坡还有许多问题要问，一看妈妈困了，赶快走出去，然后又轻轻走回来，把手在妈妈的眼前摆了一摆，试试妈妈是否真睡了；妈妈不愿说话的时候，常常假装睡觉。"啊，妈妈是真困了！赶快走吧！"他低声的说。

　　哼！妈妈闭着眼笑了！

　　"啊！妈妈你又冤我呢！不行！不答应你！你个小妈妈！"小坡说着，把头顶在她的胸口上，"妈，小猴儿顶你来了，顶！顶！顶！"

　　"小坡好好的！妈妈真困了！"妈妈睁开眼说，"快去，找仙坡去！别惹妈妈生气！"

　　"走喽！找妹妹去喽！"小坡跑出去，"仙！仙！你在哪儿呢？仙——！"

"别嚷！"父亲的声音。

小坡赶紧放轻了脚步，手遮着嘴，恐怕出气儿声音大点，叫父亲听见，又挨说。

快走到街门，门后忽然"咚"！吓了他一大跳。一看，原来是妹妹抱着二喜在门后埋伏着呢。

"好你个坏姑娘，坏仙坡，吓唬我！好你个二喜，跟妹妹玩，不找我去！"小坡叨唠了一阵。

"二哥，父亲说了四点钟去看电影。"

"四点？现在什么时候了？看看吧！"小坡把手腕一横，看了一眼，"十三点半了！还有三刻就到四点。"说完，他假装在手腕旁捻了捻，作为是上弦。然后把手腕放在耳旁听了听："哼！太快了，咯噔咯噔一劲儿响！仙，你的表什么时候了？"

仙坡学着父亲掏金表的样儿，从小袋中把二喜的脚掏出来，看了看："三刻！"

"几点三刻？"小坡问。

"就是三刻！"

"你的表一定是站住了，该上弦啦！"他过去在二喜的脚旁捻了几捻。二喜以为这是捻它玩呢，小圆眼儿当中的一条小黑道儿随着小坡的手转，小脚儿团团着要抓他。他们和二喜玩了半天，小坡忽然说："到四点了吧？"忙着跑去看父亲，父亲正睡觉呢。回来又玩了一会儿，又说："到四点了吧？"跑去看父亲，哼，还睡觉呢！跑了几次，父亲醒了，可是说："还早呢！"简直的永远到不了四点啦！一连气问了四五次，父亲老说：还早呢！

哎呀可到了四点！

原来电影园就离家里不远呀！小坡天天上学，从那里过，但是他总以为那是个大礼拜堂。到了，父亲在个小窗户洞外买了票。有趣！电影园卖票的和二喜一样，爱钻小洞儿。

父亲领着他们上了一层楼。喝！怎么这些椅子呀！那个桌椅铺也没有这些椅子！可是没有桌子，奇怪！大堂里很黑，只在四角上有几支小红灯。台上什么也没有，只挂着一块大绣花帐子，帐子后面必有好玩艺儿！小坡心里说：这就是电影吧，看，四下全是黑的吗。

他们坐好，慢慢的人多起来，可是堂中还是那么黑，除了人声唧唧嘈嘈的，没有别的动静。来了个卖糖的，仙坡伸手便拿了四包。父亲也没说什么，给了钱，便吃开了。小坡一边吃糖，一边想："赶明年过生日，叫父亲给买个大汽车，他一定给我买！过生日的时候，父亲是最和气的！"

人更多了。台上的绣花帐子慢慢自己卷起，露出一块四方的白布，雪白，连个黑点也没有。小坡心里说：这大概是演完了吧？忽然，叮儿当儿打起钢琴，也看不见琴在哪儿呢。当然看不见，演电影吗，自然都是影儿。一个人影打一个钢琴影，对，一定是这么回事。

电灯忽然一亮，把人们的脑袋照得象一排一排的光圆球。忽然又灭了，堂中比从前更黑了。楼上嗒嗒嗒嗒的响起来，射出一条白光，好象海岸上的灯塔。喝，白布上出来个大狮子，直张嘴儿。下面全是洋字，哎呀，狮子念洋字，一定是洋狮子了。狮子忽然没了，又出来一片洋字。字忽然又没了，出来一个大人头，比牛车轮还大，戴着一对汽车轮大小的眼镜。眼毛比手指还粗，两个眼珠象一对儿皮球，滴溜滴溜的乱转。

"仙！看哪！"仙坡只顾了吃糖，什么也没看见。"哟！我害怕！"她忽然看见那个大脑袋。

"不用害怕，那是鬼子脑袋！"父亲说。

忽然，大脑袋没有了。出来一群人，全戴着草帽，穿着洋服，在街上走。衣服没有颜色，街上的铺子，车马，也全不是白的，便是黑的。大概全穿着孝呢？而且老有一条条的黑道儿，似乎是下雨了，可是人们全没打伞。对了，电影中的雨。当然也是影儿，可以不打伞的。

来了辆汽车，一直从台上跑奔楼上来！喝，越跑，越大，越近！小坡和仙坡全抱起头来，往下面藏。哼！什么事儿也没有。抬头一看，那辆汽车跑得飞快，把那群人撞倒，从他们的脊背上跑过去了。楼上楼下的人都笑了。小坡想了想，也觉得可笑。

汽车站住了，下来一个人，父亲说，这就是刚才那个大脑袋。小坡也认不清，但是看出来。这个人确乎也戴着眼镜。下了车，刚一迈步，哪，摔了个脚朝天，好笑！站起来了，哪，又跌了个嘴啃地，好笑！小坡笑得喘不过气来了！"二哥，你笑什么呢？"仙坡问。

"摔跟头的，看着呀！"小坡立起来，向台上喊，"再摔一个，给妹妹看！"

这一喊，招得全堂都笑了。

连汽车带摔跟头的忽然又都没有了。又出来一片洋字，糟糕！幸而：

"仙，快看！出来个大姑娘！"

"哪儿呢？哟！可不是吗，多么美呀！还抱着个小狗儿！"

戴眼镜的又钻出来了，喝！好不害羞，抱着那个大姑娘亲嘴呢！羞！羞！小坡用手指拨着脸蛋。仙坡也说：羞！羞！好了！后面来了个人，把戴眼镜的抓住，提起多高，哪！摔在地上！该！谁叫你不害羞呢！该！那个人拉着大姑娘就跑，跑得真快，一会儿就跑得看不见了。戴眼镜的爬起来，拐着腿就追；一边跑一边摔跟头，真可笑！

又出来一片洋字，讨厌！

可了不得！出来只大老虎！

"四眼虎！"仙坡赶快遮上眼睛。

老虎抓住了戴眼镜的，喝，看他吓得那个样子！混身乱抖，头发一根一根的立起来，象一把儿棒儿香。草帽随着头发一起一落，真是可笑。

看哪！戴眼镜的忽然强硬起来，回手给了老虎一个大嘴巴子！喝，打得老虎直裂嘴！小坡嚷起来：再打！果然那个人更横起来，跟老虎打成一团。打得草帽也飞了，眼镜也飞了，衣裳都撕成破蝴蝶似的。还打，一点不退步！好朋友！

小坡握着拳头往自己腿上捶，还直跺脚。坏了！老虎把那个人压在底下！小坡心里咚咚的直跳，恨不能登时上去，砸老虎一顿好的！那个人更有主意，用手一捏鼻子，老虎立刻抿着耳朵，夹着尾巴，就跑了。

"仙！四眼虎怕咱们捏鼻子！"他和妹妹全捏住鼻子，果然老虎越跑越远，不敢回头。

大姑娘又回来了，还抱着小狗。那个人把眼镜捡起来，戴上。一手拿着破草帽，一手按在胸前，给她跪下来。"二哥！"仙坡说，"今天是戴眼镜的生日，看他给大姑娘磕头呢！"

又亲嘴了，羞！羞！羞！哪，后面有人放了枪，把草帽儿打飞了！忽！灯全亮了，台上依然是一块白布，什么也没有了！

小坡叹了口气。

"父亲，那些人都上哪儿啦？"仙坡问。

"回家吃饭去了。"父亲笑着说。

小坡刚要问父亲一些事，灯忽然又灭了，头上那条白光又射在白帐上。洋字，洋字，一所房子，洋字，房子里面，人，老头儿，老太太，年青的男女，洋字，又一所房子，又一群人，大家的嘴唇乱动，洋字！

好没意思！也不摔，也不打，也不跑汽车，也不打老虎！只是嘴儿乱动，干什么呢？

一片海，洋字；一座山，洋字；人们的嘴乱动，洋字！

"父亲，"小坡拉了父亲一把，"他们怎不打架啦？"

"换了片子啦，这是另一出了！"

"噢！"小坡不明白，也不敢细问，只好转告诉妹妹："仙，换了片子啦！"

妹妹似乎要睡觉。

"妹妹要睡，父亲！"

"仙坡，别睡啊！"父亲说。

"没睡！"仙坡低声的说，眼睛闭着，头往一旁歪歪着。房子，人，洋字，房子，人，洋字！

"父亲，那戴眼镜的不来啦？"

"换了片子啦，他怎能还来呢？"

"噢！"小坡说："这群人不爱打架？"

"哪能总打架呢！"

"噢！"

小坡心里说：我也该睡会儿啦！

十二　�286拉巴唧

小坡，仙坡的晚饭差不多是闭着眼吃的。看猴子，逛植物园，看电影，来回走路，和一切的劳神，已经把他们累得不成样儿了。

吃过晚饭，小坡还强打精神告诉母亲："大脑袋"怎么转眼珠，怎么捏鼻子吓跑四眼虎。说着说着，眼皮象小金鱼的嘴，慢慢的一张一闭，心中有些发迷糊。脖子也有些发软，脑袋左右的直往下垂。妈妈一手拉着小坡，一手拉着仙坡，把他们两个小瞎子送到卧室去。他们好似刚一撒妈妈的手，就全睡着了。

睡觉是多么香甜的事儿呀！白天的时候，时时刻刻要守规矩；站着有站着的样子，坐着有坐着的姿式，一点儿也不自由。你不能走路的时候把手放在头上，也不能坐着的时候把脚放在桌子上面。就是有意拿个"大顶"，耍个"猴儿啃桃"什么的，也非到背静的地方去不可！谁敢在父亲眼前，或是教室里，用脑袋站一会儿，或是用手走几步"蝎子爬"？只有睡觉的时候才真有点自由。四外黑洞洞的，没有人来看着你。你愿把手枕在头下也好，愿把两腿伸成个八字也好，弯着腰儿也好，张着嘴儿也好，睡觉的时候你才真是自己的主人，你的小床便是王宫，没人敢来捣麻烦。

况且顶有意思的是随便做些小梦玩玩，谁能拦住你做梦？先生可以告诉你不要这么着，不要那么着，可是他能说，睡觉的时候不要做梦？父亲可以告诉你，吃饭要慢慢的，喝茶不要唏溜唏溜的响，可是他能告诉你要一定怎样做梦吗？只有在梦里，人们才得到真正的自由：白天里不敢去惹三多的糟老头子，哼！在梦中便颇可以夺过大烟袋，在他带皱纹的脑门上凿两三个（四五个也可以，假如你高兴打）大青包。

做梦吧！小朋友们！在梦里你可以长上小翅膀，和蜻蜓一样的飞上飞下。你可以到海里看鲸鱼们怎样游戏。多么有趣！多么有趣！

请要记住：每逢看见人家睡觉的时候，你要千万把脚步放轻，你要小声的说话，简直的不出声儿更好。千万不要把人家吵醒啊！把人家的好梦打断是多么残忍的事呀！人家正在梦中和小蝴蝶们一块儿飞呢，好，你一嚷，把人家惊醒，人家要多么不痛快呢！

来！我挨在你的耳朵上轻轻告诉你：小坡睡着了，要做个顶好玩的梦。我自己也去睡，好看看小坡在梦中做些什么可笑的事儿。

小坡正跪在电影园中的戏台上，想主意呢。还是把白帐子弄个窟窿，爬进去呢？是把帐子卷起来，看看后面到底有什么东西呢？还是等着帐子后面的人出来，给他们开个小门，请他进去参加呢？

忽然"大脑袋"来了，向小坡转眼珠儿；小坡也向他转眼珠儿，转得非常的快。他向小坡摇头儿，小坡也赶快摇头儿。他张了张嘴，小坡也忙着张嘴。"大脑袋"笑了。啊，原来这转眼珠，摇头，张嘴，是影儿国的见面礼。他们这样行礼，你要是不还礼，可就坏了。你不还礼，他们就一定生气！他们一生气可不得了：不是将身一晃，跑得无影无踪，再也不和你一块儿玩；便是嘴唇一动，出来一片洋字，叫你越看越糊涂！幸而小坡还了礼，"大脑袋"笑了笑，就说："出来吧！"

"你应当说，进去吧！"小坡透着很精明的样儿说，"没有人不从那边出来，而能进到这里来的，糊涂！"

"大脑袋"的神气很骄慢，说话一点也不客气。

小坡因要进去的心切，只好咽了口气，便往白帐子底下钻。

"别那么着！你当我们影儿国的国民都是老鼠吗，钻窟窿？""大脑袋"冷笑着说。

小坡也有点生气了："我没说你们是老鼠呀！你不告诉我，我怎么会知道怎样进去！"

"碰！往帐子上碰！不要紧，碰坏了帐子算我的事儿！"

"碰坏帐子倒是小事，碰在你的头上，你可受不了！你大概知道小坡脑袋的厉害吧？"小坡说。

"噢！"

"大脑袋"翻了翻眼，似乎是承认：自己的头是大而不结实。可是他还很坚强的说："我试试！"

"好吧！"小坡说完，立起来，往后退了两步，往前碰了去。哼！软忽忽的好似碰在一片大蘑菇上，大脑袋完全碎了，一点迹渣没剩，只是空中飞着些白灰儿。"怎样告诉你来着？我说我的头厉害，你偏不信，看看！"小坡很后悔这样把大脑袋碰碎。

忽然一回头，哈！"大脑袋"——头已经不大了——戴着眼镜，草帽，在小坡身后站着笑呢！

"真有你的！真有你的！你个会闹鬼儿的大脑袋！"小坡指着他说，心中非常爱惜他，"你叫什么呀？大脑袋！"

"我？等等，我看一看！"

"大脑袋"把草帽摘下来，看了看里面的皮圈儿："啊，有了，我叫嘟拉巴唧。"

"什么？"

"嘟拉巴唧！"

"噜行不行？"小坡问。

嘈拉巴唧想了一会儿，说："行是行的，不过这顶帽子印着嘈拉巴唧，我就得嘈拉巴唧。等买新帽子时再改吧！"

　　"那么，你没有准姓呀？"小坡笑着问。

　　"影儿国的国民都没有准姓。"

　　"噢！噢！"小坡看着嘈拉巴唧，希望问他的名子，他好把为什么叫"小坡"的故事说一遍。

　　嘈拉巴唧把帽子戴上，一声也没出。

　　小坡等不得了，说："你怎么不问我叫什么呢？"

　　"不用问，你没戴着帽子，怎会有名子！"

　　"哟！你们敢情拿帽子里面印着的字当名子呀？"

　　"怎么，不许呀？！"

　　"我没说不许呀！我叫小坡。"

　　"谁问你呢！我说，我的帽子呢？"

　　小坡哈哈的笑起来了。他初和嘈拉巴唧见面的时候，他很想规规矩矩的说话行事；而一看嘈拉巴唧是这么一种眼睛看东，心里想西，似乎明白，又好象糊涂的人，他不由得随便起来；好在嘈拉巴唧也不多心，嘈拉巴唧原来就是这么样的人：两眼笑迷迷的，鼻子很直很高，透着很郑重。胳臂腿儿很灵活，可又动不动便摔个嘴啃地。衣裳帽子都很讲究，可是又瘦又小紧巴巴的贴在身上，看着那么怪难过的。他似乎很精明，可又有时候"心不在焉"：手里拿着手绢，而口中叨唠着，又把手绢丢了！及至发觉了手绢在手中，便问人家：昨天下雨来着没有？

　　小坡笑了半天，嘈拉巴唧想起来了：帽子在头上戴着呢，赶紧说："不要这样大声的笑！你不知道这是在影儿国吗？我们说话，笑，都不许出声儿的！嘿喽！你腰中围着的是什么玩艺儿呀？"

"这个呀？"小坡指着他那块红绸宝贝说，"我的宝贝。有它我便可以随意变成各样的人。"

"赶快扔了去，我们这里的人随意变化，用不着红绸子！"

"我不能扔，这是我的宝贝！"

"你的宝贝自然与我没关系，扔了去！"

"偏不扔！"

"不扔就不扔，拉倒！"

"那么，我把它扔了吧？"

"别扔！"

"非扔不可！"小坡说着，解下红绸子来，往帐子上一摔，大概是扔在戏台上了，可是小坡看不见，因为一进到帐子里面去，外边的东西便不能看见了。

"我说，你看见钩钩没有？"唧拉巴唧忽然问。"谁是钩钩？"

"你不知道哇？"

"我怎会知道！"

"那么，我似乎应该知道。钩钩是个大姑娘。"

"噢！就是跟你一块儿，抱着小狗儿的那位姑娘！"小坡非常得意记得这么真确。

"你知道吗，怎么说不知道，啊？！"唧拉巴唧很生气的样子说。

小坡此时一点也不怕唧拉巴唧了，毫不介意的说："钩钩哪儿去了？"

"叫老虎给背了去啦！"唧拉巴唧似乎要落泪。"背到哪儿去啦？"

"你不知道啊？"

小坡摇了摇头。

"那么，我又似乎该当知道。背到山上去了！"

"这个这个嘈里嘈噜，呸！嘈拉巴唧，有点装糊涂，明知故问！"小坡心里说。然后他问："怎么办呢？"

"办？我要有主意，我早办了，还等着你问！"嘈拉巴唧的泪落下来了。

小坡心中很替他难过，虽然他的话说得这么不受听。"你的汽车呢？"

"在家呢。"

"坐上汽车，到山里打虎去呀！"小坡很英勇的说。"不行呀，车轮子的皮带短了一个！"

"哪儿去了？"

"吃了！"

"谁吃的？"

"你不知道哇？"嘈拉巴唧想了一会儿，"大概是我！"

"皮带好吃吗？"小坡很惊讶的问。

"不十分好吃，不过加点油醋，还可以将就！"

"噢！怪不得你的脑袋有时候可以长那么大呢，一定是吃橡皮轮子吃的！"

"你似乎知道，那么，我一定不知道了！"

"这个人说话真有些绕弯儿！"小坡心里说。

"噢！钩钩！钩钩！"嘈拉巴唧很悲惨的叫，掏出金表来，擦了擦眼泪。

"咱们走哇！找老虎去！"小坡说。

"离此地很远哪！"嘈拉巴唧撇着大嘴说。

"你不是很能跑吗？"

"能！"嘈拉巴唧呜咽起来，"也能摔跟头！"

"不摔跟头怎么招人家笑呢？"

"你摔跟头是为招人家笑呀？！"

"我说错了，对不起！"小坡赶快的道歉。

"你干什么说错了呢？！"

小坡心中说："影儿国中的人真有点不好惹，"可是他也强硬起来，"我爱说错了！"

"那还可以！你自要说'爱'，甚么事都好办！你看，我爱钩钩，钩钩爱我；跟你爱说错话一样！"

小坡有点发糊涂，假装着明白，说："我爱妹妹仙坡！"

"你无论怎么爱妹妹，也不能象我这样爱钩钩！再说，谁没有妹妹呢！"

"那么，你也有妹妹？"小坡很关心的问。

"等我想想！"嗐拉巴唧把手指放在鼻子上，想了半天，"也许没有，反正我爱钩钩。"

"钩钩不是你的妹妹？"

"不是！"

"她是你的什么人呢？"

"告诉你，你也不明白，我只能这么说：我一问她，钩钩你爱我不爱？她就抿着小红嘴一笑，点点头，我当时就疯了！"

"爱和疯了一样？"小坡问。

"差不多！等赶明儿你长大成人就明白了！"

"噢！"小坡想：假如长大就疯了，也很好玩。"你到底要帮助我不呢？"

"走啊！"小坡挺起胸脯来。

“往哪里走？”

“不是往山里去吗？”

“哪边是山？”

“山那边啊？”小坡很聪明的说。

“对了！”唧拉巴唧拿腿就走，小坡在后面跟着。走了一会儿，唧拉巴唧说：“离我远一点啊，我要摔跟头了！”

“不要紧，你一跌倒，我就踢你一脚，你就滚出老远，这样不是可以走的快一点吗？”

“也有理！”说着，唧拉巴唧摔出老远去，“踢呀！”小坡往前跑了几步，给了他一脚。

“等等！”唧拉巴唧立起来，说，“得把眼镜摘下来，戴着眼镜滚，不痛快！”

唧拉巴唧把镜子摘下来，给小坡戴上，钩儿朝前，镜子正在小坡的脑杓儿上。

“怎么倒戴眼镜呢？”小坡问，心中非常高兴。“小孩子戴眼镜都应当戴在后面！”

十三　影儿国

戴着眼镜，虽然是在脑杓上，小坡觉得看得清楚多了。他屡屡回头，看后面的东西，虽然叫脖子受点累，可是不如此怎能表示出后边戴眼镜的功用呢。

他前后左右的看，原来影儿国里的一切都和新加坡差不多，铺子，马路等等也应有尽有，可是都带着些素静气儿，不象新加坡那样五光十色的热闹。要是以幽雅论，这里比新加坡强多了。道路两旁的花草树木很多，颜色虽不十分鲜明，可是非常的整齐静美。天气也好，不阴不晴的飞着些雨丝。不常看见太阳，处处可并不是不光亮。小风儿刮着，正好不冷不热的正合适。

顶好玩的是路上的电车，没有人驶着，只用老牛拉着。影儿国的街道有点奇怪：比如你在"甲马路"上走吧，眼前忽然一闪，哼，街道就全变了，你不知不觉的就在"乙马路"上走啦！忽然又一闪，你又跑到"丙马路"去；忽然又一闪，你就跑到"丁马路"上去。这样，所以电车公司只要找几只认识路的老牛，在街道上等着马路变换，也不用驶车的，也不用使电气，马路自然会把电车送到远处去。街道的变动，有时候是眼前稍微一黑，马路跟着就变了，一点也看不出痕迹来。有时候可以看得明明白白的，由远处来了条大街，连马路，连铺子等等，全晃晃悠悠的，忽高忽低忽左忽右的摆动，好象在大海中的小船，看着有些眼晕。

要是嘈拉巴唧会在街上等着，他们早就闪到城外去了。他是瞎忙一气，东撞一头，西跑一路，闪来那条街，他便顺着走；有时走出很远，又叫马路给带回来了。而且他是越急越糊涂，越忙越摔跟头。小坡起初以为这样乱跑，颇有意思，一语不发的随着他去；转着转着，小坡有点腻烦了，立住了问："你不认识路呀？"

"我怎么应当认识路呀？！"唂拉巴唧擦着汗说。"这样，咱们几儿个才能走到城里呢？"

"那全凭机会呀，凑巧了，转到上城外的大路，咱们自然走到城外去了！"

"噢！"小坡很想休息一会儿，说，"我渴了，怎么办呢？"

"路旁不是有茶管子吗，过去喝吧！"

"水管子！"

"茶管子！"

小坡走到树木后面一看，果然离不远儿便有个大水龙头，碧绿的，好象刚油饰好。过去细看，龙头上有一对浅红宝石的鸭嘴，上面有两个小金拐子。"茶"，"牛奶"在鸭嘴上面的小磁牌子上写着。龙头旁边有张绿漆的小桌，放着些玻璃杯，茶碗，和糖罐儿。雪白绦织桌布上绣着"白喝"两个字。小坡细细看了一番，不敢动，回过头来问唂拉巴唧："真是白喝呀？"

唂拉巴唧没有回答，过去拧开小金拐子，倒了杯牛奶，一气喝下去，也没搁白糖。

小坡也放开胆子，倒了碗茶，真是清香滚热。他一边喝，一边点头咂嘴的说：

"比新加坡强多了！"

"哪里是新加坡呢？"唂拉巴唧问，随手又倒了杯牛奶。

"没听说过新加坡？"小坡惊讶得似乎有点生气了。

"是不是在月亮上呢？"嚼拉巴唧哑着牛奶的余味说。"在月亮底下！"小坡说。

"那么天上没有月亮的时候呢？"嚼拉巴唧问，非常的得意。跟着把草帽摘下来，在胸前搧着。

小坡挤了挤眼，没话可答。低着头又倒了碗茶，搭讪着加了两匙儿糖，叨唠着："只有茶，没有咖啡啊！"

"今天礼拜几？"嚼拉巴唧忽然问。

"礼拜天吧。"

"当然没有咖啡了，礼拜五才有呢！"

"噢！"小坡虽然不喜欢嚼拉巴唧的骄傲神气，可是心中还不能不佩服影儿国的设计这么周到，口中不住的说："真好！真好！"

"你们新加坡也是这样吧？"嚼拉巴唧问。

小坡的脸慢慢的红上来了，迟疑了半天，才说："我们的管子里不是茶和牛奶，是橘子汁，香蕉水，柠檬水，还有啤酒！"

"那么，咱们上新加坡吧！"嚼拉巴唧大概很喜欢喝啤酒。小坡的脸更红了，心里说，"撒谎到底不上算哪！早晚是叫人家看透了！"他想了一会说："等过两天再去吧！现在咱们不是找钩钩去吗？"

这句话正碰在嚼拉巴唧的心尖上，他赶快说："你知道吗，还在这里自在的喝茶？！"

小坡忙着把茶碗放下就走。

嚼拉巴唧一边走一边叨唠，好象喝醉了的老太太："你知道吗，还不快走！你知道吗？成心不早提醒我一声儿！什么新加坡，柠檬水，瞎扯！"

小坡现在已经知道嚼拉巴唧的脾气，由着他叨唠，一声也不出，加劲儿往前走。嘰拉巴唧是一边叨唠，一边摔跟头。走了老远，还是看不见山，小坡看见路上停着辆电车，他站住了，问："我们坐车去吧？"

"没带着车票哇！"

"上车买去，你有钱没有？"

"你们那里是拿钱买票啊？"

"那当然哪！"小坡说，觉得理由十分充足。

"怎会当然呢？我们这里是拿票买钱！"嘰拉巴唧的神气非常的骄傲。

"你坐车，还给你钱？"小坡的眼睛睁得比酒盅儿还大。

"那自然呵！不然，为什么坐车呢！可惜没带着票！"

"车票是哪儿来的呢？"小坡很想得两张拿票买钱的票子玩玩。

"妈妈给的！"

"你回家跟妈妈要两张去，好不好？"小坡很和气的说。"妈妈不给，因为我不淘气。"嘰拉巴唧带出很后悔的样子。

"不淘气？"

"唉！非在家里闹翻了天，妈妈不给车票；好到电车里玩半天，省得在家中乱吵。

"你还不算淘气的人？"小坡笑着问，恐怕得罪了嘰拉巴唧。

"我算顶老实的人啦！你不认识我兄弟吧？他能把家中的房子拆了，再试着另盖一回！"嘰拉巴唧似乎颇得意他有这样的兄弟。

"噢！"小坡也很羡慕嘰拉巴唧的弟弟，"他拿票买来钱，当然可以再拿钱买些玩艺儿了？"

"买？还用买？钱就是玩艺，除了小孩子，没有人爱要钱！"

两个人谈高了兴，也不知道是走到哪儿去啦。小坡问："你们买东西也不用钱吗？”

"当然不用钱！进铺子爱拿什么就拿什么。你要愿意假装给钱呢，便在口袋掏一掏，掏出一个树叶也好，一张香烟画片也好，一把儿空气也好，放在柜台上，就算给钱啦。你要是不愿意这么办呢，就一声不用出，拿起东西就走。"

"铺子的人也不拦你？"

"别插嘴，听我说！"

小坡咽了口气。

"你要是爱假装偷东西呢，便拿着东西，轻手蹑脚儿的走出去，别叫铺子里的人看见。"

"巡警也不管？"

"什么叫巡警啊？你可别问这样糊涂的问题！"

小坡本想告诉他，马来巡警是什么样子，和他自己怎么愿当巡警；一看喑拉巴唧的骄傲劲儿，他又不想说了。待了一会儿，他问：

"假如我现在饿了，可以到点心铺白拿些饽饽吗？"

"又是个糊涂问题？当然可以，还用问！况且，你是真饿了不是？为什么你说'假如'？你说'假如'你饿了，我要说，你'假如'不饿，你怎么办？"

小坡的脸又红了！搭讪着往四外看了看，看见一个很美丽的小点心铺。他走过去细看，里面坐着个顶可爱的小姑娘，蓝眼珠儿，黑头发，小红嘴唇，粉脸蛋儿，脑后也戴着一对大眼镜儿。小坡慢慢的进去，手在袋中摸了摸，掏出一些空气放在小桌儿上。小姑娘看了看他，抿着嘴笑嘻嘻的说："要什么呢？先生！"

小坡伸着食指往四围一指，她随着手指看了看。然后她把各样的点心一样拿了一块，一共有二十多块。她一块一块的都垫上白纸，然后全轻轻的放在一支小绿竹篮里，笑着递给小坡。跟着，她拿出一个小白绸子包儿来，打开，也掏出一点空气。说："这是找给你的钱，你给的太多了。"小坡乐得跳起来了！

"哟，你会跳舞啊？"小姑娘娇声细气的说，好象个林中的小春莺儿。

"会一点，不很好。"小坡很谦虚的说。

"咱们跳一回好不好？"小姑娘说着，走到柜台的后面，捻了墙上的小钮子一下，登时屋中奏起乐来。她过来，拉了拉小裙子，握住小坡的手。小坡忙把篮子放下，和她跳起来。她的身体真灵活轻俏，脚步儿也真飘飕，好象一片柳叶似的，左右舞动。小坡提心吊胆的，出了一鼻子汗，恐怕跳错了步数。"点心在哪儿呢？"嚼拉巴唧在门外说。

"篮子里呢。"小坡回答，还和她跳着。

嚼拉巴唧进来看了看小绿篮子，说："你刚才一定是伸了一个手指吧？你要用两个头指，她一定给你一样两块！"

"馋鬼！"小坡低声的说。

"他是好人，不是馋鬼！"小姑娘笑着说，"我们愿意多卖。卖不出去，到晚上就全坏了，多么可惜！我再给你们添几块吧？"

小坡的脸又红了！哎呀，影儿国的事情真奇怪，一开口便说错，简直的别再说了！

"不用再添了，小姑娘！"嚼拉巴唧说，"你看见钩钩了没有？"

"看见了！"小姑娘撒开小坡的手，走过嚼拉巴唧那边去，"跟着个大老虎，是不是？"

嚼拉巴唧的鼻子纵起来，耳朵也竖起，好象个小兔："对呀！对呀！"

"老虎在这儿给钩钩买了几块点心，临走的时候，老虎还跟我握手来着呢！"小姑娘拍着手说。

"这一定不是那个专爱欺侮小姑娘的四眼虎！"小坡说。"少说话！"唔拉巴唧瞪了小坡一眼。

"你要是这么没规矩，不客气，"小坡从篮子里拿起一块酥饼，"我可要拿点心打你了！"

唔拉巴唧没答理小坡，还问小姑娘："他们往哪边去了呢？"

"上山了。老虎当然是住在山上！"小姑娘的神气似乎有点看不起唔拉巴唧。

"该！"小坡咬了口酥馎馎。

"山在哪里呢？"

"问老虎去呀，我又不住在山上，怎能知道！"小姑娘嘲笑着说。

"该！"小坡又找补了一口酥饼。

唔拉巴唧的脸绿了，原来影儿国的人们，一着急，或是一害羞，脸上就发绿。

小姑娘看见唔拉巴唧的脸绿了，很有点可怜他的意思。她说："你在这儿等一等啊，我去找张地图来，也许你拿着地图可以找到山上去。"

小姑娘慢慢的走到后边去。唔拉巴唧急得什么似的，拿起点心来，一嘴一块，恶狠狠的吃。小坡也学着他，一嘴一块的吃，两人一会儿就把点心全吃净了。唔拉巴唧似乎还没吃够，看着小绿竹篮，好象要把篮子吃了。小坡忙着捡起篮子来，放在柜台后面。

小姑娘拿来一张大地图。唔拉巴唧劈手抢过来，转着眼珠看了一回，很悲哀的说："只有山，没有道路啊！"

"你不要上山吗，自然我得给拿山的图不是！"小姑娘很得意的说。

"再说，"小坡帮助小姑娘说，"拿着山图还能找不到山吗？"

"拿我的眼镜来，再细细看一回！"喟拉巴唧说。小姑娘忙把眼镜摘下来，递给他说："这是我祖母的老花镜，不知道你戴着合适不合适。"

"戴在脑后边，还有什么不合适！"喟拉巴唧把眼镜戴在脑杓上，细细看着地图。看了半天，他说："走哇！这里有座狼山，狼山自然离虎山不远。走哇，先去找狼山哪！拿着这张地图！"

小坡把地图折好，夹在腋下，和小姑娘告辞："谢谢你呀！"喟拉巴唧向小姑娘一点头，慌手忙脚的跑出去。

十四 猴王

　　小坡忽然一迷糊，再睁眼一看，已经来到一座小山。山顶上有些椰树，鸡毛掸子似的，随着风儿，来回掸天上的灰云。

　　"嘟拉巴唧！"小坡喊。哎呀！好难过，怎么用力也喊不出来。好容易握着拳头一使劲，出了一身透汗，才喊出来："嘟拉巴唧！你在哪儿呢？"

　　没有人答应！小坡往四下一看，什么也没有，未免心中有点发慌。这就是狼山吧？他想：在国语教科书里念过，"狼形似犬"，而且听人说过狼的厉害；设若出来几只似狼的东西，叫他手无寸铁，可怎么办！

　　他往前走了几步，找了块大石头，坐下，"嘟拉巴唧也许叫狼叼去了吧？！"正这么想着，由山上的小黄土道中来了一只猴子，骑着一个长角的黑山羊，猴子上身穿着一件白小褂，下身光着，头上扣着个小红帽盔，在羊背上扬扬得意的，神气十足。山羊有时站住，想吃些路旁的青草，猴儿并没拿着鞭子，只由他的尾巴自动的在羊背上一抽，山羊便赶快跑起来。

　　小坡简直的看出了神。离他还有几丈远，猴儿一扳羊角，好象驶汽车的收闸一样，山羊便纹丝不动的站住了。猴儿一手遮在眼上，身子往前弯着些，看了一会儿，高声的叫："是小坡不是呀？"

　　猴儿怎么认识我呢？小坡惊异极了！莫非这是植物园？不是呀！或者是植物园的猴子跑到这儿来了？他正这么乱猜，猴子又说了："你是小坡不是呀？怎么不言语呀！哑巴了是怎着？！"

"我是小坡，你怎么知道呢？"小坡往前走了几步。猴儿也拉着山羊迎上来，说："难道你听不出我的语声来？我是张秃子！"

"张秃子？"小坡有点不信任自己的耳朵，"张秃子？"

这时候，猴子已经离小坡很近，把山羊放在草地上，向小坡脱帽鞠躬，然后说："你不信哪？我真是张秃子！"

小坡看了看猴子头上，确是头发很少，和张秃子一样。"坐下，坐下！咱们说会儿话！"张秃子变成猴子，似乎比从前规矩多了。

两个坐在大石头上，小坡还一时说不出话来。

"小坡，你干什么装傻呀？"张秃子的猴嘴张开一些，似乎是笑呢，"你莫非把我忘了？"

小坡只能摇了摇头。

"你听我告诉你吧！"

"噢！"小坡还是惊疑不定，想不起说什么好。张秃子把小红帽子扣在头上，在大石头上，半蹲半坐的，说：

"有一天我到植物园去，正赶上猴王的生日。我给他些个香蕉什么的，他喜欢得了不得。一边吃，一边问我愿意加入猴儿国不愿意。我一想：在学校里，动不动就招先生说一顿。在家里，父亲的大手时常敲在咱的头上，打得咱越来头发越少。这样当人，还不如当猴儿呢！可是对猴王说：我不能当普通的猴子，至少也得来个猴王做做。你猜怎么着，猴王说：正好吗，你到狼山做王去吧。那里的猴王是我的弟弟——小坡，我告诉你，敢情猴王们都是亲戚，不是弟兄，便是叔侄——前两天他和狼山的狼王拜了盟兄弟。狼王请他去吃饭，哪知狼王是个老狡猾鬼，假装喝醉了，把我兄弟的耳朵咬下一个来，当酒菜吃了。然后他假装发酒疯儿，跟小猴们说："咱们假装把猴王杀了好不好？'小猴们七手八脚的便把我兄弟给杀了！"

"好不公道！不体面！狼崽子们！"小坡这时候听入了神，已经慢慢忘了张秃子变猴儿的惊异了。

"自然是不公道哇！小坡，你看，咱们在操场后面打架多么公平！是不是？"

"自然是！"小坡好象已把学校忘了，听张秃子一提，非常的高兴。

"猴王落了许多的泪，说他兄弟死得太冤枉！"

"他不会找到狼山，去给他兄弟报仇吗？"小坡问。"不行啊，猴王不晓得影儿国在哪里呀！他没看过电影。"

"你一定看过电影，张秃子？"

"自然哪，常由电影园的后墙爬进去，也不用买票！"张秃子的嘴又张得很大，似乎是笑呢。

"别笑啦，笑得那个难看！往下接着说吧。"此时小坡又恢复了平日和张秃子谈话的态度。

"猴王问他的兄弟亲戚，谁愿到狼山做王，大家都挤咕着眼儿一声不出。后来他说，你们既都不敢去，我可要请这位先生去了！他虽不是我的亲戚，可是如果他敢去，我便认他做干兄弟。于是猴王和我很亲热的拉了拉手，决定请我去做狼山的猴王。我自己呢，当然是愿意去；我父亲常这么说：秃子将来不是当王，就做总统，至少也来个大元帅！"

"大元帅是干什么的？"

"大元帅？谁知道呢！"

"不知道吗，你说？"

"说，一定就得知道哇？反正父亲这么说，结了，完了！"

"好啦，往下说吧！"

"我答应了猴王，他就给我写了一封信。"

"他还写信？"小坡问。

张秃子往小坡这边凑了凑，挨着小坡的耳朵根儿说："他们当王的都不会写字，可是他们装出多知多懂的样儿来，好叫小猴子们恭敬他们。他只在纸上画了三个圈儿，画得一点也不圆。他对我说：你拿着这封信到狼山去，给那里的官员人等看。他们就知道你是他们的新王了。"张秃子抓了抓脖子底下，真和猴子一样。

小坡笑开了。

"你是笑我哪？"张秃子似乎是生气了，"你要晓得，我现在可是做了王。你顶好谨慎着一点！"

"得了，张秃子！你要不服我，咱们就打打看！你当是做了猴王，我就怕你呢！"

张秃子没言语，依旧东抓西挠的，猴气很深。

小坡心里说：做王的人们全仗着吹气瞪眼儿充能干，你要知道他们的老底儿，也是照样一脑袋顶他们一溜跟头！然后他对张秃子说：

"得了，咱们别吵架！你做了王，我好象得恭敬你一点。可是你也别假装能干，成心小看我！得了，说你的吧。"

张秃子自从做王以后，确是大方多了，一想小坡说得有理，就吹了一口，把怒气全吹出去了，"没人看着咱们，你爱怎样便怎样；当着小猴儿们，你可得恭敬着一点；不然，我还怎叫他们怕我呢？好，我往下说呀：拿着猴王的信，我就跑影儿国来了。"

"打哪儿进来的？"

"从点心铺的后门进来的。"

"喝了街上的牛奶没有？"小坡很想显显他的经验。

"当然，喝了六杯牛奶，吃了一打点心！"

"肚子也没疼？"小坡似乎很关心猴王的健康。

"疼了一会儿就好了。"

"好，接着说。"

"你要老这么插嘴，我多咱才能说完哪？"

"反正你们当王的一天没事，随便说吧。"

"没事？没事？"张秃子挤着眼说，"你没做过王，自然不知道哇。没事？一天到晚全不能闲着。看哪个猴子力气大一些，好淘气捣乱，咱赶紧和他认亲戚，套交情，送礼物；等冷不防的，好咬下他一个耳朵来，把他打倒！对那些好说话的猴儿呢，便见面打几个耳光，好叫他们看见我就打哆嗦！事情多了！没事？你太小看做王的了！"

"噢！"小坡没说别的，心中有些看不起猴王的人格。

张秃子看小坡没说什么，以为是小坡佩服他了，很得意的说：

"到了狼山，我便立在山顶上喊：猴儿国的国民听者：新王来到，出来瞧，出来看！这一喊不要紧哪，喝！山上东西南北全噢噢的叫起来，一群跟着一群，一群跟着一群，男女老少，老太太小妞儿，全来了！我心中未免有点害怕，他们真要是给我一个一拥而上，那还了得！我心里直念道：张秃子！张秃子！挺起胸脯来干呀！我于是打开那封信，高声的喊：这是你们死去猴王的哥哥给我的信，请我做你们的王！喝！他们一看纸上的圈儿，全跪下磕起头来。"

"磕了几个？"小坡问。

"无数！无数！叫他们磕吧，把头磕晕，岂不是不能和我打架了吗？等他们磕了半天，我就又喊：拿王冠来！有几个年老白胡子的猴儿，嚷了一声，就爬到椰子树上，摘下这顶红小帽来。"张秃子指了指他头上的红盔儿。

"很象新加坡的阿拉伯人戴的小红盔儿！"小坡说。

"阿拉伯人全是当腻了王，才到新加坡去做买卖！"

"噢！"小坡这时候颇佩服张秃子知道这么多事情。"我戴上王冠，又喊：拉战马来！"

"什么是战马呀？"

"你没到二马路听过评书呀？张飞大战孔明的时候，就这么喊：拉战马来！"

"孔明？"

"你赶明儿回新加坡的时候，到二马路听听去，就明白了。站着听，不用花钱。"

"噢！"小坡有点后悔：在学校里，他总看不起张秃子，不大和他来往，哪知道他心中有这么些玩艺儿呢！"我一喊，他们便给这个拉来了。"张秃子指着长角山羊说，"我本来是穿着件白小褂来的，所以没跟他们要衣裳。我就戴着王冠，骑上战马，在山坡上来回跑了三次。他们都吓得大气不出，一劲儿磕头。我一看，他们都有尾巴，我没有，怎么办呢？我就折了一根棕树叶，把对片扯去，光留叶梗，用根麻绳拴在背后，看着又硬又长。他们一看我有这么好的尾巴，更恭敬我了。这几天居然有把真尾巴砍下去，为是安上棕叶梗，讨我的喜欢。你说可笑不可笑？这两天我正和他们开会商量怎么和狼王干一干。"

"你们会议也和学校里校长和先生的开会一样吧？"

"差不多，不过我们会议，只许我说话，不许别人出声！"张秃子说，摇着头非常得意。

"你要和狼王打起来，干得过他吗？"

"其实我们是白天出来，狼们是夜间出来，谁也遇不见谁，不会打起来。不过，我得好歹跟他们闹一回；要不然，猴子们可就看不起我啦！做王的就是有这个难处，非打仗，人们不佩服你！"

"你要真和狼王开仗的时候，我可以帮助你！"小坡很亲热的说。

"那么，你没事吗？"

"哟！"小坡机灵的一下子，跳起来了，忽然想起嚼拉巴唧，"有事！差点忘了！你说，你看见嚼拉巴唧没有？"

"看见了，在山洞睡觉呢。"

"这个糊涂鬼！把找老虎的事儿忘了！"

"干什么找老虎呀？"张秃子抓着胸脯，问。

"老虎把钩钩背去啦！"

张秃子噗噗的笑起来。

"你笑什么呢？"小坡看了看自己的身上，找不出可笑的地方来。

"他找老虎去？他叫老虎把钩钩背走的！"

"我不信！他一提钩钩便掉眼泪！再说，你怎么知道？"

"你不信？因为你还不晓得影儿国人们的脾气。他们一天没事儿做，所以非故意捣乱不可。他叫老虎把钩钩背去，好再去找老虎不答应。可是有一样，老虎也许一高兴，忘了这是嚼拉巴唧闹着玩呢，硬拉住钩钩不放手。"

"我真盼着老虎变了卦，好帮着嚼拉巴唧痛痛快快打一回！"小坡搓着手说。

"那么，好啦，你跟我去看他吧。"张秃子骑上山羊，叫小坡骑在他后面，好似两人骑的自行车。走着走着，张秃子忽然问：

“小坡，看见小英没有？”

“干什么呀？”

“很想把她接做王妹，哎呀，王的妹妹该叫做什么呢？王的媳妇叫皇后，王的儿子叫太子，妹妹呢？”

小坡也想不起，只说了一句：“小英恨你！”

“恨我？我做了猴王，她还能恨我？”

小坡没说什么。

走了半天，路上遇见许多猴子，全必恭必敬的，立在路旁，向他们行举手礼。张秃子睬也不睬的，仰着头，一手扶着羊角，一手抓着脖子。小坡一手扶着羊背，一手遮着嘴笑。过了一个山环，树木更密了。穿过树林，有一片空场，有几队小猴正在操演；全把长尾巴围在腰间当皮带，上面挂着短刺刀。

过了空场，又是个山坡，上面有两排猴儿兵把着个洞门。

洞门上有面大纸旗，写着两个大黑字：“秃子”。“到了！”张秃子说。

十五　狼猴大战

猴子们本来住在树林里，用不着盖什么房屋，找什么山洞的。张秃子虽变成猴子，但还一时住不惯树林，所以他把那个山洞收拾了一下，暂做为王宫。

洞真不小：一进门有三间大厅，厅里并没有桌椅，只在墙的中腰掏了些形似佛龛的小洞，猴王接客的时候，便一人坐在一个小洞里，看着很象一群小老佛爷。穿过大厅，还有两列房子。一列是只有四壁，并没有屋顶，坐在屋里，便可以直接看天；这是猴王的诸大臣的卧室；因为他们住惯了树林，一旦闷在屋里，有些不痛快；而且下雨的时候，不淋得精湿，也不舒服；出门入户的也觉得太麻烦；所以猴王下命，拆去屋顶，以示优遇。对面的一列是猴王住着的地方，确有屋顶，但是一连十几间，全没有隔断；因为猴王张秃子睡觉好打"把式"，既没有隔断，他便可以自由的从这头滚到那头。吃饭的时候，爱嚼着东西翻几个跟头呢，也全没有阻挡，而且可以把汤放在这头，把菜放在那头，来回跑着吃，也颇有趣。这列房的房顶上有许多小猴，一手拿着喇叭，一手遮在眉上往远处望着；若是有狼国人来行刺，或有别的野兽来偷东西，他们好吹喇叭警告山洞四围的卫兵——张秃子自做了猴王以后，一点也不象先前那样胆粗气壮了！

这两列房后面有个花园，园里并没有花草，只在园门上张秃子用粉笔写了"花园"二字。张秃子游园的时候，随意指点着说："玫瑰很香很美呀！"随着他的人们，便赶快跑到他所指的地方细看一回，一齐说：

"真好！真好！"他们要不这样说，张秃子一生气，便把他们种在那里当花草儿。

张秃子领着小坡在洞内看了一遭，诸大臣都很恭敬的在后面随着。到花园里，小坡问："花草在哪里呢？"诸大臣全替他握着一把儿汗。可是张秃子假装没听见，回过头来向大臣们说："谁叫你们跟着我呢？去！"诸大臣全弯着腰，夹着尾巴，慌忙跑去。

张秃子把小坡领回到大厅里。他自己坐在最大的一个龛里，正对着屋门。小坡坐在猴王的右手。门外来来往往的小猴们全偷着眼看小坡，不知他是猴王的什么人。张秃子板着脸，不肯多说话；怕小坡乱问，叫小猴们听见，不大好。正这么僵板的坐着，忽然进来一个猴兵，慌慌张张的，跑在大厅中间，说："报告！"

"什么事？"张秃子伸着脸，高声的问。

"不好了，大王！狼王派了八十万大军，打我们来了！"猴兵抹着眼泪说。

"你怎么知道？"张秃子问。

"我们捉住一个狼侦探，他说的！"

"他在哪儿呢？"

"在外面睡觉呢！"

"他睡觉吗，你怎会知道他们有八十万人马，啊？糊涂！不要脸！"张秃子扯着脖子喊，为是叫门外的小猴们全听得见。猴兵抓着大腿，颤着说："大王！他要是不睡着，我们哪能拿得住他呢。我们捉住他，把他推醒，他就说：八十万人马！就又睡去了。"

"把他拿进来！"

"不行呀，大王！一动他就咬手哇！"

"怎么办呢？"张秃子低声的问小坡。

"咱们出去看看，好不好？"

"那不失身分吗？我是猴王啊，你要记清楚了！"

"你这些猴兵没有用，有什么法儿呢！"

"好吧，咱们出去看看。"张秃子说，然后很勇敢的问那个猴兵，"把他捆好了没有呢？"

"捆好了，大王！"

"那么，捆他的时候，为什么不咬手呢？"

"大概他愿意叫人家捆起来，不喜欢叫人家挪动他；狼们都有些怪脾气呀，大王！"

"不要多说！"张秃子由墙上跳下来。

小坡遮着嘴笑了一阵。

随着猴兵，他们走出洞口，一队卫兵赶快跟在后面。到了空场，一群猴兵正交头接耳的嘀咕，见猴王到了，登时排好，把手贴在眉旁行礼。

"狼侦探在哪里呢？"张秃子问，态度还很严重，可是脸上有点发白。

队长赶快跑过来，用手一指，原来狼侦探在一块大石头上睡得正香呢。一根麻绳在狼身上放着，因为猴兵不敢过去捆他，只远远的把麻绳扔过去。张秃子打算凿猴兵的头几下，惩罚他报告不真，可是往四下一找，猴兵早已跑得没影儿了。

张秃子看着那群兵，那群兵瞧着张秃子，似乎没有人愿意去推醒狼侦探。

小坡看得不耐烦了，扯开大步，走到大石头前面，高声的喊：

"别睡了，醒醒！"

张秃子和兵们也慢慢的跟过来。

狼侦探张了张嘴，露出几个尖利的白牙。兵们又往后退了几步。

"起来！起来！"小坡说。

狼侦探打了个呵欠，伸了伸腰儿，歇松的说："刚做个好梦，又把我吵醒了，不得人心！"

"你要是瞎说，我可打你！快起来！"

众猴兵一听小坡这样强硬，全向前走了两步，可是队长赶快叫了个："立——正！"于是大家全很勇敢的远远站住。"你是哪里来的？"小坡问。

狼侦探不慌不忙的坐起来，从军衣中掏出个小纸本来，又从耳朵上拿下半根铅笔。他看了看小坡，又看了看大家。然后伸出长舌头来，把铅笔沾湿，没说什么，开始在小本上写字，写得很快。

"我问你的话，没听见是怎么着？"小坡有点生气了！"等等，不忙！等我写完报告，再说。"狼侦探很不郑重的说，一边写，一边念道："有一块空场，场里有猴兵四十万。还有一小人，模样与猴兵略有不同，问我从哪里来的。此人之肉，或比猴兵的更好吃。好了！"狼侦探把小本放回去，铅笔插在耳上，向小坡说："你问我从哪儿来的？我是狼王特派的侦探！你似乎得给我行个礼才对！"

"胡说！"小坡又往前凑了一步，"我问你，听着！你们有多少兵？"

"八百万大军！"

张秃子往前走了一步，立在小坡身后，说："八十万，还是八百万？"

"八十万和八百万有什么分别？反正都有个八字！"狼侦探笑了，笑得一点也不正当。

"你们什么时候发的兵？"小坡问。

"前天夜里狼王下的令，我们在山下找了一夜，没有看见一个猴兵。"

"怪不得前天夜里我听见狼嗥！"张秃子和小坡嘀咕。"昨天白日我们依旧在山上找你们，走错了道儿，所以没遇见你们。昨日夜里还在山上绕，又没遇见你们。今天大家都走乏了，在山坡下睡觉呢。我做着梦走到这里，叫你们给吵醒了，不得人心！"

"你回去告诉他们，我们这里有——"小坡低声的问张秃子，"说有多少兵？四八四十八万，行不行？"张秃子接过来，高声喊道："回去告诉你的王，我们这里有四十八万人马，专等你们来，好打你们个唏里哗拉！你们要知道好歹，顶好回家睡觉去，省得挨打！听明白了没有？"

狼侦探恶意的吐了吐舌头，又把小本掏出来，写了几个字。写完了，也没给张秃子行礼，立起来，抖了抖毛儿，便得意扬扬的走下去。

张秃子愣了一会儿，看狼侦探已走远，高声的喊："吹号齐集人马！"然后指着一个小队长说："去请各位大臣到这里会议，快！"

号声紧跟着响了：嘀嗒——嘀嗒——嘀——！喝！四面八方，猴兵一队跟着一队，一营跟着一营，全跑向前来。前面的掌旗官都打着一大枝香蕉，香蕉的多少，便是军营的数目：有五个香蕉的，便是第五营，有十九个香蕉的，便是第十九营。军队陆续前来，路上黄尘滚滚，把四面的青山都遮住，看不见了。每营的人数不齐，有的五个，有的五百，有的兵都告假，只有掌旗官，打着枝香蕉，慌忙跑来。兵们有的打着枪，有的抱着个小猴，有的拿着本《国语教科书》。马兵全骑着山羊，比步兵走得还慢，因为——快跑，兵便从羊背上噗咚噗咚的摔下来。

人马到齐，张秃子骑上长角山羊，跳动着，左右前后的，穿营过队的，检阅了一番。猴兵全直溜溜的站着，把手放在眉旁行礼。掌旗官们把香蕉枝子举得笔直，工夫太大了，手有点发酸，于是把枝上的香蕉摘下几个来，吃着，以减轻重量；这样一来，军营的次数也乱了，好在也没人过问。这时候诸大臣全慢条斯理的来到，向张秃子深深的鞠躬。张秃子下了战马，坐在石头上，对他们说："现在开会，大家不要出声，听我一个人说！现在狼王故意——"他想不起说什么好。诸大臣都弯着腰，低着头说："故意——"张秃子忽然想起来："故意和我们捣乱，我们非痛打他们一回不可！你们带一营人去看守王宫，好好用心看着，听见没有？"

诸大臣连连点头。内中有个聋子，什么也没听见，但也连连点头。他们又深深鞠躬，然后带了一营人马，回宫去看守。

张秃子又喊："各营营长！"

营长都慌忙走上前来，有的因为指挥刀太长，绊得一溜一溜的摔跟头，摔得满脸是黄土。

张秃子问他们："哪边狼兵最多？是东边？"

众营长一齐拔出指挥刀，向东边指着。张秃子说："还是西边？"大家的刀往西指。"还是南边？"大家的刀往南指。"还是北边？"大家的刀往北指。"这样看，四面都有狼兵了？"大家的刀在空中抡了个圈儿。

小坡双手遮着嘴笑开了。

"你们三营到东边去，守住东山坡！"张秃子指着东边说。

三个营长行了礼，跑回去，领着三营兵往西边去了。"你们三营往西边去，守住西山口！"张秃子指着西边说。

三个营长行了礼，跑回去，领着三营兵往东边去了。小坡低声问："你叫他们往东，他们偏往西，叫他们往西，他们偏往东，是怎回事呀？"

"一打起仗来，军官就不好管了，随他们的便吧！好在一边三营，到那边去也是一样。你要一叫真儿，他们便不去打仗，回来把王杀了；然后迎接狼王做他们的皇帝，随他们的便吧！"

张秃子把人马派出去，带着卫队和四五营马兵，到山顶上去观望。

"我说，我乘着狼们还睡觉，去给他们个冷不防，打他们一阵，好不好？"小坡问猴王。

"你先等等吧！狼们是真睡了不是，简直的不敢保准！"张秃子很精细的样子说。

"那么，应当派几个侦探去看看哪！"小坡说。"对呀！哼，一慌，把派侦探也忘了！"张秃子说着指定两个卫兵，"你们到东山去看看，狼们是睡觉呢，还是醒着呢！"

"他们一定是睡呢，大王！不必去看。"两个兵含着泪说。"我叫你们去！"

"大王，我们的脚有点毛病，跑不快啊！请派两个马兵吧！"

"没用的东西！"张秃子说，"过来两个马兵！"马兵一听，全慌忙跳下马来，一齐说："我们情愿改当步兵呀，大王！"

"营长，把他们带到空场去，一人打五个耳瓜子！"张秃子下令。

"大王呀，饶恕这回吧！"营长央求，"平日我们都喜欢当侦探玩，但是一到真打仗啊，当侦探玩真有危险呀！顶好大王爬到树上去，拿个望远镜往远处看一看，也可以了！"张秃子没有言语。

小坡本想先给营长两拳，可是一见猴王不发作，也就没伸手。

过了一会儿，张秃子说："那里有望远镜呢？"大家都彼此对问："哪里有望远镜呢？"

有一个卫兵看见小坡脑后的眼镜，赶紧往前迈了一步："报告！大王旁边这位先生有望远镜！"

小坡忽然想起来："我说，嚼拉巴唧呢？这是他的眼镜。"

"他在洞里睡觉呢，你刚才没看见吗？"张秃子说。"没有！你不告诉我，他在那间屋子里，我怎能知道呢！"

"先不用管他，把镜子借给我吧！"

"这是眼镜！有什么用？"小坡说。

"大王！眼镜也可假装作望远镜呀！"一个营长这样说。小坡赌气子把眼镜递给张秃子。

张秃子戴上镜子，往一棵椰树上爬。爬到尖上，不敢往下瞧，因为眼晕；只好往天上看："不好了，黑云真厚，要下大雨了！营长！快到官里取我的雨伞来！"

"影儿国的雨是干的，不用打伞！"小坡说。

"我打伞不为挡雨，是为挡着雷！"

喝！天上黑云果然很厚，一团一团，来回乱挤。远处的已联成一片灰色，越远越白，白亮亮的在远山上横着。忽然一阵凉风，黑云跑得更快了，山上的椰树，叶子歪在一边，刷刷的在雾气中响。远处忽然一个白闪，把白亮亮的雨云打开几道长而颤动的缝子。跟着咯嚓嚓一个雷，雨点斜着下来，在山上横着溅起一溜白烟。又一个闪，在可怕的黑云上开了个大红三角。咯嚓！咕隆，咕隆，雷声由近处往远处走，好象追着什么东西！看不出雨点来了，只是一片灰色！里面卷着些乱动的树影。

咯嚓！张秃子一缩脖，由树上掉下来。

雨确是干的，打到身上一点也不湿，可是猴儿们（胆子大的）开始东搓西挠的似乎是洗澡呢，洗得很痛快。有的居然拿出胰子来往头上搓。胆儿小的猴子们全闭上了眼，双手堵住耳朵，不住的叫："老天爷，不要霹我呀，我是好人哪！"

小坡坐在大石头上，仰着头看，打一个大闪，他叫一声："好！"

过了一会儿，雨声小一点了。黑云带着雷电慢慢往远处滚。远处的山尖上，忽然在灰云边上露出一缕儿阳光，把椰树照得绿玻璃似的。

张秃子听着雷声小了，叹了一口气。忽然由山下跑来一个猴儿兵，跑得满头是汗，喝喝带喘。见了张秃子，张了几次嘴，才说出话来：

"大，大，大王！不好了！东山的兵们一打雷全吓傻了，叫狼兵把他们生擒活捉全拿去了！"

"你怎么能跑回来呢？"张秃子问。

"我吓晕了，倒在地上，狼兵以为我死了，所以没拿去！"张秃子回头喊："三营马兵赶快到东山，救回他们！快！"

三个营长上了马，带着队伍往西去了。一边走一边说："西边比较的平安一些！"

又跑来个猴兵，也跑得惊鸡似的，跪在猴王面前："报告！北边的军队全投了狼王，带着狼兵快杀到王宫了！"

张秃子的颜色转了，低声的问小坡："咱们也跑吧？"

"非打一回不可！"小坡很坚决的说。

说话之间，又跑来一个小猴，说："大王，不好了！狼兵已打进王宫！那个唔拉巴唧原来是狼王变的，他已经把大王的香蕉全吃净了！"

张秃子吓得手足失措，正想不起主意来，只见西南北三路，猴兵全败下来，有的往树上逃命，有的往绿棵子乱藏，有的坐在石头上遮着脸等死，只有南路的兵还好一些，且战且走，没完全溃散。

小坡由猴兵手里抢过一条木棍，对张秃子说："走啊，帮助南路的兵去啊！"

张秃子上了战马，带着卫队和一些马兵，随着小坡往南杀。一会儿就和他们自己的兵合在一块，小坡手抢木棍，冲上前去，众猴兵齐声呐喊，跟着往前杀。狼兵是一声不出，死往上攻。小坡的木棒东抢西打，唪，唪，唪！在狼头上乱敲。狼们一点不怕，钩钩着眼睛，张着大嘴，往前叼猴儿的腿。

猴兵退了三次，进了三次，双方谁也不肯放松一步。

小坡正打得高兴，忽然背后大乱，回头一看，可了不得啦！北方的狼也攻上来，把他们夹在中间，跟着，东西两面的狼兵也上来了，把猴兵团团围住，没法逃生。小坡闭上眼睛，双手抡木棍，只听见哪，哪，哪，哪乱响，不知到底打着谁了。张秃子也真急了，把王冠也扔了，一手拿着一枝木棍乱抡。抡了一会儿，哼！跨下的山羊被狼叼了去；幸而跳得快，还没倒在地上。小坡呢，抡着抡着，手中的木棍碎了！睁眼一看，四面全是狼，全红着眼睛向他奔。小坡也有点心慌了，东遮西挡的不叫狼咬着。"张秃子！咱们怎么办呢？！"张秃子还抡着木棍，喊："换片子啦！"

这样一喊，忽然狼也没有了，山也没有了，树也没有了，张秃子也不是猴儿了，依然是张秃子。

远远的嘈拉巴唧一瘸一拐的来了。

十六　求救

小坡和张秃子坐在地上，张着嘴喘气，谁也说不出话来。嘈拉巴唧跑过来，坐下，一声不发；只由张秃子脸上把眼镜摘下来，他自己戴上。三人这样坐了好久，每人出了几身透汗，张秃子说了：

"嘈拉巴唧！你还算个好人？好好的款待你，你反倒变成狼王，抢我的王宫！"

嘈拉巴唧的眼珠转得很快，带出很惊讶的样儿，说："我什么时候变狼来着？你怎么知道我一定变狼？就是我爱变着玩吧，什么不可以变，单单的变狼？嗜！"

"大概是狼王变成嘈拉巴唧，诈进了王宫，嘈拉巴唧并不知道。"小坡给他们调解：现在咱们已经换了片子，就不用再提那些事了！"

张秃子慢慢的站起来，瞪了嘈拉巴唧一眼，说："小坡，再见吧！我还是回狼山去！"

"你？一个人去打狼？"

"非报仇不可！非夺回王宫不可！"张秃子晃着秃脑袋，似乎有做王的瘾头儿。

"你打得过他们吗？"小坡还没有忘记狼兵的厉害。

"我自有办法！我也会变成嘈拉巴唧，去和狼王交朋友，乘冷不防咬下他一个耳朵来！"

小坡虽然以为张秃子的计划不甚光明正大，可是很佩服他有这样的胆量。

嘟拉巴唧委委屈屈的叨唠："你也嘟拉巴唧，他也嘟拉巴唧，谁也不来帮助帮助嘟拉巴唧！"他捶了胸口两下，捶出许多怨气。

小坡看他怪可怜的，赶紧说："我帮助你，嘟拉巴唧！不要发愁啊，愁病了又得吃药了，多么苦哇！"

嘟拉巴唧听了这片好话，更觉得委屈了，落下好多大颗的眼泪来，摘下草帽来接着，省得落在衣服上。

小坡看他哭了，自己也好似有点难过，也红了眼圈。"再见，小坡！"张秃子挺着胸脯儿就走，也没招呼嘟拉巴唧一声儿。

"我说，张秃子，咱们学校里见啦！"小坡说。"不用再提学校！做了猴王还上学？"

"先生要问你呢？要给你记过呢？"

"给我记过？带些猴兵把学校拆了！"

"你敢！"小坡也立起来。

"你看我敢不敢！"张秃子一边说一边走。

"好啦，等着你的！看先生不拿教鞭抽你一顿好的才怪！"

"不怕！不怕！"张秃子回头向小坡吐了吐舌头。"爱怕不怕！破秃子，坏秃子，猴秃子！"小坡希望张秃子回来，和他打一场儿；可是张秃子一直走下去，好象很有打胜狼王的把握。

小坡看张秃子走远啦，问嘟拉巴唧："你刚才上哪儿了？叫我各处找你！"

"我上哪儿了？你上哪儿啦？我问你！"嘟拉巴唧撅着乖乖说。

"我上狼山找你去啦！"

"我上虎山找钩钩去啦！"

"找着了她没有呢？"

"找着她，我正在这儿干什么，糊涂！"

"老虎把她留下了？"小坡忍着气问。

"钩钩自己不愿意回来！"唧拉巴唧把草帽一歪，倒出一汪儿眼泪，然后又接好，新落比花生米还大的泪珠儿。"这么说，不是老虎的错儿了？"

"那还能是钩钩的错儿吗？"

小坡有点发糊涂，没说什么，看着自己的手。两手，因和狼们打了半天，很不干净，拿起草帽用眼泪洗了洗。唧拉巴唧的眼泪很滑溜，好象加了香胰子似的，洗完了，在裤子上擦了擦，然后剔着指甲，叨唠："到底是谁的错儿呢？我的？你的？他的？我们的？你们的？他们的？张秃子的？南星的？三多家里糟老头子的？"

"正是他！"唧拉巴唧忽然站起来说，"要不是他给老虎出主意，老虎那能留住钩钩？"

"你刚才不是说，钩钩自己不愿意回来吗？"小坡问。"你要是这么来回绕圈儿问我，我可要疯了！"唧拉巴唧急扯白脸的说。

"你要是这么绕着圈儿回答我，我可也要疯了！"小坡笑着说，"我要是疯了，要变成一丁点的一个小蚊子，专叮你的鼻子尖，看你怎么办！"

"不要变吧，我好好告诉你！"唧拉巴唧似乎很怕蚊子，赶紧用手遮住鼻子说，"钩钩自从到虎山上，就想回来找我，老虎也有意把她送回来。可是那个糟老头子给老虎出了主意，叫他留住钩钩，给山上的小老虎们做衣裳，洗袜子什么的。于是老虎就变了卦，天天假意的带着她逛山，给她拿树叶做了件花袍子，又给了她许多玩艺儿。可是钩钩还想回家，老虎就又和糟老头子要主意，糟老头子就偷偷的给钩钩一碗迷魂药儿喝。"

"什么是迷魂药呀？"小坡问。

"就是龙井茶里对点冰激凌！喝了这个，她就把家也忘了，把我也忘了，把什么都忘了，一心愿住在山上！你说怎么好？！"

"可怜的钩钩！喝龙井冰激凌！"小坡低声儿说。

"怎么办呢？"唧拉巴唧没有注意小坡说什么。"咱们走哇，打倒老虎去！"

"不行啊！干不过他呀！"

"咱们不会向他捏鼻子吗？他最怕那个，是不是？"小坡问。

"捏鼻子也没用了！糟老头子给他出了主意：叫老虎向我捏鼻子！你不知道，老虎捏鼻子比什么也可怕！"唧拉巴唧说着，直打冷战。

"糟老头子是老虎什么人呢？他为什么不在三多家里，去到虎山呢？"

"他是老虎的老师，白天他教三多，晚上做梦的时候就来教老虎。老虎不怕别人，就是怕他，糟老头子！"

"那么现在咱们是做梦哪？"

"可不是！生命是梦的材料做成的，莎士比亚这么说。你知道莎士比亚？"唧拉巴唧点头咂嘴的说。

"知道！我喝过'莎士'汽水！"

"噢！"唧拉巴唧颇有点佩服小坡的知识丰富。待了半天，他说："小坡，你得想法子多多的找人去打老虎啊！"

"一定！"小坡想了半天，忽然想起来，"这么办吧，你在这里等着我，我去找南星他们。南星会驶火车，也坐过火车。还有两个马来小姑娘也很有'杜撰儿'。妹妹仙坡也会出主意。"

"人越多越好呀！你去，我在这儿等着你！"

"这儿到底是什么地方呢？"小坡问。

"那张地图呢？"喝拉巴唧想起来了。

"哟！哟！"小坡的脸红得象个老茄子似的，"在狼山打仗，丢了！"

"好啦！以后只有狼们知道地名了，地图一定被他们捡去了！这么办吧，你一直往东去，到了新加坡，再一直的回来，直来直去，还不容易吗？"

"不用拐湾儿行吗？"

"行！小孩儿们都应当走直道儿！"

"那么，我就走吧？"

"快去快回来！要是等我把钩钩忘了，你回来可也没用了！"喝拉巴唧本想和小坡拉手，无心中打了小坡一个耳瓜子。

小坡也跳起来，给喝拉巴唧一掌。两人分了手。小坡踢着块砖头儿，踢一下，往前走几步；又踢一下，又往前赶几步，这样，不大一会儿，就到了新加坡的大马路。正是半夜里，街道两旁的灯光很亮，可是除了几个巡警，和看门的老印度，只看见些关着门的铺户，一点儿也不象白天里那么花哨好看。小坡心里说：我要是赶明儿开个铺子呀，一定要黑天白日老开着；关上门多么不好看！

房脊上有些小猫，喵喵的叫着，大概是练习唱歌呢。小坡不由得叫出来："二喜！二喜！你也在这儿唱歌哪？"等了会儿，小猫们全跑开了，他说："二喜大概和妹妹一块睡觉呢，赶紧走吧！"

走到了家，街门已经关好，小坡用头轻轻一碰，门就软乎乎的开了。他轻手蹑脚的去找仙坡，仙坡正睡得很香，小鼻子翘儿一松一紧的有些响声，咻呼，咻呼，咻呼，小坡推了她一下，低声的说："妹妹，仙！起来，到虎山去救钩钩，快！"

仙坡坐起来点了点头，并没睁眼。小坡把小褂给她披上。她一声没出，拉着小坡便往外走。

出了门，本想先找南星去，没想到走了不远，正遇上他。不只南星一个，两个小印度（印度小姑娘可是没在那儿），两个马来小姑娘，三多和妹妹，全在那块学猫叫呢。小坡喵了一声。

大家看见小坡，全扭过头去，给他个脑飘儿看。小坡很纳闷，为什么大家这样对待他。

"不用理他！不跟他玩！"南星细声细气学着猫的腔调，这样故意的卖嚷嚷。

"过生日，不告诉我们一声儿，一个人把好东西都吃了！"两个小印度帮着腔儿。

仙坡睁开一只眼，过去问两个马来小妞："是不是二喜告诉你们的？"

两个小妞彼此看了一眼，一齐说："要不是二喜来告诉我们，今天是小坡的生日，我们还想不起学猫叫呢。"好象过生日和学猫叫大有关系似的。

"赶明儿糟老头子过生日，我又得给他磕头！"三多哭丧着脸说。

"顶好乘磕头的时候，爬过去，咬他脚面两口！"南星说，看着小坡。

"我现在就敢去打糟老头子，你们谁有胆子跟我一块儿去？！"小坡问。

大家听了，登时都向小坡伸出大拇指，似乎忘了不满意他的过生日没通知他们了。

"凡是你敢去的地方，我就敢去！"南星嚷着说，一高兴也忘了细声的学猫叫了。

"糟老头子没在家，你们去也是白去。"三多说。"我自然知道他在哪里呢！"小坡说。

"他许又上虎山啦吧？"三多的妹妹问她哥哥。三多点了点头，然后伸着头看了看天上的星星，说："哼，现在他正教小老虎们算术呢！"

"可惜张秃子没来，他最会和算术先生捣乱！七七是两个七什么的。"小坡自言自语的说。

"你们说的都是哪儿的话呀？一点不懂！不懂！"南星很着急的说。

"大家站成个圆圈，听我告诉你们。"小坡说。

大家站成个圆圈，都手拉着手儿，听小坡说，他一五一十的把喀拉巴唧和钩钩的事告诉了他们一遍。南星听得真高兴，跳起来喊："咱们走呀！打呀！反正糟老头子在虎山，不能还带着大烟袋；只要没大烟袋，咱一点也不怕他！走呀！"

"没有大烟袋，可是有老虎呢！"两个马来小妞慢慢的说。"我准知道老虎比大烟袋厉害！"一个小印度补了这么一句。

"那里要是有四眼虎，我可不敢去！"仙坡拉着马来小妞的手说。

"你们不去，就回家睡觉去，我一个人去，看老虎把我怎样得了！"南星拍着胸脯，大有看不起他们的神气。"去是一定要去的，可是咱们得先商量个办法。"小坡说。"得先商量个办法！"大家，除了南星，一齐这么答腔儿。

大家全仰着头想主意。天上的星星都向他们挤眼，他们也向星星们挤眼，谁也想不出高明招儿来。

"你们知道老虎的事儿，说话呀！"小坡对两个小印度说。"知道老虎，可是没和老虎打过仗，对不起呀！"两个小印度很客气的回答。

"你们呢？"小坡问两个马来小姑娘。

"我们哪？"她们彼此看了一眼，慢慢的说，"有主意，就是不告诉你们！"

"不告诉我们，从此再不背着你们上学了！"南星吓唬她们。

她们又彼此看了一眼："那么，咱们告诉他们吧？"两个同时点了点头，一齐对仙坡说，好象不屑于跟男孩儿们说话似的："咱们都变成小老虎，偷偷混进虎山去，和小老虎们一同学算术。然后咱们跟糟老头子捣乱。小老虎们也一定学我们的样子。老头子一生气，必定打他们；把他们打急了，他们还不咬老头子？把老头子咬坏，大老虎就没有帮手了。这样，我们不是可以救出钩钩来吗？"

大家听了，一齐鼓掌。马来小妞们仰头看着天，态度非常的傲慢。

南星慌忙跪在地上，摇晃着脑袋，不住的叫："变！变！"

"知道老虎是什么样儿吗？就变？"马来小姑娘撇着嘴说。"父亲说过：照猫画虎。咱们先变成猫，大概就离虎不远了！"小坡提议。

"来！变！"南星真变成一只大黑猫。

"再变大一点！再加上点黄毛儿！"两个小印度给南星出主意。

一展眼的工夫，大家全变成大猫。

三多变得很好，可惜只有一只眼睛，因为他是按着家中老猫的样子变的。

十七　往虎山去

大家变成猫，高兴得了不得，一齐喵了一声。这一叫不要紧哪，喝！四面八方，房脊上，树枝上，墙上，地上，全喵起来了，大概新加坡所有的猫，老的，少的，丑的，俊的，黑白花的，通身白的，一个没剩，全来了！这群猫全撅着尾巴往前走，不大一会儿，就把小坡们给围在中间，里三层，外三层，围得水泄不通。围好之后，他们全双腿儿坐下，把一个前腿举到耳旁，一齐说："推举代表！"说完，把前腿放下去，大家开始你挤我，我推你，彼此乱推。推了半天，把前面的一只瘦而无力的老猫给推出去了。大家又一齐喊："代表推出来了，去，跟他们交涉！"

南星看着这样推举代表有点可笑，赶紧给他们鼓掌，可惜手已变成猫掌，软乎乎的怎么也拍不响；于是他又高声的喵了两声。

"不要吵！不许出声！"那个瘦猫代表瞪着南星说。然后，慢条斯理的走过来，闻了闻小坡们的鼻子，说："你们的代表是谁？"说话的时候，几根稀胡子撅撅着，耳朵轻轻的动弹，神气非常的傲慢。

"我们都是代表！"小坡们一齐说。

"都是代表？"老猫往四围看了一眼，似乎是没了主意。

"都是代表就省得推了！"一个狐狸皮的猫说。老猫点了点头，喉中咕噜了半天说："你们好大胆子呀！没有得我们的允许，就敢变成猫，还外带着变成很大的猫！冒充大猫，应当何罪！啊！"老猫似乎越说越生气，两眼瞪得滴溜儿圆，好象两个绿珠子。

四外的猫们听了，非常得意，嗓子里全咕噜咕噜响起来。"跟他们打呀！"南星小坡嘀咕。

"他们人太多呀！"小坡低声的说，然后问两个马来小妞，"你们有主意没有？"

"咱们先洗脸吧，一边洗一边想好主意；也许他们一看咱们会洗脸，就以为咱们是真猫了。"她们揪着小坡的尾巴说。"洗脸哪！"小坡下了命令。

大家全抬起前掌来，沾了点唾沫，从耳后滑到鼻梁，又从耳梁绕到耳后，洗得颇有趣味；一边儿洗一边想逃走的主意。

南星想不起主意，一着急，把两条前腿全抬来，按着在家中洗脸的样子，两手齐用，东一把西一把的洗起来。"看哪！"老猫向四围笑了笑，说，"可有两手一齐洗脸的猫？！我们怎么办？还是咬下他们的耳朵呢，还是咬下尾巴，叫他们当秃猫呢？"

仙坡忙着把尾巴藏在身底下，双手遮住耳朵，低声的向小坡说："二哥！快想主意呀！他们要咬耳朵呢！"

小坡不慌不忙的抬头看了看树上，又看了看房顶，忽然喊了一声："老鼠！"

四围的猫登时把耳朵全竖起来，腰儿躬着，眼睛往四外瞭。

"树上一个！房上三个！"小坡指点着说。

猫们也没等代表下命令，全争着往树上房上蹿。

南星过去给猫代表一个嘴巴，扯起三多就跑。三多只有一只眼睛看不清道路，一溜歪斜的直摔跟头。

大家拼命的跑。乍变成猫，两眼离地太近，都有点发晕。于是大家全闭上眼睛，瞎跑。

"二哥，"仙坡闭着眼，喘吁吁的问，"跑到哪儿啦？"

"睁开眼看哪！"小坡向大家说。

大家全站住了，睁开眼一看，面前是一座高山。山上满安着电灯，把山道照得清清楚楚的，路旁的绿树在灯光下摆动，好象一片绿云彩似的。路上隔不远儿，就有只长角的大梅花鹿，角上挂着指挥刀，大概是此地的巡警。"这就是虎山吧？咱们找糟老头子去呀！"南星非常的高兴。

"等我问问巡警去。"小坡说。

"我也去！"南星说。

他们俩走上前去，向梅花鹿点了点头。

"请问这是虎山不是的呀？"小坡很客气的问。梅花鹿咩了一声。

"老虎学校在哪儿呀？"

鹿用大犄角向山左边指了指，又咩了一声。

"学校里的教员是个糟老头子不是？"南星问。鹿又咩了一声。

"老鹿你真有意思，我骑你一会儿行不行呀？"南星说着就要往起蹿。

老鹿瞪了南星一眼，摇了摇头。

"南星！好好的！"小坡说。

老鹿很客气的向小坡咩了一声。

小坡向老鹿行了个举手礼，就往回走，南星在后面跟着，很不满意小坡拦住他骑鹿。

"这儿是虎山不是呀？"仙坡问。

"是虎山，老虎学校就离这儿不远，"小坡说。"要是离老虎学校不远的话呀，"三多想起糟老头子的可怕，"我顶好回家去睡会儿觉。"

"你要爱睡觉哇，早就不该来！"两个小印度一块儿说。三多不言语了，用那只瞎眼瞪了他们一下。

"你们还麻烦什么呢，不快快的去打糟老头子！"南星很着急的说。

"不行呀，咱们得先找嚼拉巴唧去，没有他，咱们怎认识大老虎和钩钩呢？"小坡说。

"那么就找他去吧！"南星说。

"可是，他在哪儿呢？"小坡因为瞎跑了一阵，忘了嚼拉巴唧在什么地方了。

"谁知道呢！"两个马来小姑娘酸酸的一笑。

"还得问巡警去，我看。"小坡说，脸上有点发红。大家没说什么，一齐上山道中找巡警。

见了挂刀的梅花鹿，大家一齐问："嚼拉巴唧在哪儿呢？"

老鹿向他咩了一声，不住的摇头。

"得！老鹿也不知道！"南星说。

"老鹿怎就该知道呢！"两个马来小妞低声的说。"我们找他去吧！"小坡说。

"来，坐火车去，我开车！"南星跟着"门！"了一声，把梅花鹿吓得直往起跳。

"又是你开车！要命也不坐火车！"两个马来小妞说。"不坐，拉倒！我一个人开，更快！"南星说着就往山下跑，嘴中"七咚七咚"的响。

"南星！回来！你知道往哪边去吗？"小坡喊。"我不知道，你知道吗？"南星回着头儿嚷。

小坡没有话可说。

"反正大家都不知道，就跟着南星跑吧，也许半道儿上遇见嚼拉巴唧！"两个小印度说着赶上前去，拉住南星的尾巴。

别人也没有高明主意，只好全赶上去，拉着尾巴，一串儿往前跑。

"大家可往左右看着点呀，看见戴草帽的就是嘟拉巴唧！"小坡在后面嚷道。

大家往左一扭头，往右一扭头，不顾得再看前面。跑着跑着，南星的脑门正撞在一棵老树上，幸而大家都变成猫，手脚灵利，除了南星倒在树根上，大家全七手八脚的上了树。南星脑门上碰了个大包，一边用手摸，一边叨唠："乱出主意！开火车不往前看着！哪有的事！哪有的事！"

大家由树上跳下来，争着用猫手给南星按摸脑门上的大包。急于给他的包儿按平了，大家未免用力过猛了些，咕哧一声，把脑门上的包按到脑杓儿上去。"好了！好了！"大家一齐说。

南星摸了摸脑门，果然平了，也就不去管脑后是肿着还是平着，又预备好开车的架势。

"别开车了，这样一辈子也找不着嘟拉巴唧。"小坡向大家说。

"怎么办呢？"大家一齐问。

"咱们坐在这儿等他好啦，反正他得到虎山来，是不是？"小坡蹲在一块石头上说。

"也好。"两个马来小妞说，她们是最不喜欢坐火车的。

大家都背靠背儿坐在大石头上，石头有点儿凉，于是全把尾巴垫在身底下。

坐了一会儿，凉风儿吹来，大家全有点发困。南星是头一个，把头低下去，闭上眼睛。待了会儿，他又慢慢的卧下去，把嘴藏在胸前的厚毛上，稳稳当当的睡去。大家也照着他的样儿，全卧下去睡。

仙坡没有十分睡熟，听见地上噗咚噗咚的轻轻的响。她慢慢睁开眼，偷偷的往外看。可不得了，有四五个小老虎（长得和猫差不多，可是"个子"大，脖子粗，眼睛象小电灯似的发光），全背着书包，戴着童子军帽，向他们走来，仙坡连一根毛也不敢动弹，只是偷偷的看着：小虎们走到他们前面便站住了。仙坡赶紧闭上眼，不敢再看，听着小虎们说话：

"这些小孩是干什么的呢？"

"也是学生吧？"

"不能，没有书包呀！"

"也许不是虎，看他们的身量多小啊！"

"还有个瞎子！看！"

仙坡偷偷的睁开一只眼看，所以小老虎以为她是瞎子呢。她赶紧把眼闭上，听着："问问他们是干什么的，好不好？"

"先把他们围好，别叫他们跑了！"

小虎们把他们围好，一齐嚷："别睡哩！你们是干什么的？说！"

大家全醒过来，愣眼巴唧的看着小虎们。

"说话呀！"小虎们说。

"你问我们哪？"南星说，"我们问谁呢？"

小老虎们全摘了帽，抓了抓头，似乎不大明白南星的话。"我们是小老虎！"小坡说。

"你们的书呢？"小虎中的一个问小坡。

"书？在学校里呢。"

小虎们嘀咕了半天，有一个由书包里掏出一本黄皮书来，掀了几篇，问小坡："你们的第七课是什么？"

"第七课？"小坡想了半天，"你们的第七课是什么？"

"我就始终没念到第七课！"南星插嘴说。

"听着！"小虎瞪了南星一眼，然后有腔有调的念："第七课：人，猫，狗，都好吃！捉住一个吃一个，捉住两个吃一双。吃完了，肚儿圆，嘴儿光！"小虎念完，把书放在地上，抿着嘴笑了一阵。

仙坡吓得心里真哆嗦。两个马来小妞挤在一块，不敢出声。

"我们的第七课不是这样！"小坡高声的说，"你们听着！第七课：糟老头子，真好吃！捉住一个吃一个，捉住——有两个没有呢？"他回头问南星。

"三多知道！"南星说。

"有一个就够受的了，还要两个？"三多颤着声儿说。"捉住一个吃一个，捉住两个，捉不着两个，因为只有一个！捉不着，吹，拉倒，唏里花拉一大堆！"小坡说完，吹了对面小虎的鼻梁儿一下。

小老虎们听了这课书，大家又嘀咕起来。老虎的脖子粗，气儿壮，虽然是嘀咕，声儿可还不小："他们敢吃糟老头子！"

"敢吃糟老头子！！"

"胆量不小！"

"可佩服！"

"叫他们跟咱们一块儿玩吧？"

"一定！请他们教给咱们怎么吃糟老头子？"

"沾点酱油醋什么的，也许不难吃？"

"顶好加点咖喱，辣辣的！"南星答了腔。

"他们愿意跟咱们玩吗？"一个老虎小姑娘说。"当然愿意！"小坡很客气的说。

"那么，就请吧，请到我们山洞里，玩一玩去！"

"请！请！"小坡们说。

十八　醒了

　　小老虎们看着虽然个子很大，可是岁数都很小，说话行事有些"傻拉光鸡"的。南星是多么糊涂啊，可是跟小虎们一块儿玩，他居然显出很聪明鬼道的样儿来。至于小坡，那更不用说了，他出口气儿，都好似，在小虎们看，有顶大的价值和作用。仙坡和两个马来小妞也十分叫好，小虎们争着管她们叫姐姐。三多的妹妹向来是大气不出的老实头，也居然敢叫小虎们称呼她作姑姑！

　　他们在山洞里玩了半天"摸老瞎"——三多老做瞎子。因为他只有一只眼，又跑得慢，始终捉不到别人。把"摸老瞎"玩腻了，小虎们请小坡画图，于是他得意非常的画了一山洞的小兔儿。

　　"到你们的学校去看看，好不好？"南星看小坡画兔，已经看厌烦了，这样问。

　　"不用吧！好容易刚出来，再叫糟老头子给捉进去，可不是玩的！"小虎们说。

　　"不要紧哪，咱们跳在墙头上看一看，不用进去呀！"南星是急于找着糟老头子，看看他怎样教老虎们念书。"你们去吧，我在这里等着。"三多的心里怕糟老头子。"不必害怕，三多，有我呢！"小坡说。

　　三多挤咕着瞎眼睛，低声儿说："你们一定叫我去，就去吧！"

　　大家出了山洞，顺着出路走，路上的鹿巡警已经全卧在路旁打盹儿。南星看出便宜来，跳上鹿背骑了一会儿，老鹿也没言语。

老虎学校是在一个山环里，门口悬着一块大木匾，上面写着校训（是糟老头子的笔迹，三多认识）："不念就打！"他们跳上墙去往里看：校门里有一块空地，好象是运动场，可是没有足球门，篮球筐子什么的，只有几排比胳臂还粗的木桩子，上面还拴着几条小虎。他们都落着泪，在桩子四围乱转。

"老头子又生气了！"墙上的小虎们低声的说，"看，他们还在这儿拴着呢，大概是没算上算学题目来，不准回家吃饭！"

这片空场后面，是一个小树林，树上正开着些白花。小坡往四外看了半天，找不到讲堂，他问小虎们："讲堂呢？"

"这就是呀！"小虎们指着那块空地说，"那些木桩便是我们的座位，一进学校门，老头子就把我们拴上，多咱背上书来，多咱放开。"

"噢！"小坡心中也有点害怕。

"小坡！小坡！"从墙根下发出这个声音。

"谁呀？"小坡轻轻的问。

"我！"好象嘟拉巴唧的声儿。

小坡探着头儿看，可不是，嘟拉巴唧在靠墙根的一根木桩上拴着呢。

"你怎么叫人家给捉住啦？"小坡问。

"先把我放开再说吧！"嘟拉巴唧委委屈屈的说。"谁带着刀子呢？去把他的绳子割断了！"小坡问。大家一齐摇头。

"你们戴着童子军帽儿，怎么不带刀子呢？"小坡问小虎们。

"我们的牙比刀子还快，干什么还带刀子？"小虎们很得意的说，说完，全张开大嘴，露出白牙来。

"快一点呀！"嘟拉巴唧在底下央求道。

"你们下去咬断他的绳子呀！"南星向小虎们说。"万一叫糟老头子看见呢！"他们这样推辞。

三多听见他们说糟老头子，打了一个冷战，整个的"毛朝下"由墙头掉下去了，正掉在嘝拉巴唧的脊梁上。嘝拉巴唧拉住三多说："你要是没带刀子呀，咱们俩就一齐往起活动这个木桩，把木桩拔起来，我也就可以跑啦。"

"就是拔起木桩，绳子不是还在你脖子上拴着吗？"三多问。

"那你就不用管啦！"嘝拉巴唧很着急的说。

三多没再说什么，同嘝拉巴唧一齐用力摇动木桩子。小坡和南星的胆子大，也跳下去帮着他们。人多好办事，不大的工夫，木桩已有些活动气儿了。大家继续用力摇，小坡低声喊着，左！右！左！右！好叫大伙儿一齐向同一方向用力。南星不大辨得清左右，于是他接过来叫：瞎子！嘝拉巴唧！瞎子！嘝拉巴唧！因为三多是站在左边，嘝拉巴唧站在右边。

一来二去，他们把桩子拔出来了。小坡们先跳上墙去，嘝拉巴唧把木桩往起一扔，他们在上面接住，然后大家象提汲水的罐子一样，把他给拉上来。他喘了一口气，转了一回眼珠，赶紧的说："快跑哇！老头子一会儿就回来！"

大家跳下墙去，撒腿就跑。嘝拉巴唧叫木桩和大麻绳给赘住，一迈步便摔了个大跟头。

"你们得背着我呀！"他躺在地上求救。

"你那么大个儿，谁背得动呢！"大家一齐说。"顶好放风筝吧！"两个马来小妞出了主意。

"对！"南星首先赞成。

大家拿起木桩，跑出几步，把绳子拉直，一齐喊："起！"喝！真有趣！眼看着嘝巴唧起在空中，双手平伸，腿儿撇着一点，真象个大风筝。大家非常高兴，越跑越快，绳子也越放得直。跑着跑着，只听"哎哟"一声，大家忙回头看：嘟拉巴唧的两腿骑在一个大树枝上，脑袋顶着一对睡觉的乌鸦！大家忙往回跑，松开绳子，七手八脚的爬上树去，把他给救下来。

嘟拉巴唧飞了半天，头有点发晕，挣扎着说："别跑了！别跑了！先歇一会吧！"

大家围着他坐下。南星和三多们以前都没见过他，仔细的端详，一边看还一边批评："眼珠儿转得真灵动！"

"摔跟头也真脆！"

"当风筝也不坏！"……

"别胡说啦！"小坡恐怕嘟拉巴唧挑眼，喝住他们，然后问他：嘟拉巴唧，你怎么啦？老头子把你拴起来了？"

"我等你，你老不回来，一着急，我一个人来了。正赶上老头子教数学，我就偷偷的坐在墙根底下了。那知道，又被他看见了，他问我：一个苹果两人吃，一人该吃多少？"

"自然是一个人吃一半！"大家一齐显聪明。

"怎会是一半？我说的是：谁能抢，谁多吃一口，不一定！"

"有理呀！"大家以为这个答案非常的高明。

"有理！"他含着泪说，"老头子可炸了呢！没容分说，三下两下把我拴在木桩上了；外带着拴得真结实，把手指头磨破了，也解不开扣儿！"

"现在他在哪儿呢？"小坡问。

"他又给钩钩迷魂药喝去了！可怜的钩钩！"

"可怜的钩钩！"大家一齐说。

"咱们找她去，好不好？"小坡问。

"万一遇见了老头子，他硬掐额脖的灌咱们迷魂药儿，怎么好呢？"喟拉巴唧说，掉下一整串眼泪。

"那倒不要紧，"小虎们说，"咱们找些东西蒙上嘴，就灌不下去了！"

大家一齐立起来，不约而同的把喟拉巴唧的褂子脱下来，一人由褂里上撕下一条布来，把嘴严严的蒙好。"走呀！"南星用力喊，因为嘴蒙得很紧，说话有些不方便。

喟拉巴唧认识路，在前面走，大家在后边跟着，扛着他的木桩和大绳子，免得叫他跌倒。

过树林，爬小路，走了半天，到了一个小山洞。洞里灯光还亮着，里边出来些歌声，听着很清亮悦耳。洞外的小树全好似低着头儿听唱，已经听入了神，叶儿连动也不动。

"钩钩唱呢！"喟拉巴唧回头告诉他们。

大家都挤在洞口往里看，果然有个一朵花似的大姑娘，伸着又白又长又香软的脖儿唱呢。她身上披着件用半红的树叶做成的衫子，头上戴着个各色野花组成的花冠，脚儿光着，踩着一块很花哨的豹皮。

"钩钩！钩钩！"喟拉巴唧低声的叫。

钩钩忽然不唱了，说："又是你呀？三番五次的来找我，讨厌不讨厌啦？！"

"她又喝了迷魂药！"喟拉巴唧对大家说。

"你过去亲亲她的脑门，迷魂药就解了！"小老虎们出了主意。

喟拉巴唧轻轻的进去，抱住钩钩，在她脑门上吻了一下。果然，钩钩醒过来，拉着他的手说："哦！喟拉巴唧！这是什么地方呀？"

"山洞！"大家一齐回答。

"噢！咱们快回家吧！我不愿意住山洞！我的鞋呢？"她看着自己的白脚，一个劲儿问，"我的鞋呢？"大家全低着头找，并找不到她的鞋。

"找些树叶包上好啦！"小坡说。

"顶好是香蕉叶子，要是椰子叶儿可有点刺闹得慌！"仙坡说。

正在这个当儿，他们忽然听见有人咳嗽了一声，跟着，有人高声的说话。他们全闭着气听："我问他两个人分一个苹果，一人该分多少。你猜他说什么？不一定！不一定？好！拴上！永远不放！"

"就得这样惩治他们，这群小孩子们！一天到晚乱吵，不爱念书！拴上！永远不放！"

"坏了！糟老头子！"三多听出语声来，吓得直往洞里退。"坏了！父亲来了！"小老虎们低声的说，说完就往树后边跑。

"打呀！"南星擦拳摩掌的说。

"不能打呀！干不过他们哪！"嘀拉巴唧说。

当！当！当！

"老头子在石头上磕烟袋呢！"三多的妹妹说。"跑哇！"南星听见大烟袋响，也着了慌。

钩钩也不顾得找鞋了，光着脚就往外跑，拉着嘀拉巴唧。"放风筝啊！"两个马来小妞说，"嘀拉巴唧，快跑！"嘀拉巴唧和钩钩往前跑，小坡们骑上木桩，"起"！起在半空中。

小坡耳旁忽忽的直响，在空中左一歪，右一闪，飘飘摇摇，飘飘摇摇，心中似乎是明白，又似乎有点发糊涂。绳儿忽然弯下去，他落下许多来，脚指头擦着树梢儿。绳子忽然拉直了，他又飞上去，一抬手就可以摸着星星。落，落，落，心中有点发虚。起，起，起，脑袋有些发胀。往左一歪，往右一闪，又有些发晕。有时候，一直的往下落，好象一片树叶，无依无靠的往下飘，手脚也没了劲，随着风儿飘，越落下面越深，怎么也看不见地。哎呀，哎呀，又高起去了；刚一喘气，忽——又头朝下落下来了！

飞着飞着，唿拉巴唧不见了，只有那根绳儿在空中飘着。小坡想抓住绳子，哼！东抓一把，西抓一下，怎么也够不着。"仙！仙！南星！"他用力的叫。

没有人答应！

哎呀！下面敢情是大海！黑咕咙的大海！怎么办！

身子一直往下落，眼看着就擦着水皮了！登时出了一身热汗，要喊也喊不出来。

"坏了！"好容易由胸口挤出这么两个字。气舒了一些，用力一挺身，往平了一蹬脚，醒了！

噢！原来是做梦呢！

小坡坐起来，揉了揉眼睛，想了会儿，赶紧拿起枕头来：还好！那块红绸子宝贝还在那儿！

"记得把红绸子扔了，扔在了哪儿呢？想不起来了！真有趣！什么时候再过生日呢？过生日做梦都特别有意思！张秃子也不是到底又做了猴王没有？……"

"仙！仙！"他叫了两声。

仙坡还睡得怪香的呢。

"别叫了，叫她好好睡吧！仙，你睡吧，我不吵你！"

小坡真是爱妹妹的！